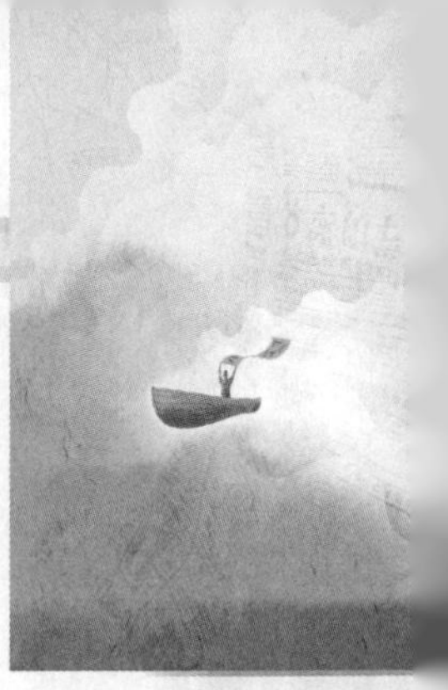

南方朔 著

在語言的天空下

【序】語言是在解除天空的遮蔽

南方朔

許多事，必須一直做下去，始能漸漸的被人明白。能被明白，就彷彿暗夜旅人有了一燈相照，那是値得，也是幸福。

我說的是去年。去年我寫的《語言是我們的海洋》進了聯合報讀書人的十大好書，同時，另一本散文集《有光的所在》則是明日報讀者票選十大好書。人應當知道感恩，我感恩的心，至今猶在激盪。《語言是我們的海洋》是我的語言第三書，它能被人明白，最為感懷。

我寫語言，業已到了第五個年頭。語言的寫作，需要在車載斗量的經史子集與前代中西著作裡爬梳，考據，訓詁；更要在語言的縫隙裡張望與想像。當對語言的思考與鑽研愈多，就愈能理解到，為甚麼古代的先秦諸子和希羅時代的文士哲人，要花那麼多時間在語言的釐清上。只有在語言清楚時，人們始能脫離混沌，從而知道自己和別人在說些什麼，以及想些甚麼。

但活在這個時代的我們，卻愈來愈感覺到，現在的人，尤其是公衆人物，儘管話講得愈來愈多，但不斷的語言遊戲，不斷的將語言撕裂，甚至不斷的在語言中對立和反芻，的確已使得人們出現了一種罕有的困境，那就是語言發達，思想簡單，當思想的容量無法在語言中擴增，那就是退後，而非向前。

也正因此，這個時代的人，可能已更加需要對語言保持敏感與警戒。語言不只是音與字，而是字與音的無限串聯，所堆疊起來的天空，它罩在我們的頭頂上，遮蔽了光。這也意謂著，當語言被自己不斷增殖的重量所超載，它就再也無法承載思想。

因此，思想的新，必須從破語言的舊做爲開始。我們有時候必須一個字、一個字的去考據，藉以探究字辭間的包袱；而更多的時候，則可能更要去追究它被包裹在論述裡，以及沉澱在文化中的負面訊息。「字詞—論述—文化」，它是一種秩序，一種建構。許多時候，我們已需要敲敲打打，將它拆除重構。

我們都知道，沒有誰生來就是孤獨的和自由的。我們一出生，就被歷代祖先所建造的語言文化所包裹。祖先們的好好壞壞，都是我們的一部分，因此遂可以說，人一出生，其實就已很衰老。但儘管如此，年輕卻是屬於我們自己的，我們可以憑藉著年輕，去翻造繼承得來的舊與壞，使之成爲好與新。在語言和觀念世界裡，每一個人都被賦予了翻造者的角色與職能。如果我們的確能對語言敏感，有時候或許會發現，在許多地方，我們的語言和行爲甚至於還在反芻著幾千年前同代的習慣，這時候怎能不悚然以驚？有時候我們也或許會發現，我們經常就囫圇吞棗的被包進了外國造就的瑣碎無聊的論述與習慣中，這時候又怎能不爲之驚懼並感慨？而這益發的顯示出，語言裡顯露著事務的秩序，一切的批判，最後終究要落實到語言這個範疇中，並更新探索語言、行爲、價值可能的新介面。研究語言之目的，從來就不只是爲了語言，而是爲了批判與創新。

在進入語言寫作第五個年頭之際，我有時候仍然會像白頭學者般考據訓詁，像田野考古學家般的用鶴嘴小鋤敲打遺址廢墟，企圖尋找埋在語言文字墳塚裡那些消失掉的意義；但更多的時候，卻已開始用當代解構與論述分析的方法，對現世的問題做出新的觀照，那已是語言文化學這個範疇了。當代西方學術界，語言文化學的研究正快速伸展中，它不僅在人文及社會學科如此，更已進入到自然科學與經濟學裡。它是個方興未艾的新事業，顯示出許多可能的新事務正等待著要發生。

我寫語言，現在已是語言第四書了。由一到四，中間只有三個間隔，但卻走了五年的光陰。白髮多了，皺紋也多了，但更多的卻是心靈的快樂，以及得到許多朋友知心的鼓勵。如此行來，並不虛枉，反而更像是風帆得到了知己們的祝福，還要走得更遠更久。

這篇實在不像是序的序言，寫在語言第四書之前，代表的是最由衷的感謝。

時在二〇〇一年清明之后

contents

卷二：新世代流行語

卷三：社會語言

contents

卷四：政治語言

卷一：語言概念

語言學上「深思熟慮的模糊」

莎士比亞在悲劇《特洛埃勒斯與克蕾希達》（Troilus and Cressida）的第三幕第三場裡，藉著尤里西斯的口，說出了這樣的句子：

沒有人是一切事務的君主，
縱使他的確有許多才幹，直到他能將他的部分與
別人溝通。
他也無法知道自己是否爲對，
直到他聽見喝采的聲音，
由那被延伸到的地方發出。

因此，當代語言哲學家戴維森（Donald Davidson）遂說道，語意學上在說一種語言及

論說的眞假時，並不是冗贅的遊戲。語言的終極畢竟還是要使它成爲一種可以「共享的語言」，因而語言的表現與陳述，尤其是它用來表達希望與信念時，不落實到共享的溝通層次，乃是不可能的事。

然而，非常令人惋惜的是，在人類的語言行爲裡，卻經常會出現一種「深思熟慮的模糊」（Deliberative Obscurity）。當代兩位主要語言學家蓋爾森（Heimir Geirsson）及洛松斯基（Michael Losonsky）在《語言及心靈讀本》裡即指出，人們在語言表達的各式各樣模糊（Obscurity）、「含混」（Vagueness）、「歧義」（Ambiguity）裡，即有一種「深思熟慮的模糊」。它故意不把話的邏輯和語意講清楚，而是將它按一種「限定式的計畫」（Restrictive Program）來加以表達，使得這種呈現出來的語言僅能被接受某些既定前提者理解並同意。

這是一種被操控的模糊，它使模糊成爲具有某種共同心態者的集體符碼。

這種「深思熟慮的模糊」，就語言的溝通而論，因而被稱爲「方法論上的獨我主義」（Methodological Solipsism），它不企圖讓原本有些模糊的事情變得清楚，反而是要將模糊變得更模糊，甚至將其定義往「心理狀態」方向發展，祇限於「心理狀態」相同者始能接受。當語言的「宣達」（Utterance）已主觀化到「獨我主義」的程度，它其實已和溝通功能不再相關。

而這種「深思熟慮的模糊」，乃是語意學上的一種特例，用台灣最當令的話來說，那就是「話祇說給自己聽」。跨黨派小組歷經七次會議，表面上有了「三個認知，四個建議」的書面結論，但其內容之空泛與模糊，也的確匪夷所思。「深思熟慮的模糊」，模糊到最後就祇剩下冗言贅字。跨黨派小組自己畫了一個東西，認爲那是個球，但事實上卻不是球的東西，兜了一大轉，球還是在台灣這邊。

因此，跨黨派小組的「三個認知，四個建議」，非常値得做語意學和語用學的分析。其中的多數條文皆屬立場性的贅詞，但「三個認知」裡的第一項、「四個建議」的第一條則仍有實體性的意義，因而可就這兩個條文加以論之：

首先就「三個認知」裡的第一項而論，條文曰：「兩岸現狀是歷史推展演變的結果。」但這句話究竟是什麼意思呢？跨黨派對這個沒有說明的「歷史」、「結果」等不去定義，它就成了模糊的空話，甚至變成了猜謎的謎題。

其次，「四個建議」的第一條曰：「依據中華民國憲法增進兩岸關係，處理兩岸爭議及回應對岸『一個中國』的主張。」這段話看起來漂亮，但「中華民國憲法」是什麼憲法？它會不會修改？這才是眞正該定義的部分，但它卻輕輕閃過，於是遂出現「一個憲法，各自表述」的結果。至於「回應對岸一個中國的主張」這幾個字就更微妙了。跨黨派小組可沒說

「一個中國」，而祇是「回應對岸一個中國的主張」，意思是，「一個中國」是對方說的，我們拒絕認帳。

這眞是「深思熟慮的模糊」之極致。跨黨派小組誰也不願在這個問題上有所承擔，於是遂用了一堆空言贅字。看起來漂亮，但卻沒有內容，而私下則可藉「一個憲法，各自表述」的方式自行交代。難怪這「三個認知，四個建議」最後要被人評爲「一個共識，各自表述」了。看著跨黨派小組七次開會，如此痛苦地玩著語言遊戲，以閃避問題，他們何不用更漂亮，但也更模糊的八個字「遵照憲法，依據民意」來取代「三個認知，四個建議」呢？有關「深思熟慮的模糊」，在語言學的著作裡，理論談得較多，但卻似乎沒有什麼具體的例證，經過這次跨黨派小組的七次會議，它儘管不可能對兩岸關係有何貢獻，但可以肯定的是，它對未來的語言學卻必定會有極大的影響，因爲「深思熟慮的模糊」終於有了絕妙的例證，可以在教科書裡討論。

由「深思熟慮的模糊」，人們應當可以發現到，語言並不必然是溝通的工具，反而經常是逃避溝通的地下道。當人們拒絕溝通，即可藉著語言裡的「歧義」、「含混」、「模糊」，而很快地潛入地下道之中。也正因此，遂有人說：「語言經常扮演著讓鴕鳥將自己的頭埋起來的沙堆角色。」

我們都知道，現象世界以及人的經驗世界具有無限的可能性，而字詞、文法和語言的表達則有限。以有限來呈現無限，語言功能的不足遂成了「歧義」、「含混」、「模糊」的淵藪。

所謂的「歧義」，經常是指在一個語言的「脈絡」（Context）裡，由於它的規定性不足，對同一個多義的字，我們簡直無法確知它究竟該選擇哪種意義。

至於「含混」，它乃是「精確」的反面。由於語言有限而現象無窮，指涉或描述現象的語詞，遂通常都是「差不多」就好。這種語言裡的「差不多」，最後就會顯露或「含混」。例如，當人說「我讀了很多書」這句話，如果眞要追根究柢，就會發現「讀」「許多」「書」這幾個字詞都有很大的含混性。什麼是「讀」？他到底是「讀」還是「翻翻」而已？他所謂的「許多」，到底是多到多少？至於他讀的「書」，究竟是眞正的「書」，或是影印的文件或從網路上下載的拷貝？「含混」經常涉及歸納的「邊界」（Boundary）問題，由此並延伸成數學裡用集合論來探討的所謂「模糊集合」（Fuzzy Set）以及「含混工程學」之問題等。而在語言哲學上，最新的理論甚至於將其視爲突破「二値思維」，邁向「多値思維」的主要介面。

至於「模糊」，則多半屬於語言及思想這個更大範圍上的課題。當語言在表達時在文法、詞語、指涉及論證關係上鬆散、閃避、不嚴格，「模糊」即告出現。

有關「歧義」、「含混」、「模糊」，它們都是語言結構中的本質，也是「語意不確定性」的起源。若就溝通而論，力求脈絡、語法、推理、陳述之翔實，則因爲可以參考的架構變大，這些「歧義」、「含混」及「模糊」所造成的不確定性即會相對減少。也正因此，純粹就語言學的角度而言，上述這些參考的架構遂可以稱爲「共同基礎」（Common Ground）或溝通時的「相互知識」（Mutural Knowledge）。任何語言表達若缺少了這樣的「共同基礎」及「相互知識」，那就不可能有溝通對話的可能性，而祇剩下自說自話的語言遊戲。

而非常奇特的，乃是目前的新政府，它的前提即是「一中即投降」，因而在談「一中問題」時，它遂反而深思熟慮地要拒絕使用「一中」這樣的語詞，「談一中」而不用「一中」，當這個關鍵詞消失，於是不論再怎麼談就注定愈談愈模糊。它就像是一個句子，當主詞消失，誰知道這個句子的描述對象或整個句子的閱聽對象是誰啊！台灣的兩岸關係始終脫離不了語言遊戲的格局，也永遠祇是一再反芻著那些祇是要說給自己聽的話，這豈是偶然的！兩岸關係的「語言遊戲化」，前一階段是「沒有共識，祇有精神」，到了現在的跨黨派小組，則成了「一個憲法，各自表述」及「一個共識，各說各話」。這是「創造性的模糊」？別開玩笑了，在語言學上，它是標標準準的「深思熟慮的模糊」！

語言的私密性與任意性

自從巴勒斯坦裔，但美國籍的哥倫比亞大學教授薩伊（Edward W. Said）出版《東方主義》後，近代的「後殖民研究」遂成爲主要的新興思想及學術領域之一。所謂的「東方主義」，指的是西方在談論及觀看東方時，那種特定意識形態的形成及其心靈構造。但近代學者在討論「東方主義」時，卻普遍疏忽了其中有關語言哲學的部分。

歐洲自理性啓蒙時代開始，主要的思想家如狄特羅（Denis Diderot, 1713-1784）、孔狄亞克（Etienne Bonnot de Condillac, 1715-1780），一直到洪保德（Wilhelm von Humboldt, 1767-1835）等，即致力於將人類悟性、知識、語言、思想等予以統一的研究。他們認爲語言不是單純的溝通媒介，而是人類將思想具體化的一種載具。孔狄亞克遂說：「使用各種不同語言者，都將顯示不同的特性。」語言投射思想，思想創造語言，不同的語言雖然都是花朵，但就和花朵有美有醜一樣，語言和思想也有高下之別，依此而論，使用不同語言的人種當然也就有些高等優秀，有些低等拙劣。

那個時代的語言哲學裡，有兩個論點可以在此討論：一是狄特羅的「語言私密性」問題，另一則是「漢語低等論」的問題。

所謂的「語言私密性」，乃是當時的思想家普遍關切並注意到的問題之一。從語言發展初期開始，人們將感覺與思想具體化地呈現爲語言，然而由於每個人的心靈都相當地個人性與私密化，因而當大家都用同一個字如「快樂」時，這個「快樂」在理論上對每個人的意義也將不同。基於此，我們可以這樣的設想，假設突然之間上帝讓每一個人都有一種能夠完全表達自己的語言，它必將造成人與人之間的完全不能相互了解與溝通。

這乃是語言的「不充分性」，也就是所謂的「了解同時也是不了解」。「語言私密性」使得人們在使用語言時都有他自己私密的意義，同樣的語言經常對每個人會有不同的效果。有時候我們以爲聽懂某人的語言和所指，但事後卻可能發現一切恰恰相反。

因此，無論語言或辭彙的建造，由於「語言私密性」之故，它都有著一定的「任意性」（Arbitrariness）。而人們爲了確保能藉著語言而增加相互間的溝通，而不是讓這種「任意性」演變爲雖講同樣的話，但因意義不同而自說自話，遂需要不斷進行彼此間的「矯正」（Rectification）。這是一種彼此在說與聽之間的「相互創造行爲」。如果沒有這種意願和興趣，人間的「鷄同鴨講」即難免日益滋生。

上述這種語言哲學的觀點，被稱之爲「語意學上的不可知論」（Semantic Agnosticism）。它言之似乎有點玄奧艱澀，但它認爲「了解同時也是不了解」或「了解以不了解爲基礎」，乍聽或許讓人覺得詭異，但卻的確有它深刻的道理在焉。它主張溝通必須從事聽與說的相互創造，更見深意。古典思想家裡有許多人偏好以對話方式，對語言概念或談論之語法反覆質疑辯證，在看似瑣碎中則有擴大語言公分母之意。

在此特別舉出「語言私密性」的問題，乃是由這個問題，顯示出語言裡的「任意性」，其實隱藏著許多可以讓人放大自己，逃避溝通的可能。當人們對相互間的聽與說毫無創造公分母的意願，無論基於何種目的或心願，遂總是有可以拉扯胡賴的空間。稍早前，美國柯林頓總統因性醜聞而東拉西扯，最後甚至說出「她對我有性關係，我對她則沒有性關係」，「我們有許多時間單獨在一起，但我從不認爲我們是單獨在一起」。由於一再被抨擊追問，他連「這要看所謂的『是』要怎麼去定義」、「這要看你們如何定義所謂『單獨在一起』的意思而定」這種話都說了出來。當時即有專欄作家莫琳多德（Maureen Dowd）評之爲：「他的問題來自他的本能，當身陷麻煩之中，他即企圖逃避而不是將其說清楚。他試著將字詞主觀化，堅持這些字的意思祇有他所希望的那種意義。……他在敗壞語言的同時，也敗壞著思想。」

柯林頓的案例，可以說即是「語言私密性」的極端情況。當他遇到麻煩的情況而被攻擊追問，他即想避開問題，甚至想建造一個讓自己的行爲可以合理化的語言世界，於是他遂以私人的方式嘗試扭轉通常語言的字詞意義及其文法。對他而言，所有的語言都必須根據他的需要而重新定義。說得更極端一點，即是他要建造一個祇爲了容納自己的語言世界，由於它的語詞仍是慣用的語詞，因而在他的意識或無意識裡，當然連最基本的字詞都必須重新定義。他的這種語言世界除了裝下他自己外，已注定不可能裝得進別人。

基於同樣的道理，最近的「精神」與「共識」茶壺風暴，情況不也相當。「共識」在當今語意裡，代表的乃是一種「共同的認知」，它可以用文件表達，但多半則是你知我知的默示。但有人卻硬是要將它的這種意義取消，認爲沒有「共識」而祇是「精神」。「共識」是兩岸交往的基礎，而今卻硬是按照自己的意思要重新定義「共識」，當然也就意味著以前的「共識」不再是「共識」，兩岸交往的前提也就無法存在。設若眞的要如此，那又何必再夸夸而談什麼大小三通呢？對自己有利的就要，對自己不想要的就躲避到語言遊戲中，在無話處找話講，甚至企圖扭轉共通的語言祇爲自己服務，不在共通的語言中堂堂正正地面對問題，而卻小聰明地在語言縫隙裡鑽進鑽出。如果按照自己的意思改變語言即能改變世界，那麼讓古代的詭辯學家搞政治豈非成了更好的選擇？

這時候就想到了德國洪保德在《語言論：人類語言構造的歧異性以及它對心智發展之影響》一書裡的若干論旨。

前已述及，洪保德乃是西方十八世紀開始出現的語言哲學裡的重要人物之一，在那個時代，這些語言哲學家嘗試著要將語言、認知、思想等統一起來。於是對不同語言系統之比較研究遂告出現，並逐漸得出語言和心智發展有高下之分的結論。落後國家之所以落後，乃是它的心智及思想差，而歸根究柢則是語言差。這種觀點當然是歐洲中心主義的一部分，洪保德則無疑地集其大成。

洪保德以研究印尼的「卡威語」（Kawi）著稱。他將人類語言分為諸如「黏聚式語言」（Agglutinating Language）、「併合式語言」（Incorporating Language）、「孤立式語言」（Isolating Language），以及「曲折式語言」（Inflecting Language）等。「曲折式語言」是歐洲語言，清晰進步，其餘皆差，漢語則是單音節聯綴的「孤立式語言」，它非常脆弱而不嚴格，不能裝得進清晰進步的思想。

洪保德因果錯置，將不同語言文化系統的發達或不發達歸因於語言，這和那個時代的歐洲人將它歸因於腦容量大小、國民性或諸如類似的理由，並沒有什麼不同，它都是西方種族優越主義的環節之一，沒什麼大道理。

不過儘管沒什麼大道理，但他山之石的小道理卻也不能說沒有。例如我們即可以問另外一些問題：爲什麼漢語使用者似乎特別擅長東拉西扯？也非常喜歡玩弄各式各樣的語言遊戲，而且一點也不嫌累。最近甚至連美國媒體都對諸如此類東拉西扯稱之爲「中國式的修辭學」（Chinese Rhetoric）？

而這當然和語言無關，否則柯林頓式的詭辯胡扯就不會出現了。對「中國式的修辭學」，我們倒寧願相信那是古代專制所造成的一種集體心智反應，它使人面對問題即閃躲，最後即躲到了自己讓自己高興的語言中。魯迅的《阿Q正傳》裡，稱之爲「精神勝利法」，將人們在語言中逃避、滑頭滑腦的本質說了出來，這個原型人物所說的不就是我們善於語言遊戲，總是東拉西扯，喜歡在無話處找話講，喜歡在語言上占人便宜，除了自己高興外即無意義的現象嗎？

「中國式的修辭學」是一種文化制約下的心智反應，它是語言行爲，但非本質，因而不能說漢語較差。而對這種語言行爲，除了自己反省外，則無藥可治。近年來，幾乎所有的「實詞」如「心靈改革」、「共識」、「善意」、「務實」、「向上提升，向下沉淪」等，在經過我們的口之後，統統都會變成「虛詞」，甚至變成笑話。它所反映的，不正是我們「祇務語言而不務根本的心智問題」嗎？

人間原本即會有許多難題，對難題要發揮高度的智能始能解決，文明與心智的高低顯示在解決問題的胸襟與能力上，而不是顯露在語言遊戲上。再一次的「精神」或「共識」的胡扯蠻纏，它留給我們的是另外許多更嚴肅的問題！

語言是行銷包裝的最佳利器

在現代政治裡，語言及符號的操作日益重要。它是一種控制，同時也是包裝與行銷，將意識形態加工成精美的商品。當然，從批判的立場而言，也不能說不是一種詐術和僞裝，而毫無疑問地，二〇〇〇年美國大選的共和黨黨代表大會，即堪稱範例。

二〇〇〇年共和黨黨代表大會，乃是一次精密計算、配套演出、全場品質管制的會議。小布希早已指出，要把這次大會變成一個「觀念櫥窗」（Showcase of Ideas），而它果然一定程度達到了預期的目標。共和黨大會這次以「關懷」（Compassionate）、「包容」（Inclusive）、「友好」（Friendly）爲設計的主軸，希望藉以塑造出「關懷的保守主義」（Compassionate Conservatism）的形象。共和黨前全國主席巴布（Haley Barbour）有一段絕妙好辭：「黨大會應該祇是宣傳、電視秀，沒有意見衝突的新聞。」

共和黨這次能找出「關懷」當做主軸，它的背後其實有著好多故事。長期以來，共和黨即一直被認爲是個白人有錢階級的政黨，它白私自利、價值保守，把「社會福利」視爲

「社會主義」。在一定程度上，它有著白種柔性法西斯的特性。就以這次大會的黨代表爲例，白人占了九十五%，黑人僅三．二%，而美國人口的白、黑百分比則是七十四對十二，這是共和黨的膚色差異。此外，黨代表的年平均收入爲七萬五千美元，超過十五萬美元者占五分之一，這顯示出了它的階級性。美國兩黨的核心與策士都深刻地理解到，兩黨的實力基本上早已難分軒輊，想要贏得大選，即必須從語言、符號、形象等方面著手，而且以軟性最好。於是，遂有了「關懷」這個字的出現。台灣媒體將它譯爲「悲憫」和「悲憫保守主義」，錯得實在太離譜了一點。共和黨大會，這次想出「關懷」這個字，有許多有趣的故事：

其一，這次大會在賓州的費城（Philadelphia）舉行。費城建城於一六八一年，其命名取義於拉丁字「愛」（Philo）和「兄弟」（Adelphos），因而又稱「兄弟愛之城」。在這樣的城市召開大會，不能沒有一些能夠和城市相得益彰的表現。

其二，共和黨策士們已警覺到，保守好戰的老保守主義，雖然在一九八八年以抹黑的「負面競選術」擊敗民主黨的杜凱吉斯，但共和黨自己也形象嚴重受傷，尤其是兩黨實力早已相當，保守好戰的結果將無法吸收到愈來愈重要的少數族裔及另類價值人士的支持。共和黨主要智囊，「基督徒聯盟」的魏特曼（Marshall Wittman）說，柯林頓在一九九二年以弱勢身分擊敗強勢的老布希，關鍵在於他將「老自由派」轉化成了「新自由派」。「老自由派」

的核心信念是「社會福祉」，但祇講「社會福祉」卻會成爲「縱容窮人」的同義辭，因而柯林頓遂改而強調每個人應對自己的人生負起「責任」，「責任」的廣義概念洗刷掉了「老自由派」的污名。基於這樣的教訓，共和黨也必須由「老保守主義」修正爲「新保守主義」，而「關懷」的概念遂告出現，藉以塑造出「友誼臉孔的保守主義」（Conservatism with a friendly face）。

其三，共和黨的首腦與策士日益理解到，美國的選民結構在變，共和黨設若不能自我調整，即難免會在全國性的大選中落敗。小布希的首席策士羅維（Karl Rove）指出，在共和黨歷史上，一八九六年麥金萊（William Mckinley）贏得選舉之役最具啓發性。當時的麥金萊並無藉藉之名，但他體察到義、波、德、俄大量工人移民湧入後對經濟和政治造成的影響，因而加以包容爭取，並在共和黨主席漢拿（Mark Hanna）主催下，提出「麥金萊和滿滿的便當盆」（Mckinley and the full dinner pail）爲訴求的口號，這句口號乃是他當選的關鍵。一百多年前共和黨的經驗，乃是它這次大會重新調整訴求，選擇「關懷」、「包容」、「友好」等爲關鍵字的主因。在共和黨大會之前，小布希即不斷地講「關懷」，大會期間這個字更是滿場飛舞。剎那之間，共和黨儼然變成了很有人性的政黨。

除了語言及口號上的關鍵辭被設定出來之外，共和黨這次對大會流程的精密計算及管控，也是有史以來的第一次。共和黨在反省一九九二和一九九六年的落敗經驗後，認爲黨大會的成敗攸關大選時的成敗。以前的黨代表率皆由各地黨老闆及黨幹部指派，成員駁雜，意見分歧度較大。此外，黨大會召開時，各場次的演講人及演講內容也未協調管控，難免走板脫線。共和黨有如夢魘的乃是九二年的黨大會，極右的基本教義派布坎南（Patrick J. Buchnman）演講，宣稱「爲了美國人的靈魂而必須展開一場宗教聖戰」，又抨擊民主黨的柯林頓是「同性戀遊說團的激進領袖」。布坎南帶頭之下，會場的亢奮好戰氣氛立即被誘發，而中間選民看到報導後，對共和黨的認同與支持當然下降。這是共和黨的新名言：「八月出狀況，十一月也一定出狀況！」八月指的是黨大會，十一月則指大選。基於以往的教訓，這次黨大會遂做了完全不同的安排：

其一，乃是黨大會代表的產生，有些是在黨內初選時一併選出，有些則是各州黨組織選出，其目的乃是希望讓黨代表都是支持黨提名人的積極黨員群衆。黨代表的這種產生方式，將使得黨大會不再是個論壇，而成了造勢同樂大會；而黨大會的全部掌控權力則落到總統提名人選的手中。這也就是說，共和黨的這次大會，出席者幾乎全部都是小布希的積極支持者，而會場的部署則由他的競選班底主控，黨大會上不再有任何雜音，也不再會鬧出什麼新聞，成爲一次純然的政治表演和超大型的政治同樂會。

其二，乃是會場程序全面管控協調，一切都配合「關懷」、「包容」、「友好」等主軸而展開，軟性包裝、規避意識形態而改爲以動作呈現。例如，爲了呈現「關懷」，它第一天演講的主軸即是「不留下任何兒童未受照顧」（Leave no child behind）。爲了呈現包容，波灣英雄鮑威爾將軍、國家安全專家萊絲（Condoleezza Rice）等黑人都成了要角，藉以爭取黑人的認同與支持。黑人占美國人口的十二%，但過去三十年裡，總統大選時共和黨最多祇得到其中的十八%，一般都在十%左右，共和黨認爲若黑人得票率能成長兩倍，大選即毫無問題。爲了表示「包容」，儘管共和黨不在競選政綱裡明言對同性戀的支持，以免引發內部爭議和造成分裂。但全美第一個公開承認自己是同性戀的亞利桑那國會衆議員柯貝（Jim Kolbe）也被邀請做了一場演講。其他如單親媽媽、殘障者代表等也都輪番上台。按照共和黨自己的說法，這是一次以「眞實的人」（Real People），而非政綱文字來證明「包容」的表現機會。

其三，任何政黨都有競選政綱，但政綱卻不可能涵蓋一切。有些不能不寫在政綱裡，以免被核心群衆視爲背叛；有些則無法寫進政綱裡，以免引起反彈。例如，共和黨候選人如果不在政綱裡反對墮胎，必然後患無窮；若在政綱裡支持同性戀，則一定會鬧翻天。對於此類問題，這次大會即盡量低調但彈性化。例如政綱明言反對墮胎，但容許鮑威爾以點到爲止的方式支持墮胎；政綱不明言反對同性戀，但邀請柯貝演講。這是高明的閃避，以求保持彈性和爭取中間群衆。由於會場都是小布希的積極群衆，大家獲主心切，對這些故意的曖昧都能體會，沒有人硬要去「說清楚，講明白」，因而整個大會遂一片溫馨團結。《紐約時報》記者小艾波（R.W. Apple, Jr.）即報導說，這是一次「完全沒有硝煙，祇有娛樂的團結大會」。

因此，從語言符號操作以及政治控制的角度而言，共和黨這次黨大會簡直可以說是一次經典性的大型表演示範，許多旨在鼓動愛國主義情緒的話，它刻意地不讓白人去說，而讓黑人鮑威爾及萊絲等人代言，更是高明。由這次大會，證明了小布希比起老布希來，的確有其過人之處。

共和黨大會在語言符號操作上有其獨到之處。從正面的角度而言，當然可以認爲這是小布希意圖將保守主義陣營轉化的一種嘗試，讓傳統上右傾好戰的保守派轉變爲更關切社會福利及少數族裔的「關懷保守派」。民主黨有許多策士即認爲由這次大會，業已顯示出共和黨在某些方面已開始向民主黨靠近。西方長期以來即有「政黨趨同論」這種理論，認爲兩大政黨最後會彼此相互靠近，民主黨在財經政策上愈來愈像共和黨，而共和黨在社會政策及族群問題上，則愈來愈像民主黨。

共和黨這次大會，一定程度印證了這種說法。不過，共和黨大會對語言符號的操作，儘管獨到高明，顯示出小布希確實不凡。然而，他的語言符號操作及表演政治也確實有著極多破綻。語言世界必須和實體世界聯繫起來看待，當兩者不能相互配對印證，語言世界即有極大的虛假性。而毫無疑問地，最能洞悉其微妙者乃是同屬語言符號操作高手的柯林頓。他對共和黨大會有最一針見血的批評：「他們的策略乃是談論關懷及諸如此類的話語。這實在是很棒的策略，一種漂亮的包裝。他們所希望的，乃是如果他們包裝得夠緊，在聖誕節前將沒有人會將它打開！」

柯林頓一語中的地說出了共和黨大會的破綻。共和黨這次以軟性的「關懷的保守主義」為主軸，溫馨感人。但據《紐約時報》七月二十至二十三日期間所做的調查，顯示出在各種議題和價值上，共和黨及民主黨間卻有著極大的差距。共和民主兩黨在各議題上的比例依序為：強大軍力五十七比二十一，振興傳統家庭價值五十比二十七，強勢經濟四十三比三十九，社會福利三十七比四十三，關懷別人如同關懷自己三十六比四十二，稅負公平三十四比四十二，教改三十三比四十五，改革健保體系二十八比五十二，保護環境二十二比五十四。由上述這些數據，顯示出共和黨除了關切國家強人及傳統價值外，對社會性與人民權益性的問題都極不介意。這顯示出整個共和黨仍屬於那種自由放任、強者有理的意識形態。這和「關懷的保守主義」南轅北轍。尤其是共和黨對環境問題極為冷漠，小布希自己都主張開發阿拉斯加野生動植物庇護區的油源。這些破綻顯示出共和黨大會的精美包裝確實有些問題。美國的中間組織「民主行動委員會」政策委員會主任吉爾果（Ed. Gilgore）即指出，共和黨大會乃是一種「故意的假呈現」。

其次，共和黨大會這次以語言符號的操作和會議的管控而創造出團結局面，為求一切順利和避免內部爭議，許多問題都故意閃過。例如會中不談日益嚴重的貧富不均問題，故意不談極為重要的政治獻金問題，而對國際問題則祇談軍力強大，卻不說國際合作與對弱國的援助。目前美國貧窮人口已累增至三千五百萬，而共和黨又是有錢大公司的靠山，有一個組織「共和黨人董事會」（Republican Regents）由一九九九年一月起捐款共和黨逾二十五萬美元的私人及公司組成成員達一百三十九個。所有的這些都和「關懷的保守主義」有所違背，這些乃是小布希的最大痛腳。共和黨大會期間，裡面歡欣鼓舞，而場外則是多種示威運動不斷，總計被捕至少三百六十九人，有十七人被控重傷害。這是繼一九六八年芝加哥民主黨大會引發大示威後另一次對政黨的示威，它使得操作良好的黨大會多了一項不良好的插曲，也等於凸顯了「關懷的保守主義」的最大破綻。

共和黨大會在語言符號的操作上有利但也留下諸多破綻，它刻意閃避問題，也使得它的漂亮溫馨口號變得很沒有內容。《紐約時報》在報導中即引用了一位學者貝希洛斯

（Michael Beschloss）的談話：「它的會議口號，沒什麼具體的指涉，它的沒有內容是無與倫比的。」

而除了上述這些問題外，共和黨大會尙有另一個極爲重要，而且早晚將發酵的嚴重問題。那就是黨大會就在進行語言符號的操作同時，它也以嘉年華會的各種活動塑造歡樂的團結局面。這些活動皆由各大公司出資贊助，它們爲了向共和黨示好，因而贊助的活動皆窮奢極侈。這次黨大會有一晚的派對，即花了五十萬美元，另外有三場派對則各花了四十萬美元。除了派對晚會外，聚餐、看表演，其他分組娛樂活動尙多不勝數。「共和黨全國議會委員會」副主席馬通（Dan Mattoon）即指出，這些企業贊助出資的豪華昂貴活動，已使得共和黨大會成了「政治史上享樂主義的最大狂歡」。共和黨大會上，在副總統提名人選錢尼出場時發表引言的聯邦參議員哈傑爾（Chuck Hagel）也指出：「豪華的晚會，不可思議的表演，多得吃不完的龍蝦大餐」，「已使得一般人民愈來愈和共和黨遙遠。」豪華的晚會和欣賞表演，乃是對積極黨員的回報，也是明明祇要一天就可開完的會，要拖到四天的原因。對於這些豪華奢侈的同樂會和聚餐會，民主黨已滲透進去偷拍了許多紀錄片。雖然民主黨的大會也同樣大搞娛樂同歡，但比共和黨仍差了好幾籌。黨大會的奢侈問題，往後很可能引發新的爭論。

美式民主有利有弊，共和黨二〇〇〇年非常別開生面的黨大會，是一個値得觀察的特例。

媒體掌控了語言？

美國的三枚飛彈，同時「誤擊」中共駐南斯拉夫大使館，引發大陸學生及群衆的示威抗議運動。非常值得注意的，乃是美國對整個事件的報導模式及其使用的語言。

其一是「排除模式」。美國媒體一向對別的事情喜歡鷄蛋裡挑骨頭，但對自詡「聰明的武器」卻三枚居然都那麼準地「誤擊」，連最起碼的懷疑精神都告失去，寧不使人嘖嘖稱奇？稍微有點常識的人都知道這絕非誤擊，而是準確地擊中目標。因此，美國媒體應當提出這樣的問題：爲什麼要以中共大使館爲打擊之目標？爲什麼會三枚飛彈同時那麼準確地「誤擊」？但對這些如此明顯的問題，它們卻毫無興趣。這就是一種「排除模式」，不去問不該問的問題，一則在國際上逃避責任，另外則是在國內誤導美國人民的思考模式。美國媒體的這種「排除模式」（Modes of Exclusion），早已發展成一種不必媒體老闆交代即會自動出現的新「政治正確」。

其二則是「選擇性的包含」（Included）及「誤訊」（Misinformation）。以這次飛彈攻擊所引發的大陸學生示威抗議爲例，美國媒體在畫面及文字上，即不斷強調這是大陸官方所鼓動的示威。這實在是非常奇怪，而且奇怪到很變態的一種心態。將別人的大使館炸掉，居然還不准抗議，抗議者一定是官方發動的群衆。這種心態的卑鄙與惡質，乃是在於非法化示威活動以逃避自己的責任。美國媒體在報導示威抗議時，並將使領館人員因此而造成的不便與不安，誇大處理，示威活動儼然變成了很具威脅性的事情。將自己炸別人寫得輕淡幾筆，卻將不相干的事情寫得嚴重無比，因果倒置，胡扯耍賴，其邪惡由此可見。

而這就是美國媒體的「論述模式」，當代美國語言學大師杭士基（Noam Chomsky）曾先後以《加工製造同意》（Manufacturing Consent）、《必要的幻象：民主社會的思想控制》（Necessary Illusions: Thought Control in Democratic Societies）、《改變潮流》（Turning the Tide）、《恐怖主義文化》（The Culture of Terrorism）等四本討論美國媒體之著作，闡釋美國媒體早已成爲美國國家恐怖主義的宣傳機器，而其終極目的，則在於「說服公衆，使人民了解敵人的邪惡，並設定干涉、顚覆、支持其國家恐怖主義的舞台，進而達到無休止的軍備競賽和武力衝突之目的，並使這一切都有高貴的理由」。

如果由近代美國媒體史的發展以觀，六〇年代及七〇年代初之前是個階段，當時的媒體可以說乃是一個單獨的公正勢力，它和「軍—產複合體」（Military-Industry Complex）的統治階級並無太大的利益掛勾，因而遂能以中立的態度看待不正義的越戰，並對越戰進行批評。反戰運動和媒體的角色，使得越戰終究無法取得正當性，而這也是美國在越南戰場失敗的主因。

不過，值得注意的，乃是越戰尾聲，代表了美國統治階級的「三邊委員會」，曾特別就越戰引起的統治危機進行研究，研究題目乃是《民主體制的可統治性》。報告結論中指出，「媒體已成爲國家權力的明顯資源」，媒體的無法掌握，「內則使得民主過度，使政府威信掃地；外則使國家在國際社會的影響力衰退。」或許正基於這樣的覺悟，美國遂於一九七〇年代中後期進行了一次大規模的媒體股權交換。普利茲獎得主巴底強（Ben H. Bagdikian）在《媒體壟斷》（The Media Monopoly）這本著作裡，即對這種「軍—產—媒體」聯合的新結構做了詳盡的分析。從此以後，美國「自由媒體」的時代宣告結束，媒體與統治集團掛勾，並成爲國家恐怖主義的宣傳機器的新時代開始到來。一九六〇年到七〇年代初，媒體敢於揭露軍特部門密件，敢於抨擊侵略活動之勇氣，開始被一種新的「共識」及「政治正確」所收編。

杭士基教授在前述四本討論到媒體控制的著作中，曾對八〇年代後，美國的媒體宣傳及控制有過詳細的討論及分析。

例如，媒體會自動地設定出誰是「有價值的受害人」，或誰是「無價值的受害人」。當它要醜化某個國家時，就會從該國找出「有價值的受害人」。但若是美國的朋友，或對美國言聽計從的庸屬國，縱使再多人受害，媒體也將無動於衷，因爲他們是「無價值的受害人」（Unworthy victims）。就以眼前的事情爲例，庫德族分布於中東各國，在伊拉克所受待遇最佳，在土耳其則所受待遇最慘，但因土耳其爲美國之庸屬國，縱使再多庫德族被殺，也都祇是「無價值的受害人」；伊拉克對庫德族最好，但因它的反美，遂使得美國不斷慫恿庫德族反叛並使之成爲「有價值的受害人」。不久前，美國甚至協助土耳其至外國綁架庫德族領袖，但美國媒體卻對這樣的行爲無所置評。美國媒體的墮落由此可見。易言之，這等於他們在決定什麼人的死亡與受害是有價值的或無價值的。塞爾維亞人及伊拉克人的死亡當然沒有價值。

例如，美國媒體已愈來愈習慣於在報導新聞時，將什麼話題「排除在外」（Excluded）及「包括進來」（Included）。就以稍早前的波灣戰爭爲例，美軍有一個工兵旅即用挖土機挖出壕溝，而後將伊拉克傷兵用推土機推進壕溝活埋，主流媒體居然視爲理所當然地不予報導；對美軍轟炸造成伊拉克平民至少二十五萬人死亡也無動於衷。有關近年來的南斯拉夫動亂，美國爲了肢解南斯拉夫，媒體也一面倒地醜化塞爾維亞人，對克羅埃西亞、波士尼亞，以及科索沃阿爾巴尼亞裔對塞爾維亞人的屠殺不予報導。三年前美國媒體配合政府，將「科索沃解放軍」定位為「恐怖分子」，到了今日，則又被視為「正義鬥士」，標籤的任意變換，原因在於三年前美國主要以肢解克羅埃西亞及波士尼亞為目標，設若當時也將南斯拉夫固有領土科索沃包括進來，勢必造成南斯拉夫嚴厲反對，而使克羅埃西亞及波士尼亞問題亦無法解決。而今前面的問題業已解決，已可進一步肢解南斯拉夫，為了合理化自己，於是昔日的「恐怖分子」立即翻轉成了「正義鬥士」。完全根據自己的策略而決定將別人貼上什麼標籤，媒體也都能充分配合地採取必須的畫面和報導視角。這些乃是選擇性的「誤訊」，在這個媒體發達而人民健忘的時代，藉著媒體來加工製造同意，已的確愈來愈容易了。

杭士基在《恐怖主義文化》裡特別指出，當年的「伊朗—尼游醜聞案」可以說乃是一個最特殊且成功，甚至「希特勒的助手弋貝爾及史達林都會為之大笑」的案例。當時國務院為了替顛覆及侵略尼加拉瓜製造民意基礎，特地在國務院下祕密設置「公關室」，展開一個代號「眞理作業」的「心理戰計畫」，由「國安會」主控，「將宣傳當做機密消息」發給媒體，為了如何掌控媒體，他們於八五年三月，甚至草擬了一份厚達十五頁的備忘錄。那是近代美國藉著掌控媒體而製造民意的最成功的經驗，此後更江河日下，無往不利。

媒體時代，媒體的結構性掌控，以及藉著媒體而塑造出固定的論述暨修辭模式，也就等於塑造出了政治的議程及民意。掌控媒體也就掌控了概念、語言、人們談論某個問題的方式。發生在南斯拉夫的所有事情，有一大半都可以從媒體創造語言及思考方法的角度來加以切入。飛彈「誤擊」事件，不過是其中的一環而已。

道歉語言的藝術

核四案引發一場罷免總統的「政治核爆」。最初，阿扁總統派出游錫堃「致意」而不「致歉」，等到事情發展到出乎他意料之外的嚴重時，才想到打電話「致歉」。及至到了最後，始透過電視公開「道歉」，並說出「歹勢」這樣的話。

這場「政治核爆」以公開「道歉」為終。三個階段用了三種不同形態的語詞。雖說是「道歉」，但本質上更「政治」，非常值得做語言及行為上的探究與反思。

「道歉」在人類行為裡，乃是非常重要但卻出現得較晚的一種類型，而且長期以來也一直未曾受到學術界應有的重視。一九九一年加拿大學者塔烏奇斯（Nicholas Tavuchis）出版《都是我的錯——道歉及和解社會學》（Mea Culpa: A sociology of Apology and Reconciliation），可以說是第一本從語言行為、歷史文化及社會功能等綜合角度接近這個問題的學術著作，由該書所附的參考書目，也的確顯示出有關道歉的研究並不太多，累積的成果也仍不明顯，甚至於對「道歉」本身，也都有著極多可努力的空間。

綜合塔烏奇斯的著作，其中有幾點特別值得注意，並可以用來做爲台灣的反省座標：

其一，乃是「道歉」（Apology）的本義原是「辯護」，大約在十六世紀末以迄十七世紀初，同樣的這個字，它的意義才逐漸由「辯護」轉爲「道歉」。語言反映思想，思想則起源於行爲的改變，這個字的意義發生如此重大的改變，它所反映的乃是那個時代，人們的心靈與行爲已有了變化。在此之前，社會的構成以鄉村爲主，在價值上也以封建威權爲主，祇有主從價值，而無平等及相互妥協容忍的概念。於是，當人做了傷害及侵犯他人的事而受到指責，他所想到的當然祇有「辯護」。但當城市逐漸形成並擴大，人際來往頻繁，個人主義抬頭，設若一切仍以「辯護」來應付指責，必將使人際衝突更增。在這樣的情況下，以和解爲目標的「道歉」遂日趨重要。人們祇有藉著「道歉」始能化解和減少衝突摩擦。由於中古時代人們已習慣於向神父「懺悔」，這種「告解」的文化習慣在被世俗化之後，很容易地就轉化成「道歉」。

其二，「道歉」因而是一種後來才發展出來的新價值，也是一種新的「語言—行爲」（Speech-Act）。它代表著當人們做出侵犯及傷害到別人的事後，警覺到這將引起別人的憤怒與怨恨，從而傷害到自己以及大家共同的生存介面，遂以「道歉」來彌補自己的過錯。在這樣的意義下，「道歉」可以說是一種「療傷止痛的儀式」，也是一種語言。但這些祇是表面，眞正核心部分。「道歉」乃是一種「語言—行爲」，它裡面所蘊涵的乃是諸如自我節制，重視別人的感受，尋找共同生存介面等價值。因此，塔烏奇斯遂說道：「如果道歉之目的祇是在於防衛或祇當做純然的工具，則它將難有正面的功能。」

其三，懂得「道歉」比不懂「道歉」好，然而「道歉」卻有著許許多多的不同形態，有許多「道歉」也確實可疑，在政治上，相關的例子最多。舉例而言，二次大戰期間，美國懷疑日僑與日裔的忠貞，將大批日僑日裔關進了集中營。許多有事業的人因此而事業瓦解，許多人則因集中營的生活及醫療環境惡劣，因而失去生命。一九八八年，雷根政府通過法案，除了公開道歉外，也給予每人二萬美元的賠償，可獲得賠償者在六至十二萬人之間。過了將近半個世紀才道歉賠償，它當然比沒有道歉賠償好，問題在於，美國爲何當年不道歉並立刻停止集中營，而要到了將近半世紀後才道歉？遲來的道歉及賠償並不能救贖過去的那些不幸，這樣的道歉除了讓雷根政府收割到政治利益外，還有什麼意義？許多道歉都在事情已過了多年之後，道歉者已和當年的錯誤毫無關係，當錯誤與責任的紐帶已不存在，道歉除了儀式外即難有其他意義。最好的道歉是錯誤的效果仍在持續之時，這時做出道歉，道歉者多少都必須爲此而付出代價，祇有這種自己爲自己的行爲付出代價的道歉，始具有眞正的意義，但無論古今中外，這種道歉都極稀見。以尼克森爲例，他當年因「水門案」而下台，但至死他都沒有道過歉，頂多祇是表示「遺憾」而已。這顯示出，儘管人們已懂得道歉，但道歉這種「語言—行爲」裡最核心的價值，仍未確立。塔烏奇斯教授以希臘語「適時」（Kairos）來說道歉，認爲太晚的道歉形同被情勢所逼。這種道歉並無意義；但若道歉太早，則其效果亦將不彰，因而適時的道歉最爲重要。

其四，塔烏奇斯教授在該書裡，最重要的觀念乃是「道歉是沒有武裝的」。他指的是，當一個人或團體做錯了事，最堂堂正正的，乃是誠懇地道歉，將自己的武裝全部解除，藉以獲得公衆或別人的體諒與寬恕，並完成自己的救贖。塔烏奇斯教授同時指出，「道歉的語言愈斟酌選擇，將愈會失去道歉的意旨」。塔烏奇斯的這些論點，所注解的乃是理想道歉的條件，在這個人們仍然經常把道歉當做工具來使用，眞誠的道歉仍然很少的時刻，他的話難免曲高和寡，不過，這種論點其實也勾劃出了有關道歉的可努力之處。那就是當人們要道歉時，就應眞正且徹底地道歉，讓「道歉」與「防衛」、「辯護」的關係更加拉遠。尤其是應當讓「道歉」成爲更加言行合一的「語言—行爲」，在做出道歉的語言表示時，行爲上也應跟著做出調節，讓道歉成爲自我清洗的過程。如果在「道歉」之後沒有一個「後道歉」的新生自我，這樣的「道歉」就很難說是眞正的「道歉」。

綜合塔烏奇斯教授在《都是我的錯——道歉及和解社會學》一書裡的論旨，再回頭來觀察台灣「政治核爆」的過程裡的若干語詞，未嘗不能得到一些啓發。

這場「政治核爆」的整個過程，大體上可分爲三階段。當問題發展初期，各方一致指責，三個在野黨則轉趨步調一致，遂有了游錫堃「致意」之事，當被問到「致意」是否「致歉」時，答覆爲「致意就是致意」。

所謂「致意」，在漢語裡乃是一種古老的用法，《漢書，朱博傳》有曰：「遣吏存問致意。」因此，所謂「致意」也者，譯爲今語，指的是一種「表達意思」，它是一種私行爲，而非公行爲，多半是派遣代表而做的間接表達。當別人有喜事、哀事，或其他任何事情，派人專程前往或送上書函表達意思，都可稱爲「致意」。基於此，「政治核爆」過程中最初的「致意」，或許有那麼一點想要表達歉意之目的，但在「致意」之下，那種歉意的成分實在並不太多。「致意」在我們社會裡有許多用法，如「存問致意」、「拳拳致意」等皆屬之。「致意」和「致歉」之間的距離極大。

而到了第二階段，立法院的罷免連署已快速展開並人數急增，各方都對政局變化感到憂慮，但民進黨方面雖有了急迫感，卻認爲連署可能無法越過門檻。此外，民進黨也展開「反連署」的運作。這也就是說，這個階段，阿扁雖已有危機感，但仍然不太相信罷免連署會成眞，因而他不再「致意」，想過要打電話給連戰「致歉」。「致歉」已是表達歉意的一種方式，但以打電話的方式來表達，則仍屬私行爲，而非公行爲。有那麼一點「私下道歉和解」的意思。

然而，立法院的連署繼續增加，已跨過門檻，情況已到危急階段，在大局催逼之下，遂有了透過電視而公開「道歉」，表示「歹勢」的舉動。「歹勢」者，《台灣語典》注曰：「爲自慊之意。謂事之不宜也，俗謂不善曰歹。」在閩南語裡，「歹勢」有許多涵義和不同的用法。它可以是客氣的謙辭，也可以用來表示歉意。公開「道歉」並表示「歹勢」，當然可以視爲公行爲而不再是私行爲。由阿扁的公開道歉，確實已可看出這次他終於知道問題的嚴重性。

而有趣的是在他道歉後的民調，有四十五%相信他有道歉的誠意，但三十六%則不相信。另外有三十五%認爲道歉時機太晚。這幾個數字顯示出他的道歉，儘管說得相當低調，但是否被認爲足夠相信以及道歉的時間，仍有著見仁見智的歧見。

由於這次罷免案在本質上有著責任與處罰間不相稱的缺點，阿扁或許可以逃過此劫。但無論如何，經過這次「政治核爆」，台灣的政治生態與政黨互動已被爆出了一個大鴻溝。往後的台灣政經形勢已注定將更加地脆弱與易於發生摩擦。而阿扁在「道歉」之後是否眞的能夠領受教訓，在作法上做出根本的調整也就更加値得注意了。這也就是說，「道歉」是一種「語言—行爲」。繼「道歉」的語言之後，緊接著必須做出「後道歉」的行動，當有了這樣的行動，「語言—行爲」的統一性得以完成，它就可以說是眞正的「道歉」，否則就衹能說是「道歉」僅僅停留在語言階段。對此，目前人們當然仍看不出來，而有待阿扁去自我證明。因此，往後將有一段「後道歉」的「聽其言，觀其行」的階段。如果新政府不能好好地以這次「政治核爆」爲戒，未來即難免出現更大的「政治核爆」。因此，希望這次「道歉」會被證明爲是一次眞正的「道歉」！

高難度的音樂語言

最近，蕭邦大賽的優勝者李雲迪和他的老師但昭義來台，替台灣的樂壇和學琴的人帶來一陣騷動。但由媒體上所呈現出來的許多報導，卻顯露出了一些值得思考的語言問題。

人類爲了形容和敘述世界，也爲了表達自己而發明了語言及文字。這種述說及書寫的語言，有的狀聲，有的反映景象，有的則是經由思維而複雜化，使它表達更綜合的事務、意象或心靈的狀態。

而音樂雖然由單位的音素所組成，但它在音樂家的創作裡，卻是另一種「人造的藝術品」。它依循音樂的專屬語言系統與語法邏輯而組成，如節拍、旋律、速度、和聲等。它和人們述說的語言，早已分化爲兩種完全不同的廣義之語言系統。

於是，當李雲迪演奏蕭邦的第一號鋼琴協奏曲，媒體稱他的演奏「剛中帶柔，柔中帶剛」，「華麗無比」，「音色閃亮」……等。「剛」、「柔」是狀態的述詞，「華麗」和「閃亮」是視覺語言，看著媒體使用這些和音樂八竿子打不著的語話來敘述音樂演奏的印象，它就會讓人想到：這些語詞在音樂上到底有何意義？用「華麗」之類的模擬視覺之語詞來說蕭邦的音樂，究竟是胡扯呢？或者的確有著稀微的道理在焉？

再例如，李雲迪的老師但昭義，這次抽空做了「指點之旅」。他聽了多位台灣年輕學子的彈奏並相機指點。一個學生彈拉赫曼尼諾夫，他說彈奏的訣竅是「不僅是手累，還心累」；一個學子彈蕭邦的諧謔曲，他指點說「要有歌唱性」……等等。他用「心累」、「歌唱性」來說音樂，就讓人想到稍早前那部電影《鋼琴師》（Shine）——一位澳洲鋼琴天才大衛・赫夫考特學琴，結果被高難度，高張力的拉赫曼尼諾夫的鋼琴協奏曲打敗而精神崩潰。在那部電影裡，瘋天才用了許多非常獨特的語言來說音樂，如「肥大的和弦」等。這些專業的音樂工作者，使用諸如「肥大」、「心累」等「超音樂描述」（Extra-musical descriptions）來形容音樂，它的意義究竟何在？

其實，任何喜歡古典及現代音樂者，在閱讀報導和評論時都會發覺到，人們在敘述音樂時，經常並大量的使用各種與音樂無關的述詞，如「該作品充滿了易怒的能量並寫作貧乏」，「該作品肌理粗糙」，「蕭士塔可維奇的第七交響樂乃是他最孤獨的音樂」，「希貝留斯的第四交響曲乃是憂鬱、黯淡、貧苦而蒼白之作」等。而在形容詞的採用上，大家總喜歡使用光線（如閃爍、閃亮、燦麗、明亮），重量（如輕盈、沉重），運動（如曲折、突轉、騷動、平靜），語態（如暴響、喃喃、唏噓、論辯），滋味（如苦澀、酸楚、甜蜜），氛圍（如惡兆、嚴峻、詭譎），觸感（如柔軟、稠密、如絲、如冰），形相（如微哂、笑容），步態（如蹣跚、逡巡），個性（如優雅、雄壯、生動、莊嚴）。所有的這些形容詞，可以無限增加。音樂的文字書寫，儼然成了形容詞的大會串。

對於使用語言來形容音樂，有一種所謂的「純粹派」（Purist）音樂學者們，堅決反對。他們認爲音樂乃是另一種系統，它由自足的構造與概念系統所組成，如調性、速度、曲式。而音樂裡，由於它同樣有其表意的功能，因而它的表達當然也有各種「表情記號」，如「如歌的」、「激昂的」、「快速的」、「莊嚴的」等，但這些記號與非音樂的述詞以及脈絡並不必然相關牽連。因而「純粹派」拒絕對音樂做出「超音樂描述」，並視之爲一種冗贅。

然而，南卡司特大學名譽哲學教授希布雷（Frank Sibley），在《音樂的詮釋哲學論文集》（The Interpretation of Music: Philosophical Essays）裡的一篇文章中卻指出：

「以超音樂敘述來形容音樂，有助於我們掌握、實現並履行作品的特性與質地，使它如其本然的被人欣賞。它們等於是給音樂一張臉孔，至少是一種步態，一種聲響、感覺、物質肌理或一種形相……。以分歧的超音樂語詞來描述音樂乃是一種實踐，任何人在討論音樂時都很習慣。這種描述如果既不嚴格的正確或錯誤，它可能會很好，但也可能很差；可能很妥適，但也可能很失當。以非音樂概念談音樂，經常似乎有助於我們和音樂家，使音樂得以被連結，突顯我們對它的經驗，使它人性化，使它轉而被我們所用。」

然而，儘管希布雷教授用一種比較實用主義的語言學觀點看待兩個不同系統間的語言交流，但他也指出：

「儘管我說出上述事實，仍然存在著一種人們熟悉的反對意見，它反對非音樂描述扮演重要角色的可能性。他們經常指出，音樂是不可描述的，因而語言文字無法掌握非語言文字以及其他獨特事務之內容。有些時候，這種反對意見又過了頭，對描述的本質完全誤解。如果有人要求用描述代替音樂，這種要求是荒謬的，描述不能也不企圖如此；同理，認爲音樂祇能聽，不應用語言文字來描述，則是另一種荒謬。蒙娜麗莎的微笑祇能被看，不能聽或感，但這並不能避免它不被描述。」

衆所周知，有關音樂，它和其他藝術領域相同，都存在著許多哲學上的難題。在音樂上，一首或一個作品被完成，它就成了一個「文本」，然而音樂的「文本」和其他藝術作品相同，都有其「文本的開放性」，演奏者可以藉演奏而詮釋它，聽者也能藉著聽而予以詮釋；音樂的解釋裡有著太多未解的課題，例如演奏者對樂譜記號的不同理解，對樂曲速度的不同體會，甚至演奏者還經常重編，調節樂器組合等，這些課題遂引發出許多不同的音樂解釋理論。有人認爲任何樂曲的解釋祇應有一種，這是「單一解釋論」（Singularism）；有人認爲可以有多過一種的解釋，此即「多重解釋論」（Multiplism）。而在音樂解釋的各種課題中，音樂的語言和一般的口述及書寫語言間，所存在的問題，即是所謂的描述問題——我們如何用一般語言來描述音樂？這種跨界描述的正解與誤解之邊界在那裡？

非音樂語言在語言的使用上，究竟有怎樣的功能？而這無疑的乃是一個難題。非音樂語言當然不可能在描述中掌握住音樂的「確實性」與「完全性」，設若它能如此掌握，那麼也就沒有必要去聽音樂了。但不能掌握音樂的語言，該語言就沒有意義了嗎？答案顯然未必。人類使用語言來描述事務，我們永遠不可能藉此而眞正了解到事務的確實性與完全性。因而「語言——對象」間遂處於一種永恆的緊張狀態。而這也是「非音樂語言」和音樂間的糾纏。我們使用大量「比喻式的語言」（Figurative Language），對音樂的景象，物質性與過程性，以及質地加以描述。它和用語言描述繪畫的「超視覺描述」（Extra-Visual Descriptions）間有著相似性。

這是「非音樂語言」和「音樂語言」，「非視覺語言」和「視覺畫語言」間的交流。我們可以將這種交流過程看成是一種「翻譯」，也可以看成是一種捉迷藏。在翻譯上，不同系統間永遠不可能有足以搭配的譯文，也等於永遠捉不到的對象。

但不完全的翻譯永遠仍然還是翻譯。這意謂著人們在使用「超音樂描述」來描述音樂時，如何搭起有效的橋樑，而不是在不完全的叙述中反而造成了音樂意義的被框限，遂成了描述者的重大挑戰。「超音樂描述」誠如希布雷教授所說，它藉著許多有關形相和動作方面的述詞，形成一種氛圍，用氛圍來注解音樂，進而溝通聽者的音樂經驗；但他沒有指出的，乃是不完全的描述經常都是誤解的起源。它在溝通的同時，也在阻礙溝通。

用一大堆形容詞談音樂，因而是一種高風險的寫作事業。寫音樂文章時，必須對音樂能高度體會，必須開創許多新的叙述方式和叙述語詞，不要總是用一些套式語言談音樂。任何音樂演奏老是用「華麗」、「豐美」來形容，這未免太過貧乏。音樂文章寫得太過技術性，會被認爲「乾澀」（Dry），若太空疏，即是「空無一物」。祇是用「華麗」談蕭邦，總讓人覺得怪怪的！

語言世界成了新廢墟

七年前，當陳水扁總統仍在擔任立委時，對經國號戰機（ＩＤＦ）抨擊不遺餘力。他不但說ＩＤＦ是I Don't Fly（我不能飛），甚至還說它是I Don't Fight（我不能戰鬥）。而今ＩＤＦ還是ＩＤＦ，雖然物是，但已人非。於是，當了總統的陳水扁遂開始改口說ＩＤＦ是I Do Fly（我能飛）。這是詭誕的言談方式，用文雅的話來說，它是「位置決定言說」，而粗鄙的譬喻，則說這是「屁股決定腦袋」；從比較嚴格的學術觀點而言，這種隨著情況變化而隨時調整價值、定義及說辭的言談方式，則可以稱之為「修辭式的情境主義」（Rhetorical-Situationism）。這種言談的方式之所以特別值得注意，乃是它使得語言不再具有溝通上的功能，而祇不過成了每個人隨著情況變化而表達自己意志的工具。設若多數人都以這種方式來看待語言，最後將是人們的「公共領域」之溝通生活將不再可能。

人們使用語言來溝通，任何有效的溝通，都必須在語用上有著一些基本的前提。例如，它指涉的價值和意義必須首尾連貫，不能忽焉如此，忽焉如彼；而語言的涵攝範圍裡也必須有著前後一致的眞假標準，不能今日爲眞，明日爲假。當語言與眞實世界的聯繫關係趨於嚴格且能就事論事，人們賴以溝通的「共同介面」就會比較寬廣。否則的話，則大家談問題，每個人都即興式地將語言當成私人的工具，隨意變更定義與價值，整個語言就會混亂如泥淖。

也正因此，對於公共領域的語言表達，我們遂要求它必須有一些要件：它必須替更多的溝通鋪設基礎，必須展現出能互爲理解的切事規範，必須明白地表露出動機，不能讓語言變成猜謎遊戲。良好的溝通語言必須：

一、「斷言陳述」（Constatives）方面，指那些涉及主張、陳述、報告、表達異議等類型的語言敘述形態，它們都必須明確地提出「眞假」之判斷與敘述。

二、「呈現陳述」（Representatives）方面，指那些顯露、招認與許諾，或表露的語言表達。這種表達必須具有基本的「眞誠」或「誠實」。

三、「調控陳述」（Regulatives）方面，它指那些與命令、警告、申辯、規勸等有關的語言使用，它必須保持基本的「妥適」。

因此，美國西北大學教授法瑞爾（Thomas B. Farrell）在《修辭文化之規範》一書裡，對各類語言表達，提出「眞假」、「誠實」、「妥適」三項準則，確實提綱挈領地掌握住了有效溝通的基本要件。我們甚至可以說，「眞假」、「誠實」、「妥適」這三原則乃是最基本的溝通倫理。人類藉語言而溝通，在利用及享用到語言成果的同時，我們對語言亦肩負了一定的義務，那就是讓語言的使用不被污染與破壞，俾使人類能持續地藉著語言的溝通而日臻交流進步。

不過，道理歸道理，事實卻是與道理日益違背。在近代，或許因爲人類聰明得過了頭，再加上種種新機制的出現及被扭曲，有效溝通的三條件：「眞假」、「誠實」、「妥適」等早已蕩然，一種冗贅的、社會控制與操弄的、媚俗譁衆的新言說，早已取代了語言的溝通功能。於是，語言遂不再是語言，而變成被各式各樣意志、欲望和權力穿透的工具，甚至進而影響到人們的「言說－行爲」。語言已成了一個必須警惕與反省的範疇。

人們對語言已愈來愈需要有所警惕，最主要的原因即在於近代的語言表達已愈來愈和語言指涉的實體世界脫離，於是，它遂不再是溝通的媒介，而畸變爲大家都根據自己利益而從事的攻防遊戲，每個字和每個語句都充斥著各種完全對立的訊息和意義，矛盾則變成一種本質。於是，語言世界遂成了新的廢墟。

近代對語言的敏感，最早即有所針砭的，或許是以《一九八四》而聞名的歐威爾（George Orwell）。他提出了所謂的「雙重言說」（Double-Speaking）之論。這是一種以矛盾的夾纏來瓦解意義的修辭方式，當矛盾不再是矛盾，即意味著眞假也不再是眞假，則孰爲對錯，孰爲是非，當然也就不再有參證的基礎。所謂的「摧毀思想祇有從摧毀語言開始」，所指的即是這種道理。在某個意義上，《一九八四》這部作品，甚至可以看成是個有關操控語言及思想的寓言故事。

然而，類似於《一九八四》這種藉著國家權力而操控語言，進而摧毀思想的故事，雖然令人驚恐，但未免太過戲劇化。近代眞正對語言的摧毀，其原因反而是其他因素。其一，乃是文化自戀主義的一種側面。它使得人們愈來愈成爲一種「獨我」，而非「社會裡的自我」。因而人們拒絕溝通，自我疏離，並對一切既有的溝通倫理予以懷疑嘲諷。而在政治上，則是政客及政黨的「心胸狹窄」日甚一日，語言成了攻擊、貼標籤、逃避質疑等的一種工具。爲了完成這樣的企圖，明明一個問題不是問題，但卻硬要在無問題處找問題，並據以找出話來說，這是一種獨特的「語言冗贅」（Redundance of Language）及「詭辭」（Hairsplitting）。以最近的「舊民意」和「新民意」而言，就是最典型的「語言冗贅」及「詭辭」，別說三十九%的民意不應該那麼大聲，就是總統獲得絕大多數選票，也不能將選舉時間不同的國會視爲「老民意」。「新民意」與「老民意」的修辭裡所躲藏的權力粗暴已明顯可見。爲了權力而無話找話，已使得「硬碰硬式的對立」（Cofrontation）取代了「溝通」，並使得「言說－行爲」變成一種找碴與挑釁，最後造成「社會在語言中瓦解」的結果。

其二，則是語言在權力下被工具化，語言的「意符」（Signifier）和「意指」（Signified）之間的聯繫性與固定性即告失去，兩者成爲隨意漂動，逢機連結的範疇。一件事或物，今天這樣說；到了明天又顛倒過來說。顛來倒去的結果，最後使得語言的孔隙變成大破洞，它的意義從破洞裡流失，語言僅剩下一個空洞的簡單框架，而人們如果還想好好談問題，則被迫一切都要從最基本的定義開始，否則就淪爲各種胡扯蠻纏。而尤其嚴重的，乃是當語言在胡扯中被抽離內容，語言的使用（Utterance）即成了一個虛擬性的領域，它堆滿各種語詞，但就是沒有內容。最近的兩岸政策談話不斷，看起來海綿很大，但再怎麼擠壓，就是擠不出一滴水分。或許即是例證。

其三，語言意義的「時間性」（Temporality）在胡扯蠻纏中逐漸失去，使得語言無法再有條理。今此昨彼的語言表達方式即屬於這個類型。任何語言的意義產生，都必須要有一種時間性的延續及參考架構，當這種延續及參考架構無法存在，意義即亂成一團，是非標準也將無法棲息。舉例而言，當我們談經國號戰機時，不去根據切事的邏輯來討論，而一味地在符號及修辭層次上忽焉如此，忽焉如彼，那麼，往後要怎麼再來評價經國號戰機或其他國防事務？難道權力的位置就是檢驗是非對錯的標準？

其四，則是媒體時代所造成的語言污染。在媒體時代，由於訊息的反覆生產太多，因而在政治語言上，它遂產生出一種苦果。那就是政黨及政治人物在媒體上發言、討論或爭辯，已日益無法進行條分縷析的論證與說服，而必須在群衆既定的接收符碼間，展開情境式或機會式的媚俗。這也就是說，用自己的見解來說服別人已不再重要，如何藉著找碴而貶低對手，並增強自己的「被辨識性」，才是眞正的優先目標。媒體時代造就的「辨識優先」，使得政黨及政治人物忙著天天找口號，而對別人則忙著扣帽子；他們再也不會去聽別人在說什麼，祇會用一對奇怪的耳朶去聽別人講話時有什麼漏洞和動機，當他們認爲有了漏洞及動機，即開始一連串的扣帽子和抹黑，祇要一點點小東西，都會被弄成大文章與大風波。而群衆則對這種被語言加工製造出來的風波，或者無端亢奮，或者即無無謂的惱怒。媒體時代強化了找碴式的聽和在無話之處找話講的交談及對話習慣。就以台灣爲例，我們此刻的政治言說裡，即充斥著這種「電視政治」或「叩應政治」的話語。政客們談話時經常很有一些詭譎煽情及黨同伐異的修辭小聰明，但論國事及天下事，則無不一片混沌如泥，甚至蹈空躡虛，莫知所以。

最近這段期間，台灣的政治語言日益冗贅氾濫，但話語裡的訊息總量卻反而益趨稀薄，除了話語中流漾著權力和意志外，就祇看得到黨同伐異的姿態；而除此之外，則是今此昨彼，前言不搭後語；今天義憤塡膺，明天又急著降溫；今天如此表示，明天又忙著澄清，宣稱「昨天的說法並非本意」等情況日增。話語冗贅的結果，乃是它使得有效溝通出現大破洞之際，它自己就已是大破洞一個。話語冗贅者，會讓自己掉進破洞中。

冗贅的語言遊戲，以及在語言邊界上閒逛，對文學家或禪學家或許不無好處，但對政治等公共領域而言，有效溝通的基本要件如「眞假」（Truth）、「誠實」（Sincerity）、「妥適」（Propriety）等三原則，仍不宜有所偏廢。對話語氾濫的此刻，這三原則尤具警惕的涵義。

「星號」在語言書寫裡的社會史

二〇〇〇年十一月二日至八日一期的《經濟學人》週刊，以小布希爲封面。他舉起右臂，伸出三個指頭，標題是「In!★」，「In」在此可譯爲「入主」或「當選」，但眞正值得討論的是它後面附加的那個「星號」（Asterisk）。

《經濟學人》爲了這個封面主題，特別在封面左側加上幾行傍注：「★，有待確證。本週刊以最大的努力做出刺激及使人注意，但這些判斷裡可能出現的缺點則非本刊所能負責。在事情仍在變化之際，閱讀本文可能會傷及你未來的投票結果。股價可能漲，亦可能跌。若有任何懷疑，請找一個法律顧問做諮詢。」

《經濟學人》這篇報導出現時，美國總統選舉之訴訟仍在進行之中，除了聯邦最高法院之訴訟外，州法院還有大大小小四十二起之多。大選開票之初，由於情況太過詭譎，美國媒體在報導時，幾乎絕大多數都犯了錯誤。因而在選後情況仍然膠著，民主黨的高爾也依然表示要訴訟到底之際，《經濟學人》做了這樣的封面，它當然不是在宣布當選結果，而是要藉著這種小小的花招，提出該刊對選後情勢的建議。在選舉前即替小布希背書的該刊，在這期社論中直言，高爾應及早承認敗選，讓小布希正式籌組政府。由於正式結果仍未宣布，因而該刊做出這樣的封面，必將受人指責，因而它遂既加「星號」、又加傍注，以這樣的小點子來引人注意，並藉此表示意見，這可算是一種賣弄幽默的小花招。任何人看了這樣的封面，都會想去買一本，看它在寫些什麼。面對總統大選如此重要且兩造嚴重對立，群衆也相當亢奮的問題，媒體的任何立場及封面都難免引起爭論，《經濟學人》以「星號」的方式緩衝，在緩衝裡表示立場，不能說不是一種高明的花招。

《經濟學人》以加「星號」的方式來緩衝它那種立場性很強的封面與言論。這時又讓人想到薛德羅（Jesse Sheidlower）近期所編的《F★★★》一書。在英美，從十八世紀開始，面對各種老少不宜的髒字眼，即不再迴避，但卻以加「星號」的方式，遮蓋掉一個或若干個字母，做爲緩衝。例如，派垂奇（Eric Patridge）在所編的《俚語及非正統英語辭典》的第一版裡，在提到「Fuck」這個字時，即用「星號」代替其中的字母「u」，但因遮蓋得不夠多，仍然難掩其「刺眼語言」（Strong language）的形貌，因而警方、學校、圖書館仍多抱怨，他遂在該辭典的第三版時，用「星號」將「u」「c」兩個字母皆遮蓋。

因此，「星號」——指一個五角形的書寫記號，在西方的書寫記號系統裡，乃是非常值得注意的標示法。在早期的教會裡，諸如聖餐杯及聖餐盤爲免不潔，皆以星形覆蓋物將杯口盤面予以遮蓋，這或許即是「星號」的起源。「星號」的使用，似乎有兩大類型：

其中之一，乃是用「星號」指「注解」。當人們在書寫時，認爲在文本內仍有未到的意義，則可以加上「星號」，另做補充。這種習慣似乎起源於紀元前二世紀，早期亞歷山大的圖書館即普遍採用，希臘劇作家亞里斯多芬亦曾採用。這種用「星號」指「注解」的方式，當然也可以用來當做一種「婉轉修辭」（Euphemism）的緩衝。當人們敘述時，某個書寫的辭句可能太強或太刺眼，即可以用「星號」加注的方式，予以和緩化。

而另一種方式，則主要用來當做「省略記號」（Ellipsis）。它起源於中古時代，用「星號」來簡省掉各種「髒句子」（Maledicta）。當書寫時遇到「下流語言」（Foul language）或「刺眼語言」，則用「星號」將其減省。「星號」的這種省略用法，到了近代已普遍被更簡單的「破折號」（Dash）或「中止點記號」（Suspension Dot）等所取代，前者是一條延長的直線，後者是重複好幾個點，譯爲中文，相當於「等等等」。而除了語句的「省略記號」用法外，用「星號」掩蓋某些單字的字母，自從十八世紀初即開始普遍。那個時代開始，人們在語言及書寫時，對「禮節的侵犯」（Breach of deconum）日益重視，於是，有些髒字眼會被用諧音的方式變成別的字，以掩蓋它的粗魯；有些不好的字眼，用「破折號」來緩和，例如當時「激進派」（Radicals）被認爲是壞字，因而十九世紀遂以「R-c-l」這樣的方式來書寫，那時一位字典編輯家即說：「Radical是個氣味很壞的字。」

當代英語語言史學者休斯（Geoffrey Hughes）在近著《惡言：英語中有關下流語言，毒咒及褻瀆之社會史》（Swearing: A Social History of Foul language, oaths and profanity in English）裡即指出，十九世紀許多辭典都用「星號」來遮掩及監控修改字辭，如「Cunt」成爲「C★★t」，而「Fuck」則寫成「F★★★」、「F★★k」、「F★ck」等。該書指出，在那個視「禮節的侵犯」爲至高標準的時代，十八世紀英國大詩人亞歷山大・波普（Alexander Pope, 1688-1744）重編莎士比亞全集，在《凱撒大帝》第二幕第一場裡，講到一群陰謀者齊聚在布魯特斯家裡，他們都鬼鬼祟祟，把帽子戴得很低，蓋到了耳朵。原句寫道：「他們的帽子都拉到了耳朵。」（Their hats are pluckt about their ears.），但波普的版本裡，卻對「帽子」這個字都不能忍受，硬是用破折號將其取代。禮教當道，檢查機制任意胡爲，甚至連「帽子」這個字都會覺得刺眼，眞不知這個世界上還有什麼是不刺眼的了。在英語裡有「六大髒字眼」（Big six），它們是：「shit」、「Piss」、「fart」、「fuck」、「cock」、「cunt」，它們皆與泄殖腔有關，縱使到了今日，某些保守著作或辭典裡，仍有用「星號」來遮掩的情況。

因此，研究語言書寫裡的「星號」這種「省略記號」，進而追溯語言的社會史，或許會發現「星號」最初乃是一種「注解」的記號，它和髒字眼無關。由流傳至今的一二三〇年倫敦古地圖，人們也可發現，當時有諸如「摸×巷」(Gropecuntlane)、「小便巷」(Pissing Alley) 等街巷名稱，和台灣古老的「摸奶巷」有異曲同工之涵義，顯示出當時對許多字眼仍少禁忌。及至到了後代，由於「禮節的侵犯」逐漸當道，語言的檢查機制形成，用符號來遮掩這種「遮掩機制」(Disguise Mechanism) 遂告出現，「星號」的功能即告大張。語言及書寫的歷史裡，同時也躲藏著社會的歷史，這道理一點也錯不了。而無論使用「星號」之目的何在，它都有一定程度的緩衝作用。

到了今天，用「星號」來遮掩某些被認爲是髒字眼的某些字母，這種習慣雖然猶存，但卻已行將消失。而就在此刻，《經濟學人》週刊突然在封面上出現偌大的「星號」，這是個有趣的編輯小花招，藉著人們對「星號」的記憶和印象來引人注意，幽默裡有機智，又能藉著此項緩衝，而安全地表達出該雜誌社的立場與見解。《經濟學人》玩了一次非常巧妙的記號遊戲！

身體語言成為纖美的暴政

當代法國思想家福柯如此說過：「人的身體是鐫刻著歷史的表面。人們用語言去談它，身體就在觀念裡被融解。人雖然好像有實質的身體，但它祇不過是分解的自我所賴以存在的地方，一個解體的體積。……身體被歷史所雕刻，也被歷史所毀滅。」

當代另一法國思想家德勒茲（Gilles Delcuze）則說過，第二次世界大戰之後愈來愈增強的「紀律化型社會，已使我們不再是以前曾經的是，也使我們日益成爲一種不是。」當我們不再是我們，也就意味著我們的身體也日益離我們而去。

而女性主義學者溫蒂・查普吉絲（Wendy Chapkis）在《美麗的秘密：女性及外型政治學》這本著作裡更格外感慨地說道：「當男性正忙著征服自然和征服女性的時候，女性所能做的，不過是沉迷於控制著自己的身體。男人深信他們可以藉著事功而長存，而女人卻祇有她必朽的肉軀。」「而盼望著美麗，就存在於這種由期望及恐懼所建造的時空間隔之中。」

當代另一學者米爾卓夫（Nicholas Mirzoeff）在《身體景觀》（Bodyscapes）裡開宗明義

即說道：「你的身體非它自己，也不屬於我所有。而是受到藥廠、有氧舞蹈、截腸術、減肥術、卡路里控制術，以及諸如後現代各種虛擬世界所控制。……身體原本是抵抗全球命令的最後戰場，而現在則是第一個被征服的對象。」

以上種種引錄，所顯示的，乃是當代德國新表現主義女性藝術家芭芭拉・克魯格（Barbara Kruger）所謂的「妳的身體乃是一個戰場」。她在一幅作品裡將一幀女性頭像中分，左邊是白人女子，右邊做負片處理，宛若成了一個黑人女子。這種正反兩種意象聚於一個頭像之上，顯示出了頭像造型的對立性與矛盾性，當然也透露出了它定義上的含混與曖昧，因而它也等於注解了定義上具有「戰場」的意義。基於她這種「妳的身體是一個戰場」的觀念，不僅膚色，包括美醜，胖瘦或其他種種，其實都可以視為「戰場」的一部分。但僅管身體是個「戰場」，但它所從事的卻又顯然是一場必敗的「戰役」。也正因此，人們遂儘管有自己的身體，但有關身體性質的定義如美醜、胖瘦等，皆非她所能定義。福柯所說的「人們用語言去談它，身體就在觀念裡被融解」，其意義即在於此。除非有一天全世界的人都不再談論身體，使得身體在不被談論中重歸它自己，否則人們的身體即難以重歸自己。而人們當然也就難免栖栖皇皇為了化妝、瘦身、矯正而持續忙碌不堪地活下去，而活著活著，午夜夢迴之餘，人們說不定還會因此而愈來愈痛恨自己的肉軀。我們都有罪，罪就是我們的身體！近年來台灣瘦身美容幾乎成了唯一不受景氣影響的旺盛行業，而最近新的減肥藍色小精靈再現減肥之狂飆。這種現象的裡面，不就隱藏著許許多多言之難盡的故事。

自一九七〇年代後期開始，以迄一九八〇年代初，乃是人們對「身體」及有關的課題開始日益著重的時刻。人們理解到，身體不止是單純的肉軀，它更是一種「語言論述」、一種「記號」，或一種「再現」，而歸總到最後，它則是一種「建制」。這些層層包裹出了我們對身體的圖象，而人們遂活在這樣的圖象中。

因此，我們在語言及交談中所謂的「美」或「醜」，所謂的「完美體型」（Perfect Figure），甚至所謂的「標準體重」，所有的這些語言及概念，遂都是可疑且曖昧的。有關身體的形態學語言乃是一種脫離身體本身的異化語言。這種語言是一種圍繞著權力而閃爍變化的修辭與定義。它當然經常有著社會性質的訊息在其中，例如古代開拓時期總是以壯碩為美的條件之一，古代的大母神也以豐饒的意象加之於女體；但隨著這種開拓時期的結束，身體形態學語言日益和「泛性化」的牽連愈來愈密切。稍早前，當代主要思想家之一的伊格頓（Terry Eagleton）在《後現代的幻影》中曾感喟地指出，近代的思想由對「主體」的反思為新的出發點，然而隨著後期的發展，「主體」先是讓位給了「身體」，到了最後則是「身體」又再讓位給了「欲望」，這意味著由人定義身體和欲望之目的性，已被翻轉成一種由欲望定義身體和人的本能性。這就是泛性文化的極致，性與欲望已成了人之終極，而身體則是性和欲望的載具，而當然有關身體的語言也就必須根據性和欲望的範疇重新定義。

而這種身體語言的重新定義，在這個全球化的時代已更趨一致性，一九八〇年代人們對身體的反省，企圖打破的即是一元化的，強勢商品性格的身體語言之定義，希望建造一個沒有強勢的美，當然也就不再有悲慘的醜，則無論美醜胖瘦，每個人都可以活出自己來的更自在狀態。但過去的這些努力，現在業已證明了是一場失敗了的戰爭。在全球化的強勢文化與商品，以及訊息帶動下，所有的身體形態語言及符號，又再往單一化的方向移動。金髮的在全球風行，瘦身美容也成了全球化的企業，當然也就有了全球化的減肥藥藍色小精靈。但從另一個角度而言，當女子的藍色小精靈崇拜再現，豈非等於證明了過去長期以來努力的挫敗？前述的學者米爾卓夫所說的「身體原本是抵抗全球命令的最後戰場，而現在則是第一個被征服的對象」，他的這段話，已成了這種現象的悲哀傍注。

因此，有關身體的許多問題，可以從身體形態學語言的形成去加以討論。所謂的美醜胖瘦是透過一個什麼樣的機制被定義的？當它被定義，一組強制的行爲命令即告形成。而人的身體也就濃縮成了一組被定義化之後的記號，它被電影的美女、商品的模特兒，以及流行文化中亮麗的明星等強化並反芻。定義使得社會變成了一種模式化的生產機器，生產著對身體有著同樣要求與同樣罪惡感的個人。

以上所述，乃是有關身體形態學語言的部分。但身體的形態學語言，不止是語言而已，更是一大組權力和體制。它最後會將一切落實到社會學的具體層次上。而運作這整個體制並從中獲取利益者，乃是服裝及化妝品公司、廣告界及影視明星系統，以及圍繞著它們的營養、飲食、整容、生理調控及醫療系統、藥廠等。它們共同決定著漂亮與性感的定義。它們創造著一種需求，以人們對自己身體的嫌惡爲其前提。

例如，美國《魅力》雜誌曾調查過三萬三千名婦女，七十五％認爲自己「太胖」；但同一時間、「大都會生命保險公司」的統計，卻發現美國婦女祇有二十五％體重超過標準，有三十％則低於標準。這表示，美國女性並非太胖，而是太瘦。但大家在主觀上卻都認爲自己太胖。這種差距所顯露的即是人對自己身體的不滿。難怪婦女問題學者金雀琳（Kim Chernin）要說這是「纖美的暴政」了。

有許多學者指出過，美國由於「美」與「性」的商業機制發展得最早也最強勢，它使得美國少女在「身體著魔」的發展上也最領先。許多目前逐漸已在台灣出現的「身體著魔」，都早已在美國出現過。一九八四年的美國調查，十三至二十二歲的女孩，大約每二百人即有一人有厭食症。同一時期對學院和大學女生做調查，平均有十二％至三十三％的女生以強迫嘔吐、利尿、通便藥劑來減輕體重。美和完美的體型對這些人有多麼大的強迫性，由這些數字即可概見。

另外，「紐約厭食暨膳饑研究中心」亦曾表示，它每年接獲的申請救助案例平均以三十%的速度成長。怕胖，追求美麗和完美的體型，已成了一種「身體恐懼症」。有一位女性學者即指出，男人對女人的身體態度是一條路，祇有他們持有單程票。他們的態度使得女性對自己的身體充滿著不能控制的恐懼、擔憂或嫌棄。身體成了女人終生要征服的唯一對象。當今流行「塑身」這個字，這個字反映著不可能的夢想——如果可能，她們多想讓自己的身體重來一次，但這個夢想的背後，不正是有另一個同樣巨大的惡夢在催逼著她們嗎？

身體的形態學語言，如「美、醜」、「胖、瘦」、「完美體型」等，在這個時代隨著全球化的展開。不久前學者柯琳・柯亨（Colleen B. Cohen）等人曾合編《全球舞台的選美皇后》（Beauty Queens on the Global Stage）。她們在研究了近代多數發展中國家的選美活動後得出一個結論，那就是在這個愈來愈全球化和強勢訊息和價值支配的時代，對於所有有關身體的問題，我們都已淪落爲被動的觀衆與跟隨者，朝著一條被給定的道路上走去，每個人都對自己身體的定義失去了權力，而祇有跟隨著被給定的趨勢勇往直前。當有藍色小精靈減肥的靈丹妙藥，那就把它視爲是一種幸福吧！

或許，這就是做爲一個後現代人的悲哀。她們急切地要建造自己的「主體」，但在九轉十八彎之後，「主體」早已如風中之燭般地熄滅如灰，而剩下的祇有繼續而且永遠的去玩著自己的身體，這是所有外在路徑都被關閉放棄後逆向化的自戀？或者這就是無可奈何時代的最後幸福？我們沒有答案。

詛咒語言，悲哀的人間戲劇

拉法葉艦採購弊案持續發展。最近，前參謀總長劉和謙上將透過立委表示：「如果貪污，願碎屍萬段，以謝國人。」而獲釋的前海軍艦管室主任雷學明中將亦表示，如果貪污，「願自殺以謝國人。」他們都藉著發毒咒，以證明自己的清白。

而談到「咒」，則顯然必須一併談及「祝」、「詛」、「誓」等相關的「詛咒語言」（Language of cursing）。近代思想家維柯（Giambattista Vico）曾指出過，人類的語言發展有著聖化、英雄式的詩化，以及平民化的三個階段與形態。從語言的聖化階段開始，它就不是表達人們自己，而毋寧是人與神相互通達，揣摩神意，並對神做出許諾的中介。蒙塔古（Ashley Montagu）曾經指出過，除了極少的種族可算例外之外，幾乎每個種族都有「詛咒語言」和「詛咒文化」，它由聖化語言開始。

古代中國，極早即已有「祝」，它指的是人們跪於神前的一種語言行爲，對神做出祈求。由於有「祝」、遂有了「詛」，它指的是祈求神明降禍於特定之人的一種祝願，而「咒」

則由「呪」延伸而成，其義與「祝」、「詛」相通。至於「誓」，其本義指的是人與人的立約，但因人言不足爲信，故「誓」通常都需要以神爲見證，或殺牲做爲憑據和儀式，它被稱爲「盟」，或「盟誓」、「詛盟」。

這就是古代中國的「詛咒文化」，由《左傳》之記載，可以知道企圖用「詛」來打擊敵人或對手確有例證。由《尚書》許多與「誓」有關的記載，也可看出它對人們確有極大的約束作用，因而〈湯誥〉曰：「爾不從誓言，于則孥戮汝，罔有攸赦。」違背誓言，將給予對方堂堂正正的報復理由。

而比較有趣的，乃是《詩經》裡有關詛咒的紀錄。〈小雅〉有曰：「出此三物，以詛爾斯。」所謂的「三物」，指的是鷄、犬、豕。這顯示出今日的「斬鷄頭」，發毒誓，確屬其來有自。曾有人類學家研究過印度的「詛咒文化」曰：

——「在印度阿薩姆的拉加斯，兩個人分持狗或鷄的頭與足，然後以一種半斧半劍的刀，一舉砍下，做爲違誓者命運之宣示。或者一個人持槍、矛或一枚虎牙，莊重的宣稱，如違背承諾，被槍殺、被矛刺，或被老虎咬死即是他的下場。」

有「詛咒文化」，就必有「詛咒語言」。在語用學裡，「詛咒」（Swearing）必與「惡言」（Foul language, Bad language）相連。這些「惡言」包括了神鬼的懲罰，如「鬼神不容」、

「天降報應」；惡劣的命運，如「絕子絕孫」、「五馬分屍」、「碎屍萬段」、「出門就被車撞死」、「不得好死」、「禍及妻孥」等；以及對祖先或後代的侵犯，如「禍及祖孫十八代」、「生個兒子沒屁眼」之類。由語言的發展亦可證明，所謂的「罵人髒話」或「性侵犯語言」，亦多半脫胎於「詛咒語言」。中國的「詛咒語言」保留得最完整的，乃是歷代之契約文件，諸如「天降奇災」、「禍延子孫」、「天理不容」、「任憑處置，毫無怨言」等詛咒文句，隨處可見。

因此，「詛咒語言」是古代早期社會的產物。前代人類學家馬林諾斯基（B. Malinowski）說過：「語言的原初功能，乃是一種行爲的模式，而非人類思想的對應記號。」遠古之人自從出現語言文字後，得以記錄自然，因而遂相信語言文字乃是打開神意的鎖鑰，這意味著它的一種「語言魔力」（Language-magic）或「字詞魔力」（Word-magic）。這種對語言文字的神祕信仰，遂使得「詛咒」不祇是心理影像或意圖的投射，而會將「詛咒」視爲可能成眞的神意之中介。

因此，古人「詛咒」乃是他們相信「詛咒」；但儘管如此，在一個大家都「詛咒」來，「詛咒」去的社會，到底誰的「詛咒」更有力呢？《左傳》有一段記載，顯示出這種「詛咒」的相對性，不能說不是睿智之見；「祝有益也，詛亦有損，……雖其善祝，豈能勝億兆人之詛。」

人類以「惡言」來「詛咒」自己或他人，並因此而衍生出罵人的髒話，這些都是昔日「詛咒文化」的殘餘。隨著人類認知能力的發展，現在的人已了解到，再怎麼惡毒的「詛咒」，它都不具有自我成眞的魔力，這種道理，古代斯巴達的軍事家暨政治家黎桑德（Lysander ?–395 B.C.），早就指出：「欺騙兒童用骰子，欺騙大人用發誓。」

基於此，隨著人類的發展，理論上，在「詛咒」的魔力被漸漸解消之際，「詛咒文化」也應該有所轉型與揚棄。人與人之間的立約，必須以相互的誠信和法律的約束爲根本，而不能再繼續將一切委諸神意的懲罰與中介。任何社會，如果不能提高人們本身的「誠信」，那麼，「詛咒文化」就不會成爲過去；而在「詛咒」不可能有任何實效，但「誠信」又未建立起來的社會，整個社會就難免動輒出現「斬鷄頭」、「發毒誓」的人間戲劇。台灣每逢選舉，各黨各派的候選人就拚了命的到各廟宇去上香發誓，有爭論的人還動不動「斬鷄頭」，當他們在刀起鷄頭落的瞬間，喃喃有詞的發誓曰：「若說謊話，有若此鷄。」他們不相信他們所發的誓，也沒有人相信他們所發的誓。當「詛咒」與「誓言」淪落至此，它還有何意義？前面已述及的當代學者蒙塔古曾研究阿拉伯人的「詛咒文化」，他指出：「有些阿拉伯人在被詛咒後，會很快地彎腰低頭，或匍匐到地上，以免被詛咒所擊中。」對這些人而言，他們相信「詛咒」，也敬畏「詛咒」，這種文化條件在我們社會早已消失。

全球的主要文明，都有「詛咒文化」和「詛咒語言」，耶教和猶太教的西方亦然。也正因此，它們遂有大量的「詛咒語言」，如「發誓」（Swearing）、「神咒」（Charm）、「咒語」（Spell）、「毒誓」（Oath）等，這些字所指涉的均為「詛咒」和「發誓」的行為，而經由這些行為，所具體顯露出來的，則有「求上天降禍」（Asseveration）、「祈神咒語」（Invocation）、「求神降災」（Imprecation）、「詛咒惡事」（Malediction）、「褻瀆的咒罵」（Blasphemy, profanity）、「暴言咒罵」（Ejaculation）。

除了有關「詛咒」的上述基本概念與形態外，西方的日常語詞和髒話，仍有極多皆脫胎於早期的「詛咒語言」，如「下地獄」（Damned）、「被上帝變成枯骨」（Drat）、「被上帝變成瞎子」（Gorblimey）、「甘願被打死」（Strike me dead），……等。

然而，值得注意的，乃是西方固然仍有著「詛咒文化」和「詛咒語言」的殘餘，但諸如「發毒誓」或當著神的面前說「重咒」，以及對他人公開的「詛咒」，這種情況卻可謂已相當地罕見；而手撫《聖經》，不必重誓，就已不太會公開的講假話或做偽證則更已成為常態，所有的這些「詛咒文化」裡比較嚴重的成分，到底是怎麼被改變的？簡而言之，他們在語言和行為間有著比較堅固的一致關係，不必依靠「詛咒」與「毒誓」，這到底是如何形成的？

長期以來的法律禁止，或許是主因之一。以英國爲例，大約在七世紀起，就已對詛咒他人或語言公然侵犯他人科以刑責。例如當時的〈諾特希爾和伊德瑞克法律〉（Laws of Hlothhere and Eadric）即已如此明定：

——「如果任何人在另一人的屋中，指責他人是說謊的僞證者，或以粗魯的語言無恥的勾三搭四，則該人應賠屋主一先令，對被語言侵害者則賠六先令，另外則應向國王繳十二先令罰款。」

另外，在十世紀初的〈艾弗瑞法律〉（Laws of Alfred）裡亦明定：「禁止以上天之神的名義發下誓言。」諸如此類的法律禁令，可以肯定的說，與後來的「詛咒文化」的轉型，有著密切的關係。當「詛咒文化」的硬核部分無法成長，它周邊的「詛咒語言」即逐漸變成一種語言和語意裡的殘跡，對整個文化不致有太大的影響。

透過法律的限制，讓「詛咒文化」在無法成長中被轉化。此外，仕紳和騎士階級自勵，對語言和行爲力求務實，不講自大而無意義的空洞「詛咒」之語或動不動就說些無意義的「誓言」，讓「語言」和「行爲」間不致有太大的落差關係，顯然也是重要的原因。其他原因尚多。

也正因此。比較各種不同的「詛咒文化」，觀察其後續的發展。無論從語言學或社會學的角度來看，都應當是個值得反省的有趣課題。為什麼有些國家的政治人物動輒會發各種「毒誓」？有些人則迄今還在玩「斬雞頭」的「詛咒」遊戲？為什麼有些國家，一方面由於「語言」和「行為」間比較一致，不太會講假話和空話，另方面也因為有「偽證之罪」，更不敢以虛語誣人；但另外的國家，政治人物則普遍的心口不一，漂亮的虛言空話和誓言一籮筐，而行為卻完全另一個模樣？

台灣的「詛咒文化」和「詛咒語言」不是孤立的問題。它和我們的口水戰爭太多，政治上永遠說一套、做一套；政治人物普遍缺乏誠信原則，永遠玩著狡猾的語言遊戲……可以說都有著桴鼓相應的因果關係。

看著兩位老將軍在那裡發「毒誓」，實在使人難過至極，一方面是為他們難過，而更重要的，則是為我們整個社會覺得悲哀！

卷二：新世代流行語

快樂丸：網路行銷e時代

在這個e字當頭的時代，無論任何事物都會被加上一個e的字首。但就在這個時候，另一個同音但大寫的E卻也開始出現，人們在某些特定場合會被問到：「要不要來個E？」大寫的E是「快樂丸」（Ecstasy, Ecstasy Tablet），又稱「抱抱丸」（Hug Drug）的簡說與簡寫。在台灣又稱「搖頭丸」。它是一九一二年德國人開發出來的藥物，化學名稱的簡寫是MDMA。吞下這種藥物的生理作用是心跳加速、血壓增高、脫水、過熱、齒頰緊壓。而心理上的效應則是產生幸福感和親暱感；被社會化的緊張感降低，喜歡抱人和被抱。這種和阿斯匹靈同大小的化學藥丸，以往一向少受重視，因而成爲歐洲青少年次文化裡「舞會文化」中最主要的成分之一，並由歐洲向美洲，進而向全球各大都市擴散。「快樂丸」不祇是一種小藥丸，而是一種文化，它和另外的一些現象密不可分，包括Club、Rave、Techno、Casual Wearing 等在內，合組成了新的青少年次文化的「文化叢」。這些從一九九〇年代一直延續到二十一世紀的文化關鍵字與關鍵行為，都值得一一討論。首先還是就E而言。

「快樂丸」在近代各種藥物裡，乃是被料理得最清爽的一種。在歐洲，除了舞會外，它不在其他地方兜售，因而它與全世界各地的黑道都沒有瓜葛，這種低調的銷售策略，使得它不至於很快地成為各國藥物管理單位的公敵，因而遂有了極大的發展空間與時間，它的製藥原料多半來自東歐，而後運至荷蘭的阿姆斯特丹及海牙的各個地下室工廠加工合成，一粒的最原始產地價格僅美金五角。

這種小藥丸之所以成功，應當歸因於壟斷這個行業的以色列青年商人。這批商人深諳e時代的電子直銷商務，因而拒絕藉著黑道的通路來銷售，一則少掉被黑道的剝削，另則也可免於成為被打擊查緝的對象。他們主要是透過網路及正常的包裹業務方式行銷，或者即經由旅行而推銷及送貨。這些年輕商人及他們的送貨者都穿著體面，操多國語言，而且沒有任何前科，許多批發業務則在網路上完成。在當代的藥物行銷上，這批猶太人開創了一種獨特的e時代模式。

除了行銷管道電子化及脫黑道化之外，快樂丸在各種藥物裡，乃是它能尋找到最適當的區隔空間。研究近代青少年文化者，普遍都重視諸如搖滾樂、青少年穿著、同輩行為模式等，但卻極少人關切青少年的舞會文化、舞會市場、舞會音樂等。就以英國為例，青少年的次文化活動裡，包括看電影、參與各種現場表演、看足球賽、參加舞會等四項裡，人次最多，而且遙遙領先其他項目的厥爲舞會。「快樂丸」將它的對象鎖定在青少年的舞會上，不能說不是高明的策略。英國蘇塞克斯大學教授莎拉・松頓（Sarah Thornton）在《舞會俱樂部文化》指出，英國青少年狂野舞會在一九九二年即大約有二十億英鎊的市場。平均每人參加一次舞會要花三十五鎊，其中包括入場費、飲料、「快樂丸」等，其商機之大，由此可見。美國的「快樂丸」較英國爲遲，但到了一九九九年，高中的高年級生裡，試過「快樂丸」的至少已有八％。

在西方，從一九五〇年代開始，青少年的迪斯可舞會即漸次形成。物以類聚的同輩舞會，成了青少年次文化最重要的環節之一。英國由於舞會俱樂部的執照發放較鬆，加以英國的汽車文化不像美國那麼發達，青少年酒後駕車撞人或被撞的情形較不嚴重，因而對青少年的飲酒雖有年齡限制，但執行則極馬虎。這使得英國青少年從十五歲開始即進入舞會。十五至十九歲是舞會人口的最大宗，其次才是二十至二十四歲。青少年舞會具有文化上的多重意涵，它是一種認同，一種文化與習俗上的反叛，甚至還可以說是一種新形態的成年禮，標示著可以半夜以後回家的大人階段的到來。

青少年舞會在它的發展過程中，有若干相互連結的元素：

在服裝上，早期以反叛式的「隨意穿著」（Casual Wearing）爲主，但商品經濟有著一種特性，它會將一切都轉化爲商品。於是，到了一九八〇年代，早期的眞正「隨意穿著」遂被收編成名牌式的「隨意穿著」。它是一種新的青少年名牌消費，女性以辣爲基調，男性則以寬鬆爲主，俾便於三度空間的肢體動作，而鞋子則以名牌的運動便鞋爲主。這種名牌式的「隨意穿著」，在這種舞會文化進入開發中國家後更加明顯。開發中國家在引進這種舞會文化時，一般都將其當做是一種流行，年齡層會提高；縱使不參加舞會活動者，也都流行這種舞會式的「隨意穿著」。這種情況在台灣即相當明顯。「隨意穿著」變成了另一種流行式的、名牌式的「不隨意穿著」。

在舞會名稱上，則有「舞會俱樂部」（Club）及「狂野舞會」（Rave）之別。這兩者有同有異，但更後期的定義裡，那種以郊野、廢棄倉庫、廢棄機場機庫等爲場地的舞會才是最正點的Rave。Rave的字義爲「狂歡」、「狂鬧」、「狂野」。就場所而論，它必須離經叛道和出入意料之外，前述的廢舊倉庫和機庫、或者鄉下農莊的堆棧，以及廢舊的公用大廳等均屬之。Rave的起源，可能和一九八〇年代初，歐洲青少年動輒占用陳舊待拆的舊公用大樓做爲聚會玩樂的「違章占用運動」（Squatter Movement）有關。有個專搞舞會的巴斯金（Leo Paskin）就指出「舞會俱樂部」和Rave的差別：「Rave旨在開發新舞會地盤，而舞會俱樂部則是那些固定可預期的地方。」但儘管有著這樣的差別，舞會開起來，其現場都是相當地狂野。祇是這種舞會在引進開發中國家後，其實質內涵被扭變，而成爲一種新潮的狂野舞會。對參加 Rave 的青少年，人稱 Raver，香港在一九九〇年代初，稱之爲「Rave 仔」、「Rave 女」。

而無論「舞會俱樂部」或 Rave，它最關鍵的厥爲 Techno 這種高噪音、快節奏的電子合成及雜交配育而成的舞曲。舞會的音樂在近代通俗音樂的研究中，以往一向未被重視，認爲它除了節奏外即空無一物，祇能算是「垃圾進、垃圾出」。但到了一九九〇年代後期，這種電子合成舞曲已日受重視。它在舞會的「氣氛塑造」上極具意義。Techno 的高爆性與未來性，具有極大的出神及狂譫效果，並儼然成了一種全球性的舞曲規格。

而搭配著上述離經叛道的場所、氣氛、音量等青少年舞會元素，「快樂丸」當然也扮演著極大的角色。「快樂丸」可以使人覺得輕鬆、幸福，人們在社會化的過程裡早已被教導得要去提防別人並壓抑自己的善意，這種警戒機制會在「快樂丸」裡被大半解除。而最重要的，乃是「快樂丸」相對於一般藥物，其後遺症相對最少，而且價格也較爲低廉，因而使得它在青少年舞會文化裡扮演著極大的連結功能。

然而，「快樂丸」在經過了大約整整一個世代的快樂之後，進入二十一世紀後，卻逐漸到了厄運的時刻。或許由於Rave的離經叛道爲主流所不喜，或許由於「快樂丸」的確有助長性混亂的後果，也或許「快樂丸」的確有尙未被人知的後遺生理效應，遂使得二〇〇〇年裡全球各地都同步展開查緝。美國在一至七月裡共查禁沒收了八百萬粒，爲九八年的二十倍。在台灣，二〇〇〇年七月起也開始對 Pub 或類似地下小舞廳的場所展開臨檢。

據美國某些報告指出，「快樂丸」會影響到人腦所分泌的神經化學物質 Serotonin，這種物質的主要功能在於調控情緒及認知。因此服用「快樂丸」過多，雖無致死之虞，但卻可能導致失憶及認知能力衰退之弊。

小寫的e仍然極有氣勢，但大寫的E則開始面對查緝的命運。但無論E的下場如何，與它相關的那些青少年次文化，尤其是舞會文化卻不致改變，對台灣而言，諸如 Rave、Techno、Casual Wearing，甚至其他相關的語辭及概念如 Hip Hop、Square 等也都將繼續下去！

新密碼：
掀起電子傳訊熱

英國《經濟學人》週刊有一則有趣的報導，由SPK 2 U L8R這幾個字開始。它是什麼意思？

答案是，這段書寫乃是一種口語的簡化寫法。它不能看，再怎麼看也不可能看懂；但若用念的，就會很快知道它的意思。上面這些畫符式的句子，意思是：Speak to you later。在這裡，Speak被簡化爲SPK，2這個阿拉伯字念成to，U代表了you，L8R裡的8必須念出聲音來，成爲ate，使得L8R變成Later。

基於同理，BCNU B4 2MORO，儘管看不懂，但若用念的，則或許不難知道它的意思，它的意思是：Be seeing you before tomorrow。

這種語言的新形態簡寫法，都不是隨隨便便的人瞎掰出來的耍酷手法。上面這兩個句子都見諸全球最大行動電話公司「伏得風」（Vodatfone）的網站。它建議行動電話用戶要用文字輸入的方式留言時，可以用上述的表達方式。易言之，上述這種書寫方式，乃是該公司所設計的，可以藉著電話的有限鍵鈕而輸入的「短訊留言系統」（Short Messaging System）。

隨著行動電話的日益增多，而且類似於電子郵件的傳訊及收訊功能加強，加以傳訊的價格較直接說話便宜了許多，於是，新形態的傳訊書寫方式遂告出現，不僅行動電話公司將它列爲主要業務項目；使用行動電話的消費者——尤其是青少年消費者，也需要這樣的傳訊書寫方式。在歐洲，行動電話的這種書寫式的留言，平均每個月有十億次之多，足見市場之大。「短訊留言系統」必須省錢、易行，用電話鍵鈕即能完成，當然它就必須根據不同的語言系統，設計出簡單的縮寫表達方式。「伏得風」那種簡化拼音、夾雜阿拉伯字發音的書寫方式，用它自己那套寫法的話來說，眞是「太棒了」（Excellent寫爲XLNT）。

這是電子電話時代的訊息表達方式之一。它更加地口語化，被學者稱之爲「二度口語性」（Secondary Orality）。但除了口語化之外，它更重要的乃是將這種口語的書寫壓縮，使之更加簡化。任何字的拼音裡，不發音的會被取消，可以用阿拉伯數字的發音取代的，就會被取代，當然在文法上或句法上也必須簡化。這種情況有點像一八四四年五月電報正式出現後的書寫方式簡化一樣。

近代書寫的簡化，影響最大的乃是電報。十九世紀的二〇及三〇年代，諸如英、德、美等國，都已在開發用電報傳訊的技術和書寫的方法。最後是肖像畫家出身的美國人摩斯（Samuel F.B. Morse, 1791-1872）拔得了頭籌。他一八三七年完成並展出收發報機，一八四三年獲得國會撥款三萬美元，架設從華府最高法院到巴的摩爾克萊爾山站，長達三十七哩（六十公里）的實驗電報線。一八四四年五月二十四日正式啓用。而後，他設定的電報代碼被國際修正，稱爲「國際摩斯碼」（或稱「大陸碼」）。到了今日，這一組嘀（點）嗒（橫）式的通訊碼仍在使用中，但已不必經過譯碼的手續，而是收報機即有電腦解碼裝置，電報直接呈現在螢光幕上。

在電報時代，由於按字收費，價格昂貴，遂有了各式各樣的簡寫法。例如，當時的新聞記者爲了省事省錢，喜歡在字頭上加un，表示否定的意思。以下就是一則有趣的電報對話。報社國外部主編和偷懶的駐外特派員間如此問答，實在太過洋涇濱：

主編：「爲何沒新聞？」（Why Unnews?）

特派員：「沒新聞即好新聞。」（Unnews Good News.）

主編：「沒新聞就沒工作。」（Unnews Unjob.）

電報時代的書寫方式被壓縮及被簡化，出過許多趣事及有趣的例子。例如，在電報簡化的書寫裡，上流社會藉著雙關語來賣弄也所在多有，這裡就有一個例證；十六世紀拉丁語的告解，在說「我有罪」（I have sinned）時，用的是拉丁字Peccavi，因此，當年艾倫爵士率軍占領印度的Sindh，他的報捷電報祇用了Peccavi一個字，這是把它翻成英文，再取諧聲的表達方式，Peccavi等於I have Sindh。這種上流社會賣弄式的電報精簡，雖然極難仿效，但使用雙關諧聲等技巧，的確是精簡的表達方式的一種，以前搞電報密碼的人經常在用，今天的電子留言書寫，也同樣在用。「伏得風」公司的「短訊留言系統」裡就有這樣的成分。英國《經濟學人》最近在報導電子時代隨著留言書寫而造成語言表達被壓縮時，並特別提及日本青少年的新語言，例如，他們稱「辣妹」，即用隱語Kogaru來表示，這是將發音去掉中間，祇取頭和尾的表達及書寫方式。而說女生漂亮，也將本來的Totemo Kawaii Desune變成Cho Kawa，譯成英語等於Extreme Pre相當於漢語的「正點」！

因此，隨著電子留言的需要，已出現新一波的口語書寫的簡化。由於當今的行動電話主要使用者是青少年，因而這種簡化的口語書寫遂有很強的青少年特性，它有點新的密碼或隱語的性質。

或許也正因此，最近這段期間，遂突然地出現起一陣「密碼風」。包括著名驚悚小說作者羅伯•哈瑞斯（Robert Harris）的《謎》在內，好多本有關密碼及密碼戰的小說開始走紅，《謎》並被拍成電影，極為賣座。除此之外，大英博物館亦舉辦「破解密碼」的專題展。倫敦市郊的布雷奇利公園以前是英國的密碼及破解密碼中心，它的陳列室蒐藏了許多與密碼有關的骨董，最近其中一種罕見的德國情報機關使用的解碼機竟然失竊。

這是有趣的文化現象，在網路發達的這個時代，密碼早已不再是情報人員的專業，而是每個人保護自己隱私的守門關卡，而另外，則是青少年的留言語言也愈來愈不像語言，反而更像是密碼或符咒。或許也正因此，新的密碼熱遂告出現。

不過，眞正值得注意的，乃是電報時代爲了節省費用而設計的簡寫法，它的影響終究有限，影響較大的範圍，應當是軍情和部隊裡開始盛行的，一組特別的字取其字頭而成的「縮寫字」（Acronym），語言學家認爲今日的縮寫字習慣就是從那個時候開始的。但當今隨著電子留言而出現的簡寫法卻顯然極爲不同。它是一種跟著口語走的新書寫方法，愈來愈像簡單的拼音，而不再是根據字母而成的拼字。當大量青少年人口在這樣的書寫環境下成長，語言的書寫會變成什麼模樣？而文字是否將因此而出現巨變？或許這才是值得關切的課題吧！

F開頭：性禁忌瓦解快速成長

當代使用得最廣泛，而且無分男女老幼或貧富貴賤，都將它當做口頭禪的，或許就是F開頭四個字母的那個單字。因此，當美國股市崩盤，遂有人要大叫Fucking Market了！

F開頭四個字母的單字Fuck，乃是標準的髒字眼和粗魯字眼，縱使到了一九五八年，有些俚語和語源辭典，仍將它以星字形寫成F★ck、F★★K，到了一九六〇年代中期，《英國企鵝英語辭典》始將這個字收錄，而《牛津英語辭典》則遲至一九七二年才將其列入。然而，儘管這個字的公開露臉如此的晚，但經過一九七〇和八〇兩個年代的解放，這個字可謂解放度最大。稍早前，「藍燈書屋」參考書部門的資深主編傑西・薛德羅（Jesse Sheidlower）即編輯了一本《F字眼》（The F-word），這是一本有關Fuck的字典。由一個字可以寫出一本字典，可見這個字的衍生字多到如何壯觀的程度了。前代國學大師陳寅恪先生曾經說過：「每一個字都可以寫出一本文化史」，由Fuck這個字被寫成一本書，足見他所言不虛。由這個字，的確可以發現許多文化發展上有趣的問題。

首先就語源而論，這個字大約是在十五世紀時借自德語和與其相關的佛萊芒語及荷語。英語借來的不祇是Fuck而已，而是一大組與其相關的字，這一組字的結構特徵是F帶頭，接著是個短母音，最後是個K、D、G、T之類的閉鎖音，中間則是用I或R做爲連接，這組字的本義都有性意涵，代表著「前後的運動」，它包括了諸如Fiddle、Fidget、Flit、Flip、Flicker、Frig等。

這個字起源於德語，乃是語源學上比較確鑿的說法。不過，近代許多下里巴人的通俗雜誌經常喜歡在文字語言上瞎掰，因而以訛傳訛，遂有許多人相信Fuck是個「縮寫字」（Acronym），由下列句子的字頭組成，如：

——「非法之性」（For Unlawful Carnal Knowledge）。

——「非法之性」（Found in Unlawful Carnal Knowledge）。

——「強迫而未經同意之性」（Forced Unsolicited Carnal Knowledge）。

——「強迫而不自然的性」（Forced Unnatural Carnal Knowledge）。

不過，諸如此類的說法，卻顯然都是任意的附會。在一九三〇年代電報簡寫法出現之前，以一個長句子每個單字的字首組成「縮寫字」的現象極爲稀少，因而所謂的Fuck起源於

「縮寫字」之論，乃是後來人的任意附會。

除了「縮寫字」之說不可信外，另外一種「異文」（Conflation）之論也同樣並非事實，所謂的「異文論」，指的是早在十五世紀時，英國的軍隊裡大弓占了極重要的地位，而當時的大弓皆由紫杉木所製，因而英軍與法軍對陣，雙方做手勢喊話時，英國每喜歡用拉弓的動作向法國軍隊示威做態，這就是所謂的「拉紫杉弓」（Pluck Yew），到了後來它的聲音出現滑變，成了Fuck you。這種說法也是後來的人之附會，可以視爲笑料，但不宜當眞。

因此，F開頭的這個字，起源於日耳曼語可謂確定。但値得注意的，乃是這個字在古代被視爲淫穢的禁忌，因而中古時代從未見諸正式的書面記載。而有關F字頭的這個字，在蘇格蘭用得極爲普遍，因而遂有人認爲這個字可能是古代挪威語，接著擴散到蘇格蘭，再到英美。但近代卻發現，英國在一四七五年就已用密碼的方式記載過這個字，而一五二八年則出現在書籍的注解中，而這些證據都出在英格蘭，因而它起源於挪威語之說，遂不攻自破。但因蘇格蘭爲英國的邊陲，規範力較弱，因而使得蘇格蘭使用Fuck這個字比英格蘭普遍。

自十五世紀出現Fuck這個字後，從十七世紀後期開始，它的使用即漸次增加。在莎士比亞的戲劇裡，並未正面用過這個字，但以隱射的雙關語或用比較文雅的替代字來間接表示，卻極頻繁。例如他在《亨利五世》的第四幕，即用Firk來代替Fuck，同時也用法語同義的 Foutre 等字來代替。而十八世紀的大詩人龐斯（Robert Burns, 1759-1796）在私家印發及流通的作品裡則正式使用過這個字，但因十七至十九世紀的性禁忌極強，因而除了少數記載外，它在其他比較主流的論著和文學裡皆極鮮見。值得注意的，乃是縱使保守的維多利亞女王時代，一八六〇年以後的色情著作裡，這個字已開始經常出現。而一八八二年的倫敦泰晤士報，有次報導司法總長哈考特爵士（Sir William Harcout）的談話，在直接引述時有 a bit of fucking 之句。但四天後它立刻登出「手民誤植」的啓事，足見在那個時代，上流社會對這個字乃是停留於「可說但不可寫出來」的階段！

然而，進入二十世紀後，這種情況卻開始快速改變，英國文豪喬艾斯（James Joyce, 1882-1941）的名著《尤里西斯》於一九二二年出版，並在美國地下流傳，它即大量使用這個字。該書後來打褻瀆官司，一九三三年被判無罪，得以合法流通，理由是這個字出現在書裡和角色的關係相合，他們原本在生活裡即常用這個字。而D.H.勞倫斯（D.H. Lawrence, 1885-1930）之《查泰萊夫人的情人》，到了一九五九年也合法化。但喬艾斯及勞倫斯皆爲英國人，美國自己的作家使用這個字仍然較晚。諾曼梅勒（Norman Mailer）在一九四八年的名著《裸者與死者》裡不敢用這個字，而代之以 Fug；詹姆士・瓊斯（James Jones）在一九五一年所出的《由當下到永恆》裡，原稿用這個字兩百五十八次，幾經刪改，定本剩五十次，該書後來獲美國國家書卷獎。與此同時，儘管美國法庭相關訟案頻繁，但在法律文書裡提到這個字時，也都不明寫，而祇是寫「那個字」、「那個四個字母的盎格魯撒克遜字」、「那個開頭F，最後K，唸起來像Truck的字」……之類。由此可見，可說不可寫，掩耳盜鈴，故意閃避等伎倆，其實乃是每個民族、每個國家共有的行爲模式。

然而，從一九六〇年和七〇年代的文化解放開始，情況日益加速變化，它由青少年開始頻繁使用，最先在流行歌裡出現，在青年抗議運動裡被使用，接著進入電影和主流期刊。在美國，其進程似乎是：

——著名的《紐約客》雜誌大約在一九八五年左右刊登使用這個字的文章。

——一九七〇年起，主流電影開始出現這個字。

——一向用字穩重的《紐約時報》，在一九九八年刊登柯林頓緋聞案的〈史塔報告〉時，首次將這個字印了出來。

——英國BBC於一九六五年首次播用這個字，曾引起喧嘩。美國NBC則在一九八一年的電視節目用這個字，但製作群因而被開除，往後均快速鬆動。

——一九九三年葛萊美獎頒獎會上，U2主唱歌手波諾首次在如此盛大場合公開說這個字。

因此，進入一九九〇年代後，這個字已形同毫無禁忌的口頭禪了。不但英語地區使用，非英語地區看多了好萊塢電影有如連珠炮一樣的用這個字，也都有樣學樣的將它當做口頭禪。由這個字並衍生出一大堆可以編成一本字典那麼多的字，它有些仍保留性的涵義，有些罵人，另外有些則祇不過是用來加強語氣或藉以產生新的口語：

例如，「絕對的」（Absolutely），變成加強語氣的 Absofuckinglutely之類。

例如，衍生出來的口語新字 Clothesfuck，代表了「不知道要穿什麼衣服」；Fuckbreak代表了「女員工爲了要去懷孕而離職」，以及近乎新形態萬用字的Fuck up、Fuck off等。

因此，由F開頭的這個字的生成變化，它本身即顯示出了一本文化史般的內容。它曾是性禁忌的重要環節，隨著性禁忌的瓦解而快速成長。然而，由F字頭這個字的變化，眞的意味著西方語言的不再有禁忌了嗎？答案顯然未必。傑西・薛德羅在《F字眼》裡有一段話：

「不同種類的語言，在不同的時間會被認爲是刺眼招嫌的。數百年前，宗教的褻瀆是最不可原諒的表達方式。到了晚近，有關身體部分及明顯意味著性的字辭，則會讓人震驚。十九世紀的美國，縱使用Leg這個字，都被認爲下流猥褻，必須用正經的Limb來代替。而到了今天，有關種族主義的語辭則會被認爲下流可憎。一位知名的教授在一九九四年曾告訴《美國新聞暨世界報導》雜誌，他可以在班上用Fuck，不會有人動任何聲色，但在任何情況下，他絕不敢用具有種族意涵的字眼。」

科學怪××：違背上帝的意思？

近年來，雖然生物科技發展快速，但連帶的相關討論亦漸漸增多，當今最引人注目者之一，即是有關「基因改造食物」（GMF）的課題。由於基因改造食物的「基因污染」已被漸次發現，雖然它對人類的負面影響仍未確定，但人們的警覺則無疑地已大大提高。

而當人們的警覺提高，基於生態考慮和消費者保護而展開的調控亦陸續實施，包括配額進口、嚴格標示等。不單單初等糧食如玉米、大豆、麵粉等必須標示，甚至加工製造的食用油、罐頭、麵包、各種點心速食等也都被要求標示。美國幾個跨國速食集團，爲了因應時代的變化，已相繼決定將停止使用基因改造糧食爲其產品的原材料。

而一切的改變，最後都必將落實到語言上。近年來，有關基因改造食物已開始被冠上Franken——這樣的字首，它最恰當的翻譯可能是「科學怪——」，如「科學怪食物」（Frankenfood）、「科學怪水果」（Frankenfruit）、「科學怪種籽」（Frankenseeds）、「科學怪菜」（Frankenveggies）、「科學怪魚」（Frankenfish）、「科學怪豬」（Frankenpigs）、「科學怪鷄」（Frankenchicken）。當然，由這個字首還可以延伸出許多其他字，如稱呼被污染的空氣爲「科學怪空氣」（Frankenair），被工業污染的水爲「科學怪水」（Frankenwater），從生態環境主義比較極端的立場而言，這個世界亦儼然成了「科學怪世界」（Frankenworld）。根據這樣的邏輯，高屏溪嚴重污染下，高雄市民喝的水大概就是「科學怪水」，甚至整個高雄都變成了「科學怪城」！

根據《紐約時報》專欄作家威廉・沙斐爾（William Safire）的說法，加上「科學怪——」這個字首另創新字，似乎開始於一九九二年的六月。當時美國的「食品暨藥物管理局」決定，對於基因工程作物將取消原有的逐案評估。這是政策上的放水，於是，波士頓學院的英語教授路易士（Paul Lewis）遂撰文投書《紐約時報》的言論版。在他的文章裡指出，瑪麗・雪萊（Mary Shelley, 1797-1851）於一八一八年發表小說《科學怪人》（Frankenstein），「從實驗室將改良過的人類肉體製造出來以後，科學家即不斷地讓這些好東西變成了生命」、「如果他們今天要賣給我們科學怪食物，可能我們已需要召喚村民，點起火把，到他們的實驗室古堡去制止」。「科學怪食物」這個字從此即告出現。

路易士教授使用「科學怪食物」這個字之後，《波士頓環球報》跟進，對這個新字加以誇讚，認爲「它非常精采的總結並凝聚了遺傳上被膨大了的番茄和染色體改造過的牛等受爭議的產品，並將它們可怕的非自然性表露了出來」。路易士在訪問中亦指出，「科學怪——」（Franken——）這個字首在音韻上極爲鏗鏘流暢，「你可以加上這個字首說科學怪水果、科學怪空氣、科學怪水，反正現在早已是個科學怪世界了！」

「科學怪——」這個字首，自從一九九二年出現後已漸趨流行，並成爲新的常用字，由於它是從西方家喻戶曉的經典小說《科學怪人》這部小說所累積的文化傳統全部繼承了下來。對生態環境及消費者保護運動而言，當然也就有極大的動員效果。不論喜歡或不喜歡，都必然會承認「科學怪——」是個很好的字首，也是很好的語言發明。

而由「科學怪——」這個字首，可能就必須回過頭來追溯瑪麗•雪萊所寫的《科學怪人》這部經典小說及其文化涵義了。她是十九世紀的奇女子，她在文學及文化上的地位和影響力，遠遠超過她的大詩人丈夫雪萊（Percy Bysshe Shelley, 1792-1922）。

瑪麗•雪萊出身於激進世家。她的母親瑪麗•渥妮絲朵涅克拉福特（Mary Wollestonecraft）是女權主義先驅，曾著《女權辯》（A Vindication of the Rights of Women）；她的父親則是所有政治學教科書都會提到的英國哲學家及無政府主義奠基者戈德文（William Godwin, 1756-1836）。出身於這樣的家庭，使得她從小即聰明、勤學，並大膽反叛，一八一四年她還未滿十七歲，即和已婚的雪萊私奔，其離經叛道，由此可見。她一生後來寫了七部小說，以《科學怪人》最爲重要，它不單單是部小說而已，甚至還是一種「文化原型」，所有對科學創造的質疑，都要回溯到《科學怪人》。她的這部小說，被改編成電影至少二百次。以它爲基本型的文學創作更不計其數。

有關《科學怪人》這部小說的源起，瑪麗．雪萊在書裡的〈作者前言〉裡有過很清楚的說明。一八一六年，她們夫婦住在瑞士，和詩人拜倫比鄰而居，時相往來，讀鬼怪故事，或討論各種哲學問題，以及生命的各種可能性。而《科學怪人》的胚胎即因此而形成。她有一段表白，無論從文學掌故，或作家的創作歷程而言，都非常值得注意。今將其中的兩段譯出：

——「許多而且長時間的都是拜倫和雪萊的對話，我很專心，但幾乎祇是個沉默的聽者。有一天討論到各種哲學問題，兼及於生命原則的本質，以及人們已發現和交流的事務是否有更多的可能性。他們談到達爾文醫師所做的實驗（我不是說他是否眞做過或說過什麼，而是當時的認爲），他在一個玻璃盒裡裝了一點細麵，而後以某種特殊的方法，細麵開始自動的運動。當然這不表示被給予了生命。但有可能一具屍體可以使其再活過來，通電已對這種事提出了某些證據；可能生物的組成部分可以被製造出來並組合、賦予其生命。」

——「時間在談話中流逝，我們累極休息時已過了三更半夜。當我倚枕欲睡，卻無法入眠，甚至也無法再想。我的想像不受指使的，著魔般地引導著我，我的心裡浮現出一個接一個的影像，其生動遠遠超過一般的狂想。我閉著眼，看見猛烈的心靈想像，我看見蒼白而褻瀆的學者蹲踞在他拼組的東西旁邊；我看見一個人的可怕幻影伸展而出。而後藉著某種有力的機器，顯露出生命的跡象並刺激出一種不自在的，僵硬的移動。驚嚇必然其來有自，而最大的驚嚇則來自人們之做爲模仿造物主最巨大的機能。他的成功將使他自己爲之驚怖，並在恐怖中逃離他造出的可怕之物。他寧願希望，他所給予的生命火種將會息止逝去，而那個接受到不完全生機之物將成爲死物。他將抱持著這樣的信念而睡去：讓他原寄望成爲生命搖籃的可怕屍體，被墳墓的死寂永遠地抑止。他睡去，但他仍醒著，張著雙眼，看著恐怖之物就佇立他的床邊，打開他的床帳，以昏黃、浮腫而探索的眼注視著他。」

十九世紀初的歐洲，近代科學萌芽未久，但人們卻對科學充滿了過度樂觀的狂想，因此，瑪麗・雪萊的《科學怪人》可以說是對這種人以造物主自居的心態所做的針砭。當時的科學當然談不上人造人，因而《科學怪人》裡沒有什麼高科技的場面，而祇是一種狂想式的寓言和預言。

對於《科學怪人》近代學者有過許多不同形態的解讀，有人將該書的情節與瑪麗・雪萊自己的一生相互對比，用以解釋它的雙重性；有人則解讀出其中的女性意識問題等，但眞正值得注意的，或許是瑪麗‧雪萊在書裡透露出來的「本意」。她最初的書名有二，一是《科學怪人》，另一則是《現代普羅米休斯》（The Modem Prometheus）。由此可知她的本意乃是要藉著這個故事，探討造物者與受造者之間的關係。造物者必須對受造者承擔責任。在《科學怪人》裡，科學怪人就對他的創造者維克多如此說：「我是你的受造物，我對我的主人及君王將會溫馴服從，你也必須遵行你的角色，那是你負欠於我的。」「對我，盡你的責任，那麼我對你和其他人類，也將盡我的責任。」因此，《科學怪人》表面看起來，說的是科學的反面預言，而就深層看，它談的卻是「創造者的義務」，當創造者不對他所造之物盡其義務，則受造之物即會起而反抗或演變成可怕的禍害。而當人類模仿上帝，那麼，他能盡他上帝一樣的義務嗎？瑪麗‧雪萊的答案顯然是否定的。而她無疑地乃是替這個世界提出了一個「大哉問」的問題，她的問題在過去將近二百年裡遂不斷被後人重新提起。

在這個許多事情和事物都被加上「科學怪——」（Franken——）字首的時代，瑪麗‧雪萊所提出的問題，更值得我們思考了！

千禧年：從恐懼的預言變成快樂的理由

第二個千年業已走完，新的二十一世紀剛剛開始，該發的燒已經發完，狂歌勁舞也告結束，一切又都恢復常態，每個人仍將繼續他們柴米油鹽的日子。

第二個「千年」（Millennium）過完，最值得注意的，乃是過去很長一段時間裡，各種「頭腦不正常現象的洶湧而現」（An avalanche of Nuttiness）——這是一位評論家對許許多多奇談怪論以及瘋癲行爲的稱呼。這些「頭腦不正常現象」，如果人們不太健忘，應當還會依稀記得：

例如，有個基督教基本教義派老兄林賽（Hal Lindsey），寫了一本譁衆取寵的書，宣稱會發生核子大戰，世界毀滅，基督二度降臨，並做最後審判。這本書爆賣兩千五百萬册。有些富豪聽信其言，居然眞的到德州花了大把鈔票，加入一個到地下避難的計畫。該地下避難計畫號稱可以躲過核戰浩劫。

例如，有一個新興的歐美崇拜團體，相信基督二度降臨，其成員居然分成數個梯隊自殺，主動投入基督懷抱。當然還有那個許多台灣高學歷者相信的彗星會帶他們升天的現象了。

例如，美國極右派佈道家佛威爾（Rev. Jerry Falwell）聲言，魔鬼的三位一體——共產主義、女性主義，以及同性戀，將蹂躪世界。他的徒弟拉哈葉（Rev. Tim LaHaye）則聲稱，基督將在各種巨大的空難、巴士及火車災難中轟然到來。

而有一個靈媒蒙戈瑪莉（Ruth Montgomery）則宣稱太空結構將會巨變，使得地球被顛倒過來，南極變北極，北極變南極。

例如，還有許多其他末世預言，如一九九三年全球一半人口皆將感染愛滋；一連串超級大地震將會出現，紐約及佛羅里達將有大洪水，而加州則會被震得脫離北美大陸，阿拉伯世界將再次進攻歐洲，爆發核子戰爭，紐約亦將被核彈攻擊，而成吉思汗則會復活。

所有的這些，都是「頭腦不正常的現象」，但在過去一段時間裡，這些現象的確像熱病一樣，在全球蔓延，甚至還一定程度地造成歇斯底里的集體情緒。爲什麼會如此？爲什麼許多人一聽到「千年」這個字，就連腦筋也壞了，人也瘋了？語言字詞眞的有如此的魔力？

其實，我們今日所謂的「千禧年」（Millennium），它的本義祇是「千年」，此字由拉丁文「千」（Mille）與「年」（Annus）合綴而成。它在《啓示錄》裡第二十章一至七節，總計用過六次，分別爲：「那龍，就是古蛇，又叫魔鬼，也叫撒旦，把他捆綁一千年。」「一千年完了，撒旦暫時釋放。」「殉道的信徒要復活，與基督一同做王一千年。」「其餘的死人還沒有復活，直等那一千年完了。」「第一次復活有份的信徒，要與基督一同做王一千年。」「那一千年完了，撒旦必從監牢裡被釋放。」

然而，儘管「千年」祇出現了六次，但這個「千年」的概念卻被編進了整個有個末世論述的龐大架構中，而和撒旦被綁、基督重臨、神的國度、末世審判、人的被救等相互牽連。任何詞語當它被嵌合在一組龐大的架構中，則這個詞語的意義即會隨著整個架構的意義而變化，從而失去了它本身的彈性。以「千年」爲例，從語言的角度來理解，將它視爲某種寓言中的象徵，或許更爲貼切，但它一旦被嵌合在末世預言的架構中，它的象徵意義即被褫奪，並被當做一個確實的述詞來看待，於是，不但圍繞著「千年」這個概念，出現許多不同的「千禧年論」；甚至「千年」這個象徵詞語，也長期以來被當做一個預言裡的確鑿年數。從古而今，由此而延伸出來的時間預言，估計至少有數百種。例如，中古佛羅瑞斯的約雅斤（Joachin of Floris）估計基督重臨當在一二六〇年；當年宗教胡斯革命的主要人物梅立茲（Melitz）則估計爲一三六五至一三六七年之間。

而在近代，這種預言以下列兩例最爲著名：

其一是米勒（William Miller, 1782-1849），他於一八四三年的年初宣告，當年的三月二十一日至翌年三月二十日一年內，任何一天都可能是世界末日。於是，在這一年裡，他的信衆暴增並爲之癲狂。一年期滿，他承認錯誤，將原定期限修正爲一八四四年四月十八日，接著又在失靈後三度改爲一八四四年十月二十二日。連續三度失敗，最後他在一八四五年宣布自己完全搞錯，接著他的信衆瓦解，所謂的「米勒派」也煙消雲散。

其二則是二十世紀初的羅塞爾（Charles T. Russell, 1852-1916）。他最先宣稱一九一四年爲世界末日，預言失效後修正爲一九一八年。由於他自己並未活到這一年，於是他的徒弟羅塞福（Joseph F. Rutherford, 1868-1942）在第二次不準後，又修正爲一九二五年，三次預言，三次失靈，於是這個小教派遂告三緘其口。

而除了這些根據各先知書與啓示錄的預言所推算的年份外，兩次「千年」，儘管這種西元的斷代有四年的錯誤，但「千年」這個詞語仍使人們產生極大的焦慮和歇斯底里。上一個千年的開始，即一○○○年一月一日的凌晨，冰島爲了準備基督重臨，即全部都皈依了基督教；在第一個「千年」開始之際——也就是一九九九年十二月三十一日的子夜，大批人民湧往羅馬的聖彼得廣場，等待末日降臨，他們在教皇席爾維斯特二世（Pope Sylvester II）宣講之後，即匍匐在地，等著鐘聲齊鳴以及大地在鐘聲餘響裡裂開，將人吞噬，然而，鐘聲響過良久，恐懼的靜默中什麼也未發生，最後大家像惡夢初醒般喜極而泣，相互擁抱。人類度過了並未發生的大災難。

因此，圍繞著「千年」這個概念，有太多未曾實現的預言，那麼，所謂的「千年」又將如何解釋與看待，方能更符合經上的本義而又不違背宗教的眞正內涵呢？這時候，人們或許已有必要來回頭省思宗教中的語言這個經常讓人困惑但卻難以拒絕的課題了。

首先，人們生存於世界上，面對著不確定的自我以及無法完全掌握的世界意義，於是遂有了宗教。宗教的語言裡洋溢著隱喻、符號、象徵、寓言和預言，它所點撥的乃是有限的人活在無限世界裡的生存難局和幽微的生命經驗。因此，宗教語言當然有大量的倫理語言穿插其中，但宗教語言並不可能簡化爲倫理語言；同樣地，宗教語言裡也有大量的紀實語言，但宗教也同樣不能簡化爲科學或者歷史。宗教語言說的是神，但歸總而言，它所謂的神毋寧更應該說是人的裡面那仍有待完成的神性。宗教語言在傳達一種更本質性的經驗與渴望。它有許多成分都以象徵和寓言的方式來表達，也祇有透過象徵和寓言的方式來理解，從而能藉著它所說的經驗而幫助人定位自己。因此，宗教語言可以說是一種呈現出世界基本情境的方式，藉著宗教，人始能更了解自己，從而讓人獲得啓示，一併也去充實世界的意義。宗教不能被歷史、社會學或心理學取代，宗教語言有它自足的特性在焉。

然而，宗教語言在經驗的傳遞上卻幽微而艱難，並經常必須被世俗化的需要而降級為實用性的自然語言；於是，宗教的教條主義遂告興起。所有的教條主義都是將原本生機淋漓的創造性思想竊占並使其淪為公式化，政治如此，宗教亦然。而基本教義派即是這種教條主義最劣等的形式。在有關「千年」這個高度象徵的問題上，基督教的基本教義派將它的文本涵義釘死，並以最極端而庸俗的方式予以解釋，於是，豐富的象徵和寓言，遂都變成了譁衆取寵的預言。不是預言而被當做預言來解釋，準與不準的笑話仍屬小事，它所毀壞的乃是宗教語言裡的啓示意義。由「千年」而產生的種種有關千禧年未曾實現的狂亂預言，它的隨風而逝，所印證的不正是這種荒誕？

不過，儘管由於「千年」而出現種種「頭腦不正常現象」，但隨著時代的變化，這種歇斯底里的「頭腦不正常現象」終究還是和一千年前有了極大的不同。對末世的恐懼，乃是一千年前連日常生活都已極度不安定的時代更大的恐懼，它不但有著現實上的意義，更有著形而上的意義。現在的人，由於物質和媒體的發達，一切沉重的意義皆已消失，「快樂」則逐漸變成了新的通俗政治學。在這樣的時代，不僅一切世俗的符號象徵可以被新的「意識工業」轉化為慶典狂歡、宗教的象徵符號，也同樣可以成為快樂的來源。「千年」在快樂的氣氛下過完，它已不再有任何宗教上的意義，而成了單純的快樂的理由。「千年」由恐懼的符號變成快樂的理由，這是個重大的轉折，它就讓人回想起二〇〇〇年年初《經濟學人》週刊在跨千年專號上的主題之一，那就是它在「千年」的訃聞欄上，將「上帝」列入。

公元二〇〇〇年已過，「千年」這個象徵經歷了恐懼的預言，而後在狂歡中被丟棄。問題在於，經過這樣的轉折，宗教又在哪裡？

金髮神話：

女人一生，至少要金髮一次

一九五五年二月號的《好管家雜誌》上，登出了一篇愛蓮娜•卜洛克（Eleanor Pollock）的著名短文。這篇短文題爲〈金髮導致奇妙的一生〉。這篇短文是在替美國所有不是金髮的女人打抱不平。文章裡如是說道：

「我並非金髮，難免被人說是酸葡萄。但儘管滋味苦澀，並不能阻止我說出心裡想說的眞心話。我認爲金色頭髮不公平。金髮會導致奇妙的一生，但金髮女人卻從未做出任何值得這種報償的事情。她們似乎祇要長個金色頭髮就夠了。我們用工作換得我們所要的，而金髮女人卻是一切都爲她們準備。有時候我覺得，每個女人在一生裡，至少應當金髮一次。我始終不懂，爲什麼男子看到女子的金髮，就會當成偶像來崇拜。我也搞不懂，爲什麼有了金髮，男人就不會去要求她做那些其他女人都要做的事，如應門、燒開水等。事實上是女人有了金髮，無論天生或後天造成，她們總能喚起男人本能裡最好的那一部分。……多年之前我就學到不要和金髮女子去爭短長。有多少次派對，妳會發現一堆男子鬧烘烘地圍著一個金髮小蜂后，她自得其樂地在那裡釀蜜。如果妳沒有這種經驗，姐妹們，那妳可眞是白活了一生。」

愛蓮娜・卜洛克爲沒有金髮的女人抱屈，但她的打抱不平卻終究還是無補於實際。反倒是她文章裡的那句「每個女人在一生裡，至少應當金髮一次」成了千古名言，並總是不斷地被染髮藥品製造業拿來當做廣告詞。

根據美國的《魅力雜誌》（Glamour）調查，美國婦女從十三歲到六十九歲，天生金髮者僅占十七%，紅髮四%，黑髮九%，大約七十%皆爲褐髮。然而，頭髮從來就不是單純的頭髮，而是身體政治及色彩語言的一部分。

以紅髮爲例，迪士尼卡通片《灰姑娘》裡，灰姑娘的兩個姐姐之中就有一個是紅髮造型。紅髮代表了邪惡。西方的繪畫或教堂裝飾裡，也都習慣於把猶大的鬍子用紅色表示。在英文和義大利文裡，均用Ruffian表示「惡棍」，而它的字源Rufous指的就是「紅髮」。另外，十八世紀歐洲最重要的裝飾畫家提耶波洛（Giovanni Battista Tiepolo, 1696-1770），他在善惡爭戰的宗教畫裡，紅髮也代表了邪惡。紅髮在頭髮語言學裡被邪惡化，這種情況和藍色相同。人類史上最早也最傑出的童話作家乃是法國的派倫（Charles Perrault, 1628-1703），他是《灰姑娘》、《小紅帽》、《睡美人》、《姆指湯姆》、《靴子裡的波斯貓》、《藍鬍子》等故事的發明者，藍色毛髮的邪惡化也以《藍鬍子》爲始。紅藍毛髮的邪惡化，使得它後來進入了青少年反叛型的次文化裡，用來當做拒絕認同和拒絕服從主流價值的色彩記號與象徵。

在所有的髮色裡，金髮在西方最獲好感，並取得種種優越的價值地位。別說愛蓮娜・卜洛克的抱怨難動其分毫；一九八四年，熱門歌手茱莉布朗（Julie Brown）有一首很紅的歌〈金髮美女〉，對金髮女子極盡消遣，也同樣無法撼動金髮的地位，她的歌詞中即有如下之句：

我是金髮女郎，我不需思想

我腦袋白癡如嬰兒，永遠穿得漂漂亮亮

金髮女子是不可能被打敗的，打抱不平的公開信不能，諷刺的流行歌也不能。一九三〇至四〇年代，當時的好萊塢天后級金髮美女馬蓮妮・狄翠姬（Marlene Dietrich）。她是來自德國的超級美女，高挑而有頹廢的古典氣息，是那個時代的偶像明星。她後來於一九五二年主唱了一首歌〈金髮女子〉，很可以拿來當做金髮魅力的某種注腳。歌詞曰：

你試了也是徒然
你就是無法解釋
這些動人，且讓人驚怕的金髮女子
她們迷惑，她們俘虜
小心這些讓人驚異的金髮女子

要小心當你遇到
甜美的金髮陌生人
你或許懵無所知
但你確實接近了危險。
你試了也是徒然
你就是無法解釋

狄翠姬的這首歌，乃是有關金髮的大神話結構裡的一個小插曲。從古代開始，一個有關身體及毛髮顏色的神話結構就開始形成，並被不斷地包裹與塡充擴大，於是「金髮」、「美麗」、「魅惑」、「純潔」等遂被包裹到了一起。及至到了近代，從一九二〇年代的所謂「太妹時代」（Flapper Era），一直到現在，由於好萊塢及其他大衆文化消費媒體的加工製造，「金髮」除了與以前的「美麗」、「魅惑」等仍然繼續聯繫外，更和新興的「性感」與「辣妹」等意象掛上了鉤，於是，「金髮」的符號意義遂一路流傳了下來。孔納德三世（Barnaby Conrad Ⅲ）在所著《金髮美女》（The Blonde）中即指出，近代的金髮崇拜其實是一組龐大的毛髮語言及神話建制，而大衆文化及大衆文化英雄則無疑爲這種金髮崇拜的建造者。

其中最主要的仍是好萊塢，從一九二〇年代開始，好萊塢從導演開始，都是很有自覺地在促銷金髮美女，最早上台是珍哈露（Jean Harlow），她的棕髮被漂白成「白金黃」（Platinum Blonde），帶動出了那個時代以過氧化物漂白頭髮的流行，接下來依序還有梅惠絲特（Mae West），她是預演性解放的「太妹時代」之尤物；狄翠姬，金髮古典頹廢美學的代表；再後則有瑪莉蓮夢露、葛莉絲凱莉、烏蘇拉安德絲、碧姬巴鐸、凱塞琳丹妮芙、瑪丹娜、茱巴麗摩兒、卡麥隆迪亞絲、葛妮絲派特蘿、茱蒂佛絲特、梅格萊恩……等。一代代的金髮女星，使得金髮神話維繫於不墜。

除了大衆文化建造金髮神話外，二十世紀的許多位其他領域的女性，也都助長著這種神話。例如，「時代集團」創辦人亨利魯斯之妻克萊兒（Clare Booth Luce），乃是她那個時代最紅的政治女強人，被公認是「男人最恨的女人」。她出身寒微，漂亮，金髮，後來出任駐義大使，當過衆議員。阿根廷的國母艾維塔•貝隆（Evita Peron）、英國的戴安娜王妃，以研究猩猩而聞名的人類學家珍•拉威克—古達爾（Jane Van Lawick-Goodall）……等。

但金髮成爲一種被崇拜的價值，偶像祇是表徵，它更重要的乃是神話營造的過程。近代的金髮神話建造過程裡，許多大人物都曾參與。舉例而言，大導演希區考克即有近乎病態的金髮美女崇拜症，作家海明威在後期對金髮著魔，他的第三任妻子蓋兒洪（Martha Gellhorn）天生金髮，第四任瑪莉•海明威則天生棕髮，爲了取悅他而硬去漂白染成金髮；畢卡索也是愛金髮的名人，他那幅著名的〈夢〉，畫的就是金髮女子，模特兒即是他的金髮小情人瑪莉泰絲—華特（Marie-Therese Walter）。一九二四年，美國女作家蘿絲（Anita

Loos）寫了一本喜劇小說《紳士喜歡金髮美女》，這本小說大大走紅，包括當時的哲學家桑塔耶拿、文豪喬艾斯，以及義大利總統莫索里尼都爲其背書，該小說後來甚至被改編爲百老匯的輕歌劇，也被搬上銀幕，由瑪莉蓮夢露主演。

因此，近代的金髮美女崇拜，乃是一種身體及毛髮神話，它由大衆文化爲核心而被一層層像雪球般地包裹，最後變成一種強勢的「毛髮命令」，衍生出「毛髮變裝」的主流價值。據統計，一九五〇年，美國婦女漂白及染髮者，一百人裡僅有七人，但被金髮的強勢神話命令後，到了一九七〇年，卻增至十倍之多。縱使到了今日，每一百個美國女性，仍有四十人漂白染髮。這種毛髮變裝的命令，甚至還全球化成了一種新的主流價值，影響到東方和其他第三世界國家。人們的身體有如書本，寫在它上面的都是歷史的痕跡。以前的美國黑人拚命用漂白水和牛奶洗澡，希望讓皮膚變白；一九七〇年代，越南人從總統阮文紹、阮高奇的夫人以降，都盛行隆乳隆臀和漂白染髮。在毛髮的語言學裡，「金髮」（Blonde, Fair-haired）所隱藏的，乃是人們價值形成過程中的神話因素。

對於「金髮美女」（Blonde Fair-haired），英國小說家及文論家瑪莉娜・華拉（Marina Warner）在《從野獸到金髮美女》一書裡，以整整兩個章節半的篇幅來討論毛髮語言學。她指出，由於毛髮乃是人們身體上最不易朽壞的部分，因而有關身體的政治與神話從很早開始即被漸次形成。男子的毛髮神話主要集中在雄性意志的獸與非獸之間。而女子的毛髮顏色則被逐漸突顯，並於近代達到它的最高點，而以 Blonde 稱呼金髮美女，則是近代才有的事。

有人認爲「金髮美女」（Blonde）出自古德文的 Blund，意思爲「黃色」，這種說法可能對，但也可能不對。在古拉丁文裡有 Blandus 之詞，意爲「吸引人的」，古德文的 Blund 不必然與此有關。由古拉丁文，稍後延伸爲 Blondin, Blondinet，主要是在指人的「年輕」，而且以男性爲主。及至十四世紀，英國文豪喬叟遂創 Blounde，指的是「金髮」。但該字後來卻很少被用，一直到十七世紀再出現，成爲 Blonde，專指女性的「甜美」、「吸引」、「年輕」等特質。

在中古以後，稱人「金髮」，反而是另一個字 Fair 使用得較多，指的是「崇高」、「金髮白膚」，而這個字如果往上追溯，則可能與古拉丁文的「命運連結」或「命中注定」（Fay Feyen），或「命運女神」（Fatum, Fata）等相關。

基於此，有關「金髮」的這些字，或許與古代希羅神話裡的神祇崇拜有關，相關的陽光意象被放進了崇拜的符號裡，後人在語言的使用中，遂將這種意象與形容「美麗」、「吸引人」的字眼相互連結。字義的形成有許多方式，有的是在原始的定義中即被清楚地規定，有的則是在使用中藉著習慣而被添加上去。有關「金髮」的這些字，最初似乎都並非指金髮，它是在使用中被添加進去，到了後來成爲習慣，終於變成定義。很難稽考的「金髮美女」（Blonde）這個字，或許必須如此解釋。

然而，儘管語源上仍不清楚，但由希羅時代的記載，將頭髮變成陽光色，似乎從古希臘開始即頗爲盛行，希臘神話裡的天神宙斯髮如陽光，特洛伊戰爭的許多男女主角，如海倫、巴里斯、阿奇利斯等亦然。紀元前十世紀時，希臘俗民男女，也經常用鹼水洗髮來漂白，或塗上某種汁液而後把頭頂著太陽曝曬。著名的埃及艷后克麗奧佩特拉靠著漂白染色而成金髮，進而征服了安東尼。文藝復興時期的大畫家波提希尼（Sandro Botticelli, 1445-1510）那幅著名的〈維納斯的誕生〉，包括維納斯及諸仙女，都是金髮。

由毛髮語言學的變遷，金髮崇拜或許是陽光崇拜的延長，許多神話或仙女童話的金髮意象都強調這方面的特質，諸如〈維納斯的誕生〉或《灰姑娘》，都屬於這一類型。但到了近代，唯性主義掛帥，「金髮」指「漂亮」已經不夠了，「金髮」必須賦予它致命的吸引力的色欲想像，在這方面，德國民間故事裡的「羅蕾莉」（Lorelei）遂變得日益突出。德國浪漫詩人海涅（Heinrich Heine, 1797-1856）就寫過敘事詩〈羅蕾莉〉，講這個漂亮的海上女妖。她以歌聲惑人，詩中有句：

在遠方坐著一個女郎
漂亮中的最漂亮
她的金絲薄袍發光
梳玩著滿頭晶亮的長髮

海涅的詩被認爲是金髮色欲化的重要開始。到了後來，《紳士喜歡金髮美女》裡，女主角也以羅蕾莉・李（Lorelei Lee）命名，「金髮」成了「可欲」的象徵，而瑪莉蓮夢露則是化身。

而有現代神話，當然也就有加工的人。近代在金髮神話的命令下，遂出現龐大的染髮業。最成功的是法國化學家舒勒（Eugene Schulle）於一九○七年創設染髮的藥劑 Aur'eole，並以此爲公司命名，不久後公司改名 L'oreal，這間著名的化妝品公司今日猶存，員工四萬三千人。除此之外，Clairol 也是靠染髮藥起家的化妝品公司。在金髮已隨著全球化而成爲一種世界性的「顏色命令」的時代，染髮的欣欣向榮可以期待。

金髮由西方到日本過手一次，然後轉到台灣及東南亞。看著台灣滿街少男少女都頂著一頭由「金棕」到「白金黃」不等的金髮系列，實在讓人對近代的「金髮命令」敬畏不已啊！

知識經濟：

新企業的經營崇拜與迷思

最近，諸如「東帝士」、「宏國」、「力霸」等企業集團都狀況頻出，許多人都簡單地視之爲舊的政商結構之解體，但卻少有人從另一個可能更有趣的修辭及論述分析的角度予以切入。

如果人們不是那麼健忘，或許就會記得，台灣在一九八○年代初進入經濟擴張階段後，突然所謂的「多角化經營」成了一種經濟政策及產業經營的主流修辭及論述模式；而在股匯市也逐漸蓬勃及鬆綁的當時，「營業外利潤」也儼然成了「多角化經營」的重要環節。根據這一組修辭及論述所創造出來的企業價值，對當時資本累積已到一定規模，過剩資金亟待尋找新出路的企業，遂不啻爲一種新的聖經。於是，不論其本業爲房地產、紡織或百貨，都開始像八爪魚一樣的向每一種行業擴張，一家以紡織起家的公司，會將事業擴張到水泥、汽車、營建、觀光飯店、電腦、零售、股匯市買賣等。

「多角化經營」做爲經營模式之一，無所謂好壞之分。日本以金融機構爲中心，發展出多角化的集團企業，交叉持股，經理人則組成各種「××會」之類的團體而相互協同配合，企業有如軍團。而美國企業則相互間股權互換，企業有如聯姻。因此，台灣的企業「多角化經營」，或許在概念上不能遽以爲非。祇是，由專精一種產業的企業像分身一樣地產生各種子公司，卻容易有擴張過速，「樣樣搞，樣樣鬆」之弊。除了專業欠精之外，過度擴張也有財務槓桿失靈的極大風險。

而也正是因爲這些原因，遂使得這些原本即有一定程度政商關係的企業，更加快速地與政治掛鉤，或者投靠，或者收編，或者即尖著頭硬擠政治窄門，俾獲得支持，以應付其「多角化經營」所造成的財務包袱。這是個惡性循環，現在則是它迸裂的時候。而無論如何，「多角化經營」這種一度在台灣甚囂塵上的修辭及論述模式，扮演了極重要的角色。它是八〇年代的主流論點，它或許是在替那個時候的企業擴張找合理化的理由；也可能祇是那個時候經濟學家或經濟評論家的嚮往，希望台灣的企業規模能夠像日本集團企業一樣，遂編製出與「集團企業」意義相同的「多角化經營」這種修辭及論述。「多角化經營」在它風光的時候，如同聖經般的被人深信不疑，如同經濟上的「典律」（Canon）。台灣今日出狀況的這些企業，不能說不是昔日「多角化經營」這個「典律」下某一種變態的苦果。到了今天，風水已轉，「專業化經營」已成爲新的口號，「多角化經營」則無人再說。以前動輒必稱「多角化經營」，將「營業外利潤」視爲理財有方的專家學者，而今眼看別人所起的高樓相繼崩塌，在唏噓之餘，其心裡能安嗎？由「多角化經營」這種修辭及典律，或許我們就必須從「文學經濟學」（Economy of Literature, Literary Economics）的角度，來重新觀照每個時代紛然出現的各種變化不居的主流經濟修辭或口號，並據以做出「解除典律之論述」（Decanonizing Discourse）。

經濟之論述，一如文學，它必須藉著語言修辭去述說一則則的經濟學故事。因此，它是一種文本，可以藉著文本間及文本外之閱讀，從而尋找出它的修辭及論述意涵，而每個時代的「典律」乃是一種當時的權威，這種權威究竟是在爲誰服務？每個時代的典律都是英雄，由於人間無法過沒有英雄的日子，遂有了各式各樣的典律出現，因而「解除典律之論述」並不是推翻歷史，而是對歷史的重新觀照，從而面對未來。「文學經濟學」奠基人，愛荷華大學經濟學教授麥克克洛斯凱（Donald N. McCloskey）遂曰：「經濟學文本的修辭分析有多重目的，或是爲了理解它，或是爲了崇拜它，或是爲了拆除它的假面具，或將之與科學上其他意在說服人的作品相互比對，了解它不是一種新的教條，而是有著文化上的涵義。」「多角化經營」可以做「解除典律之論述」探討，從而理解到它是一種來自日本的經營基因轉殖，它被變成一種新的譬喻，成爲八〇年代末以迄九〇年代初台灣企業的新圖騰，並因而出現許多總資產數百億至千億的企業英雄。而今，「多角化經營」的修辭已由圖騰轉爲魔咒，取代昔日圖騰位置的開始變成「知識經濟」。梭羅（Lester C. Thurow）的《知識經濟時代》也從而成了另一本新的聖經。

然而，無論從哪個角度而言，所謂的「知識經濟」這種具有明顯排他性，代表了美國「終於獲勝論」（Triumphalism）的修辭及論述模式都頗爲可疑。而且我們也不能疏忽了，儘管梭羅在一九九九年的《知識經濟時代》爲美國的勝利歡呼，但直到一九九二年，他仍在《世紀之爭：競逐全球新霸主》裡悲觀地斷言：「由各種跡象顯示，二十一世紀將會是歐洲的世紀！」

梭羅的這種反覆，就讓人想到當代最富戲劇性的投機鉅富索羅斯。他在一九九八年的著作《全球資本主義危機：開放社會處於危險中》，預言全球資本主義體系的瓦解。但不旋踵，在二〇〇〇年的新著《開放社會：從全球資本主義到全球民主》裡，他卻來了一個一百八十度的大迴轉。他在序文裡說到：「我以前因爲癡呆而弄錯了。」而有關「知識經濟」這種論說，誰又知道它是否過了一陣，也同樣的將由紅而黑，被另外的經濟修辭所取代？「知識經濟」、「新經濟」、「新自由派經濟」等，在當今的經濟論述裡乃是同義辭。

而它們都必須由一九八〇年代的美國「新自由派」（Neoliberal）說起。後來在柯林頓政府內走紅的梭羅・羅哈定（Felix Rahatyn），羅伯・瑞奇（Robert Reich）、彼德士（Charles Peters），以及民主黨參議員蓋瑞・哈特（Gary Hart）和松佳斯（Paul Tsongas）等，在那個時刻起，就一直是所謂的「新自由派經濟」的主要旗手。

從一九八〇年代至一九九〇年代初，乃是美國民主黨的霉運年代。共和黨的雷根及布希三任美國總統，而美國的赤字沉疴，則使其飽受日德的威脅。也正因此，遂有《旭日東昇》這部小說及電影的出現。日本成了美國第一號要打倒的敵人。面對那樣的情勢，與雷根不同的「新自由派經濟學」遂告出現。民主黨長期以來的社會福利傾向開始鬆動，「新企業家意識」成了它關切的主軸，如何集中國力重塑「新產業政策」則成了它的方向。在那個時代，由於民主黨在野，無表現機會，唯一被實現的乃是艾科卡的克萊斯勒汽車公司敗部復活案。該案在民主黨國會議員全力護航下，得到政府的支持而復甦，因而成為當時的「新自由派經濟學」樣板。連帶地使得台灣也出現了一陣「艾科卡熱」。

因此，八〇年代開始的「新自由派經濟學」，乃是一種新舊雜揉的經濟意識形態。它已開始注意科技和新企業家意識，這是新的成分，但它卻有濃厚的政府干預及保護主義色彩，則是舊的成分。及至一九九二年柯林頓選舉獲勝，他的經濟顧問圓桌會議，確定了「全球化市場」的核心策略，「新自由派經濟學」始有了可正面實踐的基礎。近年來美國經濟學界一直在爭論的問題，即是長達一一四個月的榮景，究竟是柯林頓的幸運或是他的全球化之功績？但毫無疑問的，乃是柯林頓政府以「全球化」爲基礎，創造出了完全優勢的結構，美元強勢，其他貨幣持續貶値，美國短期資金在全球股市獲利支撐出巨大的消費力，這些結構性的因素才是全球經濟起伏，美國獨享繁榮，且不至於出現工資和物價上漲的主因。縱使全球緊縮，在緊縮漩渦裡，美國也會是最後的骨牌。

然而，結構的優勢不能明言，於是從一九九〇年代中期所出現的「新經濟」論裡，遂將這一切神聖化爲美國「終於獲勝論」的修辭及論述形態。它將一切結構上的支配地位略而不提，而歸因於美國本身種種先天的優越性。稍早前，《美國新聞暨世界報導》總編輯楚克曼（Mort Zuckerman）與普林斯頓大學經濟教授克魯格曼（Paul Krugman）有過一場論戰。前者即聲稱美國種種優越性，而後者卻認爲這是膨風，甚至於所謂的「生產力提高」的說辭也都純屬無稽。在美國近年來有關「新經濟」的爭論中，「終於獲勝論」的修辭裡，網路資訊的重要性最被神化，而梭羅的《知識經濟時代》即無疑地乃是最重要的宣傳之作。他將二〇〇〇年第二季高科技股重挫前的一切現象均予以合理化，甚至還本質化。美國網路發飆的新富現象被視爲新的企業家精神。該書充斥著過度誇張的神化式敘述，任何讀者都不難讀出。它的過度推論，在高科技股重挫，矽谷大舉裁員，高科技新貴轉趨保守之際，可以說已一定程度的被否認。任何技術或媒介的出現，都必然會造成一波擾動，擾動期間各種投機、抓狂、過度樂觀的膨風都難免出現，而後它會擠進或鑲嵌在原有的秩序架構中。但若將擾動期間的現象本質化，即難免誤差太大。培根說過「知識即權力」的名言，然而儘管知識是權力，單單知識本身卻成不了權力，它們必須依附或結合其他媒介，所謂科技知識亦然。梭羅將「知識」即視爲「經濟」，並將它所造成的擾動誇大並歌頌，所反映的其實是另外一種更重要的問題。最近，美國評論家鮑琳娜•朶蘇克（Paulina Dorsook）甫出版《網路自私症》（Cyberselfish），倒是很可以拿來與梭羅的《知識經濟時代》相互參照。

朶蘇克女士乃是矽谷的圈內人。她指出在這個發飆並被神化了的時代，矽谷的這一代，其心靈其實是一種新舊放任主義的結合體，可以概括的稱之爲「科技放任主義者」（Technol Libertarian）、「數位達爾文主義」（Digital Darwinism）、「生物經濟放任主義者」（Bionomic Libertarian）等。他們基本上相信少受政府干預，並認爲物競天擇乃是鐵律，因而主張「價格即一切，而價值什麼都不是」（Price-of-Everything-but-Value-of-Nothing）、「在這個數位達爾文主義時代，我們算一腳，你們是零蛋」（In this era of digital Darwinism, Some of us are one, you're a zero.）。這類人士無論是「放縱狂歡派」（Ravers）或「保守拘謹派」（Gilders），其本質皆然。也正因此，他們對別人無動於衷，也不熱心慈善公益，矽谷公司對慈善之捐助，九三年仍有全部公司稅前利潤的一．一四％，九七年已降至○．九二％。而這種「網路自私症」，康乃爾大學教授法蘭克（Robert Frank）則有更痛切的討論。他在新著《奢侈發燒：在過分的時代爲何金錢無法滿足》裡，即痛指當代美國的追逐奢侈，其實已和前一波的情況差堪比擬，一億美元以上的豪宅，勞力士一只二百七十萬美元的名錶，二十萬美元的法拉利四五六GT新款名車……等，都在這個科技知識發飆的時代出現。

也正因此，由「新經濟」到將它神聖化的「終於獲勝論」和將它宣傳誇大的「知識經濟論」，美國的「新自由派經濟學」家們，在貶低別國的經濟是沒有「知識」時，他們志得意滿之餘，所合理化的其實乃是一種新的「知識達爾文主義」，它和奢侈自私相連。在這樣的結構下，當然出現威廉士（John Williams）所謂的「貧窮加速」的現象。他指出，在過去五年裡，美國相對貧窮的兒童已達二十二．四％，而絕對貧窮的兒童則增爲十三％。

因此，「知識經濟」的這一組修辭及論述模式，委實堪疑。而它能一直持續下去嗎？近年來已有許多學者認爲新的通貨緊縮即將開始。主流學者雖不那麼悲觀，但也不相信「知識經濟」所說的那樣誇大式的樂觀。每兩年，美國的聯邦準備銀行都會柬邀各國央行官員和財經專家聚會。二○○○年的會議在八月間舉行，會場內外都有一些蕭瑟難安的況味，對於可見的未來是否會出現另一波金融危機，則誰也沒有把握。克魯曼教授在會中提報告曰：當今全球資本主義日益擴大並成爲一個整體，也更加地牽一髮而動全身，因而使得問題的判斷與解決更趨困難，這種困難已成了經濟學家們「持續而低度的焦慮」（Persistant if low-grade anxiety）。也正因此，對所謂的「知識經濟」這一組修辭及論述，恐怕也以保留一點爲宜！

流氓國家：假藉虛構的緊張

最近這段期間，全球暗潮洶湧，而始作俑者，乃是「流氓國家」（Rogue Nations, Rogue States）這個名詞。圍繞著「流氓國家」這一組語言，簡直可以寫出一大本有關語言政治學的著作。

所謂「流氓國家」的「流氓」（Rogue），根據《牛津英語辭典》，它起源於歐洲中古後期的「惡丐」，由拉丁文「乞求」（Rogare）衍生而成。泛指那些到處流浪，以乞討爲生，不受管教的浪人，他們作風強項，不被人喜愛。它的字義與另外的「無賴」（Ragrant）及「搗蛋之徒」（Rascal）有幾分相近。由這樣的字義，可以看出這個稱呼的核心乃是「不服管教」，因而在十九世紀中葉，遂衍生出另外的意義，當田間作物長出一株或幾株與其他標準作物不同的「怪胎」，即可用這個字稱之。諸如大象等野生流浪動物，有破壞習性者也用此語稱之。因此，這個字指的是那些與衆不同，喜歡破壞及搗蛋者。這個字以往使用得似乎並非太過普遍。

不過，在過去幾年裡，由於這個字被政治化，遂告走紅。而首先將其政治化的，乃是美國國務卿歐布萊特。一九九〇年代初期，美國對伊拉克和伊朗兩國同時展開圍堵。在以往，美國對兩伊的政策，一直處於或此即彼的選擇狀態，它曾經支持伊拉克而反伊朗，但也曾支持過伊朗而反伊拉克，而今同時與兩伊爲敵，稱爲「雙重圍堵」(Dual Containment)，必須找一個和以前完全不同的理由，於是，「流氓國家」遂告出現。歐布萊特說過：「流氓國家的唯一目的，乃是破壞這個體系。」

稱呼別國爲「流氓」，自己儼然有了至高的道德性，於是，國務院遂一再將這個標籤貼給它要對付的國家，除了伊朗、伊拉克之外，被貼「流氓」的，尙有北韓、古巴、利比亞、蘇丹等。一九九七年九月，歐布萊特在一次演說中，將「流氓國家」首次做出淸楚的定義。她指出，「後冷戰」的世界，全球國家有四種類型：一是「進步工業國家」；二是「新興民主國家」；三是「失敗的國家」；四是「流氓國家」，「對付流氓國家乃是我們這個時代的最大挑戰。」

替別人貼標籤，乃是「自我合理化」及「自我偉大化」的修辭策略，從而可以使自己在對付別人時，不管使用任何手段都會覺得心安理得。一九九〇年代稱呼蘇聯及東歐爲「邪惡帝國」的時代已告結束，它讓位給了「流氓國家」。

也正因此，「流氓國家」遂成了九〇年代最重要的政治標語。在一九九一至九二年間，國會紀錄裡祇出現此字三次。九三至九四則出現十二次，九五至九六出現五十八次，九七至九八出現七十五次。美國自由派大牌專欄作家法夫（William Pfaff）在一篇論文中指出，「流氓國家」的概念裡，「隱含著對方天生邪惡，必須外力始能毀滅矯正之意，它除了擴大野蠻對立外，毫無其他意義。」而美國威爾遜國家安全中心主任李瓦克（Robert Litwak）寫過一本《流氓國家和美國外交政策》，他指出：「所謂流氓國家之論，不過是妖魔化某些國家，以扭曲政策形成而已。」

國務院發明「流氓國家」這個新語言，用以解決「邪惡帝國」不再有用之後的政策需要，俾做為介入國際事務的理由。而這麼好用的名詞，當然不可能被國務院專用，它很快地被美國五角大廈所「占用」，當做它持續擴張軍備的理由。以十月一日開始的二〇〇一會計年度而言，軍費即達二、九一〇億美元，增加一一〇億，而軍方仍認爲不足一六〇億。「流氓國家」最近成爲「全國飛彈防禦系統」（NMD）的理由。可以由國防部長柯亨在俄國的演說中看出。他說：

——「我到此之目的，乃是解釋我們面對流氓國家之威脅，以及用來對付北韓、伊朗、伊拉克或其他流氓國家的NMD計畫。」

不過，自從五角大廈占用「流氓國家」這個語言，做爲NMD的理由後，卻引發一連串國際反彈。因爲，「流氓國家」是美國說給自己聽的語言，而國際社會則不管修辭，祇管事實。美國以「流氓國家」爲「藉口」而擴軍的事實裡，眞正躲藏著的，乃是希望進一步地取得國際社會裡的絕對軍事優勢，因而包括歐、俄、中等均全力反對。法國外長佛爾林（Hubert Vedrine）說：「我們的地域政治裡不會用流氓國家這樣的概念，歐洲人很難想像會有哪個流氓國家去攻擊美國。」俄國國會的國際關係委員會主席羅果津（Dmitri Rogozin）則說，這一切都祇不過是修辭與理由而已。如果北韓眞的對美國有威脅，「美國怎麼可能還會在那裡等待著，它早就把北韓炸平了！」

自從「流氓國家」這種語言被美國軍方「占用」，藉以做爲軍備擴張的理由，無論「流氓國家」或NMD，都日益成爲美國及國際社會上的最大爭論。

以美國國內爲例，討論「流氓國家」的語言形成及其內涵者日增，好多位專欄作家如菲利浦・波林（Philip Bowring）、波拉克（Jonathan Pollack）都發表過專論，認爲整個「流氓國家論」都誇大到荒謬的程度，而且還變成一種窮兵黷武的信念。菲利浦的評論最重。他說：

——「流氓國家的觀念，打從它一開始就是虛幻不實，而且在外交上祇有反生產性。它脫離了國際的民意，並以自大惹惱了其他各國政府。而更糟的，乃是它毫無希望的簡化，用狹隘的心靈看待一切複雜的問題。」

除了「流氓國家」招致非議外，靠著「流氓國家論」而不斷被加工誇大的NMD計畫，也開始惹惱了美國軍方的自由派。一個由四星上將威爾奇（Larry D. Welch）所領導的小組提出反對意見，認爲NMD在技術和理論上均可疑。另外，白宮的一個高層小組，包括前國防部長培里在內，也都反對此案。七月七日NMD第三次操練失敗，使反對聲浪更增。在最近這段期間，《紐約時報》至少寫過六、七篇社論，都反對此案。

而在國際社會上，美國的「流氓國家論」及NMD，則造成極大的反彈，例如，就在最近，俄羅斯總統普亭旋風式地訪問了德國，在和施洛德總理晤談後表示：「德國乃是我們在歐洲及全世界的首要夥伴。」而施洛德則稱：「俄羅斯乃是德國的戰略夥伴。」另外，則是歐盟的對外事務高級專員派頓則表示，面對美國片面軍備擴張，「歐洲必將成爲美國的嚴重之對立面」；由於七月一日起，法國總統席哈克出任歐盟輪值主席，他已表示將連同全歐其他國家一起來反對NMD。

而除了這些之外，眞正嚴重的，乃是美國軍備擴張，歐盟已被迫加速整合，德法已開始倡議歐洲將整合爲一個有單一總統及總理的新政治體制，並嘗試在外交及軍事上尋找與美國不同的新角色。從今年七月下旬起，歐盟將依序與日、韓、東協、中、俄、美、加等國舉行高峰會，爲新的歐盟政策奠基。而說得最清楚的，厥爲德國漢堡《時代週刊》共同主編約飛（Josef Joffe）。他在《紐約時報》撰文表示：

——若美國繼續軍事擴張，則「業已開始印證一個歷史及政治理論上的鐵律，那就是，俄、歐、中等排名二、三、四的勢力，將聯合起來反對老大」。

由於從「流氓國家論」及NMD已引發新的全球緊張，尤其是歐美之間已有益趨對立之勢。法國和歐洲議會決定調查美國以衛星「梯陣」系統對盟國竊聽之事，祇不過是歐美關係惡化的一端而已。

由於全球緊張在持續地升高之中，遂使得美國急欲自「流氓國家論」和NMD中解套。

有關自NMD中解套這方面，柯林頓特別組織了一個總統小組，由前國防部長培里、前參謀首長聯席會議主席沙里卡希維利、前中情局長杜奇等人組成，他們要求將此案緩議；另外，則是民主黨參院領袖達雪也提案，要求柯林頓勿在任內批准此案。七月七日NMD第三度試驗，結果失敗。使得反對此案的聲浪提高。多數輿論也都認爲，除非NMD的技術問題、相關的國際政治問題，以及確實的經費問題都能解決，否則即應擱置或緩議。根據估計，NMD經費雖然宣稱爲六百億美元，實質則可能爲兩倍或更多。

至於「流氓國家」的問題，由於國內外反對聲浪日增，《紐約時報》甚至以社論要求廢除。於是，六月十九日，國務卿歐布萊特遂於「全國公共廣播公司」的節目上宣布，今後不再用「流氓國家」這個名詞，而改用「顧慮國家」（States of Concern）。國務院發言人鮑切爾（Richard Boucher）說：「我認爲，持平而論，流氓國家這個名詞範疇已活得超過了它的用途。但換名詞，並不意味著我們正在做的，或政策及行爲上有何改變。」「一個單一的描述語詞，不能適用於全部情況。」

「流氓國家」已開始從美國國務院的修辭學語典裡消失。

在最近各式各樣討論這個名詞的論著及專欄裡，六月初，專欄作家波林（Philip Bowring）在《國際前鋒論壇報》上所寫的〈流氓國家被誇大了〉一文，可能最具啓發性。他指出，「流氓國家論」乃是一種「主要在激起政治支持，而非理性的反應」，而事實上，則是所有被稱爲「流氓國家」的，都對美國安全毫無威脅。就以南北韓爲例，「北韓的核武及飛彈發展誠應反制，但這並不意味它就會做出狂野之事。它們也精打細算，至少要實現它們的外交目標。而非常值得注意的，乃是南韓最有可能遭到北韓的傷害，但南韓對北韓的飛彈發展卻從來不像華盛頓那麼緊張。」波林的上述這段話非常有玄機；爲什麼美國比南韓還緊張？這種比當事人還要緊張的態度是從何而來？或者說，這種緊張其實祇不過是一種虛構的態度，祇有藉著虛構的緊張，始能替自己的企圖與行爲找到「理由」？

「流氓國家」這個名詞消失了。但由這個名詞那麼長的故事，它不正提示出了一個語言上的道理，那就是，人類的話語從來都是一個戰場，理由和藉口在這裡交織，而背後則隱藏著企圖與目的。當「名」與「實」被過分誇大的企圖而弄得相互之間完全脫離，這種「名實不符」到達一個荒謬程度時，「名」就會變成笑話一則。「流氓國家」在美國國內和國際的抨擊和訕笑中落幕，它所說的其實乃是一則語言生滅變幻的故事。

Chad：小紙塊成爲年度字眼

二○○○與二○○一年之交，閱看美國的報紙雜誌，天天都會有「Chad」這個字出現。這是個與美國總統大選糾紛密切相關的關鍵字，不懂這個關鍵字，即難以掌握選舉糾紛的要旨，甚至許多敘述的文句也會看得一頭霧水。

例如，《經濟學人》的句子：「Reading this article during Pregnancy may harm Your unborn Chad」，它到底是什麼意思？這個句子似乎語帶雙關，既有「懷孕」（Pregnancy），而Chad又會讓人想到「胎兒」（Child），但它的這種雙關性到底在指些什麼？

例如，〈knight Ridder 報系〉在一篇特稿裡說道：「如果沒有人聽過Hanging chads，如果 Butterfly ballot 從未飛走，如果沒有選民在投票隔間裡 Bungled，那麼，誰會贏得佛羅里達州的選舉和美國總統寶座呢？」這句話裡三個與 Chad 相關的字或詞，讓人覺得非常奇怪，它們到底指什麼？

例如，當美國聯邦最高法院在討論是否可以人工驗票時，《今日新聞報》在一篇特稿中說道：「現在問題已歸九個大法官的九票決定，而不是由『Pregnant』、『Dimpled』或『Hanging』等變種來決定。」這裡的三個字詞又在說些什麼？

類似於上述這些字與詞，最近這段期間頻繁出現。因而《紐約時報》的語言專欄裡遂說道：「今年的年度字眼乃是 Chad。」那麼，到底什麼是 Chad？它和選舉糾紛有何關係？

首先就美國的選票而言。由於美國的選票及投票乃是地方事務，並無全國統一的規定，因而各地作業紛然雜陳，有的用筆圈選，有的用記號圈選，有的打洞選舉，最新的則用螢幕接觸的方式電子投票。在打洞選舉方面，當打完洞之後，從那個洞的地方就會掉出來一個圓圓的小紙圈，這個小紙圈就叫做 Chad。讀票機開票時，有洞即能讀出，算是有效票；如果打洞超過一個，或是打洞沒打完全，機器就無法閱讀，就算廢票。綜合截至最後的討論，選票的洞未打完全的主要有下列幾種「變種」：

（一）選票被打孔機打穿了，Chad 也脫落了，但洞的切面不均勻，凹凸不平或起毛，這種選票即被稱爲「毛票」（Indented Ballots），不算有效票。

（二）一種票，打洞機雖然打過了，但祇凹了進去，卻沒有把紙穿過，這種祇有凹痕的票，它的 Chad 祇有一個圓圓的凹痕，沒有穿破與脫落，被稱爲 Dimpled Chad，是廢票。

（三）一種票被打洞機打穿了，但 Chad 沒有脫落，四個角落仍連在票上，使得那個洞的地方看起來鼓鼓的，被稱為 Pregnant Chad。

（四）票的洞是打穿了，但 Chad 還有一角連在票上，彷彿一個小紙塊吊在票上晃盪，它被稱為 Hanging Chad。

（五）票的洞被打穿了，但 Chad 沒有脫落，還有兩點連在票上，彷彿洞口有了可以開閉的門一樣，它被稱為 Swinging Chad。也是廢票。

（六）票被打得半穿，Chad 還有三個角與票相連，它被稱為 Tri Chad，當然也是無效的廢票。

用打洞機在選票上打洞來投票，這次引發軒然大波，打從一開始，高爾陣營即以「人工驗票」做為訴求之重點，其實並非無理取鬧的不服輸，而是這次大選在佛羅里達州實在太過詭異。佛羅里達州的選舉異常，有下述證據：

其一，乃是該州的棕櫚灘郡，居然設計出一種對稱式的選票，因而被稱「蝴蝶票」（Butterfly ballot），對選民有極大的誤導及混淆作用。另外，則是杜瓦郡設計出一種兩頁式的選票。選票的設計不良，對民主黨的選民造成極大的妨害。

其二，乃是美國總統大選，廢票率一般皆為二%，但這次在佛州卻高達二・九%，破歷史最高紀錄。而根據三十個郡的廢票統計，有四十三%的選票淪爲廢票的原因乃是洞無法被機器閱讀所致，而不是選民打了一個以上的洞。打了一個以上洞的選票，稱爲「過度圈選」（Overvote），打的洞無法被機器閱讀，則稱爲「不足圈選」（Undervote），前者的錯在選民自己，比較不能辯護，而後者則涉及打洞機的不良、廢票標準不當等可以公評的問題。整個佛州的廢票多達十八萬五千張，實在太過奇怪。

其三，佛羅里達州的選區裡，民主黨較強的選區，平均每二十七張高爾的票即有一張廢票，而小布希的選區則他每獲四十張選票，始有一張廢票。兩黨的廢票比例如此不同，怎能不費人疑猜？

其四，用打洞的方式投票，廢票率最高，全佛州有五、八八五個投開票所，其中有五十一個投開票所的廢票率超過二十%，這裡面用打洞機投票的即有四十五個，占八八%；而廢票率超過十%的投開票所則有三三六個，其中用打洞機的有二七七個，占七八%，這顯示出打洞機投票乃是廢票的最大原因。而以郡爲單位來統計，以光學方式投票與計票者有四十三個郡，其廢票率僅一・四%，但二十四個使用打洞機投票的郡，其平均廢票率則高達三・九%，其中有諸如棕櫚灘郡及布洛瓦郡等民主黨大票倉在內。由此也透露出許多讓人懷疑的訊息。

正因佛州的投票與計票有著上述主要疑點，因而《邁阿密論壇報》遂做了一項大型調查研究，它對選民先做投票調查，並和廢票參照起來比較，認爲無論廢票形成的原因是選民自己的錯誤，或制度的偏差，或人爲的操弄，這些廢票裡所顯露的「人民意志」，絕大多數應當是支持高爾的選票，該報邀請了多位政治及統計學者估算，認爲若全州十八萬五千張無效的廢票經由人工驗票，從寬認定，將機器無法讀出來的「選民本意」還原，在這些廢票裡，高爾將會多出小布希二萬五千票。

《邁阿密論壇報》的這項調查研究，在整個選後糾紛裡極具意義。它對佛州如此大量的廢票以及廢票的定義提出質疑，並嘗試重建廢票裡所掩蓋掉的選民本意。儘管它的推估似乎有點誇張，但美國學術界卻幾乎絕大多數都同意，如果將該州無效廢票裡機器讀不出來，但肉眼卻可清楚地由Chad判讀的加以驗證，必將使領先幅度極微的小布希反而落敗。

在超過一個月的選票糾紛裡，爲什麼Chad那麼重要，重要到成爲「年度字眼」已很清楚了。在這次選舉裡，像棕櫚灘郡設計出明顯有惡意的「蝴蝶票」，因而被稱爲「不名譽的蝴蝶票」，有些高爾的支持者要求該郡重新投票，這種主張雖非無理，但因牽動太大，完全不可能。而祇要人工驗票能被確定，高爾即有反敗爲勝的希望。由於佛州的選舉辦法裡原本即有人工驗票之規定，因而高爾陣營自始至終的努力方向，即是在爭取人工驗票的時間，畢竟在整個過程裡，時間的緊迫乃是高爾最可怕的致命敵人；除此之外，則是它必須在無效廢票的 Chad 認定上，取得比較寬鬆但卻能使人信服的標準。以棕櫚灘郡爲例，以往選票打洞，縱使很清楚地可以知道票是投給誰，但若洞口打得不整齊，有凹凸不平的毛邊，也被視爲廢票；而在布洛瓦郡，像雖然清楚得可以看出投給誰，但若洞未打穿，Chad 未脫落，即算廢票。這些問題都是高爾陣營首席律師波伊士（David Boies）所率律師團努力之目標。由於選舉打洞時 Chad 未脫落，因而產生大量廢票，遂使用人工重驗重計，在美國早有先例。一九八一年加州一項選舉，由於 Chad 問題而有四萬張廢票，最後重驗解決。

這次大選，關鍵的佛羅里達州，小布希領先極微，而小布希的領先又和Chad有關，多少都有點勝之不武。也正因此，最後一切的司法爭訟，遂都圍繞著Chad和人工驗票而展開。就常理而言，對於差距如此微小，而機器計票又如此可疑的選舉，唯一能解除疑惑的方法，乃是人工全面驗票。以不止一次社論公開支持人工驗票的《紐約時報》即表示：「祇有人工驗票始能得出讓人信賴的投票結果；祇有如此，未來不管誰當選，這個總統的頭上才不會頂著烏雲。」而《華盛頓郵報》亦然。它在一篇社論裡表示：「任何要求特別的郡重驗，都不妥當。兩造應同意整州全部人工重驗，我們認爲這才是解決問題，並會被絕大多數人民視爲正當的作法。」

美國這次大選，無論衡情或論理，似乎祇有人工驗票始能化解當事人及民意的嚴重對立，並讓傷害減至最少。問題在於，小布希陣營也很清楚地知道，他們是靠著選舉的缺點而得到利益的一方，如果太過公平大方，煮熟的鴨子就一定會飛走。也正因此，小布希陣營的司法對策，即在於阻撓人工驗票並拖延時間。最近這段期間，美國媒體對小布希陣營的批評裡，最尖銳的一點，乃是指責他缺乏了以堂堂正正方式得到勝利的信心和決心，這將使得他縱使當選，也將難以服衆。日前剛好看到當代主要文化及思想評論家佛斯特（Hal Foster）發表在《倫敦書評雜誌》上的長篇評論〈美國選舉的大災難〉。他即指出在這次選舉的紛爭裡，是非錯亂，有失公正，口水戰過多，公共利益太少，必將留下極多未來難以消化的災難。

美國大選的一切，都是Chad惹的禍，最後只得依靠九名聯邦最高法院的大法官做出裁定，這九個人等於九個「最終極的選民」。然而，儘管最高法院判定讓小布希當選，但目前已有許多媒體和機構依法提出驗票的要求，如果他們的驗票證實了高爾多過小布希。這種驗票雖然不能改變事實，但在人民的心目中，小布希必將因此而成爲大家眼中的「非法總統」，他怎麼可能自在地幹下去？美國大選所引發的豈止是「憲政危機」，更是「統治正當性的危機」！小布希就職典禮同時，黑人們示威抗議，即反映出問題之所在。

一切都是 Chad 惹的禍。它是選票打洞機打洞時應脫落的那個小小的紙塊，當它沒有脫落，這個洞還算不算洞？在 Chad 上占便宜而當選，又算不算公平正義？Chad 這個字的起源已難稽考，但專欄作家沙斐爾（William Safire）認爲它可能和「小種籽」、「小ㄚ頭」、「小孩子」（Chit）等與「小」有關的這個字相互牽連，發生音變而來。

Chad 這個字以前沒沒無名，小本的字典根本不會收錄這個字。大本的辭典如《牛津英語辭典》雖有收錄，但也列爲非主要意義。詎料一次選舉下來，這個字卻成了當今最重要的關鍵字，不把它以及與它相關的幾個字搞清楚，將無法看懂報紙上的許多社論、評論或報導。但經過上述探討，它的意思已明，這時再回頭看前面所引的那些文句，或許就不難理解了！

Mandate：權力沒有你想得堅強

二〇〇〇年美國大選，由於小布希和高爾的差距是如此地微小，因而得勝者遂變得異常脆弱，於是，Mandate這個政治「權威」和「權力」上極爲重要的字遂告出現。

例如，美國重要的政論家路易絲（Flora Lewis）遂在《紐約時報》上撰文，題爲〈No Clear Electoral Mandate for Important Change〉。她在這篇文章裡指出，由於兩個候選人在兩種得票上都各有領先且差距極微，這意味著無論誰當選，都將沒有足夠的Mandate來做出較大的改變，因而她遂勸告當選人必須小心謹慎，不宜在任何政策上有重大的變動。

例如，同樣重要的政論家米德（Walter R. Mead），他是「美國外交關係委員會」的資深研究員，他也在《洛杉磯時報》上撰文，題爲〈Weak Mandate Needs Bipartisanship〉。該文指出，「無論誰當選，他的Mandate都將極弱，因此，一個分裂對立的國會，再加上一個在Mandate上非常微弱的總統，將使他很難在外交的暗礁間航行。」

最近這段期間，像他們兩人這樣在文章中使用 Mandate 這個子詞的例子極多。由於這個字在政治學裡極爲重要，而且對台灣也有極大的啓發性，將這個字及其概念弄清楚，遂變得不僅必要，而且迫切。

在政治上，最根本的問題乃是「權威」和「權力」。所謂的「權威」，指的是根據某種政治程序而取得身分上的「正當性」（Legitimacy），即可掌控政府組織而行使「權力」。根據前代社會思想家韋伯（Max Weber）的理論，他將這種「權威」的「正當性」分爲三種類型，分別爲「魅力領袖型」、「傳統型」、「法律型」。第三種乃是近代民主國家的領袖和政治權威「正當性」的來源。

於是，我們遂可以說，任何領袖經由民主選舉而產生，他即有了「正當性」。有「正當性」的領袖當然也就有了「合乎法律性」（Legality）。在理論上，他當然也就等於獲得了人民的「同意」（Consent）。這種由身分取得的「正當性」，到「合乎法律性」以及「同意」的機械式觀點，在過去長期以來，都被人視爲不容懷疑的鐵律。

然而，在現實政治上，情況卻顯然並沒有那麼單純。有些多黨制的民主國家，它的總統選舉採一次投票，相對多數即當選的制度。設若一個總統以二十%或不到半數的得票率而當選，雖然在身分的「正當性」和過程的「合乎法律性」上不容懷疑，但全體投票的選民有超過一半以上不支持，可以說這個領袖獲得了人民的「同意」嗎？像美國這次大選，高爾在選民投票上領先，但在選舉人團票上落後，兩種得票的差距都極微小，這時候無論誰當選，可以說獲得了人民的「同意」嗎？

類似於上述的情況，乃是一種困局。這種領袖的身分、地位和權力來源無一應受質疑，但在實質上，他卻相當脆弱，於是近代遂有了另一個概念被引了進來，它就是Mandate。

Mandate乃中古拉丁文Mandatum的延長。它由「手」（Manus）和「給」（dare）合組而成，等於「親手交給」。在古代，凡上位者將法律或命令交給下位者，或教宗對神職人員的任命書，皆可用這個字稱之，在封建的古代，這個字甚至可以譯爲「天命」。但到了現代，由於主權在民，這個字的意義已有了改變，它成爲一種具有「命令」或「指令」涵義的字，但多半不用來說上位者對下位者的「命令」，而用來指百姓對議員或官員的授權。因此，它比較精確的翻譯，應當是「委託令」或「授權令」。選舉是一種選出權威的過程，經由這樣的過程，選民等於將「權力」「委託」給了他投票的對象，而當選者當然也就有了比較多張的「委託令」。

將「委託令」和「授權令」（Mandate）的觀念引進前面那一組與「正當性」有關的概

念中，是一種很好的發明。這個概念並不推翻「正當性」，但卻可以讓由於選舉制度不良或出了狀況的選舉，使得得票上有所不足的當選人知所警惕——你當選的「正當性」當然不容懷疑，但你得到的公民「委託令」及「授權令」卻不夠，因而你是一個在「同意」上有所不足的領袖。這樣的領袖是沒有足夠的政治資本或民意資本來草率行事的。

根據這樣的意旨，路易絲女士在《洛杉磯時報》上的那篇文章，遂可以譯爲「未來的總統沒有足夠且明顯的選民授權令來進行重大變革」、而米德在《洛杉磯時報》上的那篇文章則應譯爲「薄弱的選民授權使得未來總統必須依兩黨共識來行事」。

因此，近代政治將「授權令」及「委託令」這樣的概念引進「正當性」這一組概念裡，用來彌補這一組概念裡可能出現的破綻。它無論在政治理論或現實政治上，都極爲重要。它可以讓擁有權力的人知所警惕，也可使得「權力」免於被絕對化的危機。二〇〇〇美國大選尚未充分搞定，之前美國政論家們即已警告：將來的總統儘管當選，儘管掌握了國家機器，但千萬別太得意，你的權力基礎並不像你想得那麼堅強！

美國人會用 Weak Mandate 的觀念來警告未來的美國總統，但令人惋惜的，卻是發生在台灣的事，其實也就是 Weak Mandate 所造成的。陳水扁總統以不到四十%的選票當選，他的「正當性」及「合乎法律性」當然無可懷疑，但明顯的則是他在 Mandate 上更爲脆弱，這樣的總統如果稍有反省能力，就應當知道在感謝上蒼的厚愛之餘，更要小心翼翼地在各種問題上以獲得其他政黨的合作做爲首要目標。但他卻一味地以衝突和對立爲方向，難怪會國事更加亂如草麻了。而更加不幸的是，美國大選勢均力敵，美國政論家就已開始用 Weak Mandate 的觀念提出警告，但在台灣，那些民進黨的黨工、策士或新御用學者，卻反而主張應實施總統制，讓他更加地擁有權力。台灣人的想法和美國人的想法眞的很不一樣！

在政治上，「正當性」—「合乎法律性」—「同意」等概念一脈相承，它們彼此之間有著邏輯上的關係，但卻不必然可以畫上等號，具有「正當性」的領袖並不意味他即被人民「同意」，一個選票不足，或在嚴重對立關係中產生的領袖，都是選民未曾充分授權，因而在 Mandate 上極爲脆弱的領袖，這也意味著他在選民的「同意」上也同樣脆弱。由美國大選而看台灣，或許我們也要同樣地注意 Mandate 的問題了！

Flip-Flop：漸漸成爲台灣標籤

最近一年來，英語媒體，無論報紙或雜誌，最常看到的關鍵詞語之一，就是 Flip-Flop，它可算是個「狀聲詞」——即用模擬聲音來形容一種狀態。英語的狀聲詞最好也用漢語的狀聲詞來翻譯，因此，這個詞或許可以譯爲「稀里糊塗」，而它的確切意涵，則是指各種政策急轉彎所造成的不知所云的狀態。

Flip-Flop 這個詞眞是好用極了，它可以當做名詞、形容詞，或動詞、副詞。這是狀聲詞的彈性。在漢語裡，「稀里花拉」、「乒乒乓乓」、「嘰嘰喳喳」、「呼嚕呼嚕」等不也具有相似的特性？

自從九七年七月亞洲金融風暴以來，各國由於完全亂了套，因而政策思考遂日趨顚倒。面對匯率、利率、預算、壞帳等高度複雜且連鎖效應極難估測的問題，遂愈來愈忽焉如此，忽焉如彼。政策急轉彎的不斷出現，於是 Flip-Flop 這個字詞遂派上了用場。

例如，日本爲了日圓的價位高低，國家債務是否應由銀行承擔等問題，政策上即搖來擺去，英語報紙即稱之爲「東京的稀里糊塗造成淆亂」（Tokyo Flip-Flops Cause Confusion）。最近，台灣忽焉拒絕外資進入股市，又忽然大開方便之門，希望藉外資來拉抬股市行情；對直轄市預算的分配比例，也忽焉這樣，忽焉那樣。種種政策急轉彎，而且邏輯不一，因而英語媒體遂報導稱「台灣在稀里糊塗中」（Taiwan in Flip-Flop）。「稀里糊塗」已經漸漸將成爲台灣的標籤了。

Flip-Flop 是個複合詞，由字形相似，但祇有母音不同，意義卻相距不遠的兩個單字所組成，用前面的字來增強後面的字，這種雙聲疊韻的造詞法則在漢語中亦相當普遍。

首先就 Flip 而論，它有許多不同的語源解釋，但似乎有理由相信，它和另一個同樣古老的 Flap 極有關係，它們都代表著快速彈動手指、鼓翅或搖動舌頭的聲音。這種快速搖擺動作的狀聲字在出現之後，具有一定相關性的延伸義遂被附加了上去，例如快速的顛倒式動作，草率而無意義的錯亂及改變，冒失、抓狂地失去控制等即屬於這些延伸義的一部分。有些字典認爲Flip乃是「輕率的」（Flippant）這個字簡寫而成，似乎犯了倒果爲因的錯誤。Flippant 這個字開始於十八世紀，而 Flip 則早了大約半個世紀以上，因此，比較合理的解釋，乃是 Flippant 爲 Flip 的延生字，後者並非前者的縮寫字。

Flip 爲狀聲字，Flop 亦然。它有可能是 Flap 變換母音而成，也可能是模擬重物掉下來的聲音而造成的新字。這種造字意象，遂使它具有愈變愈壞的失敗、選擇時或此或彼的錯亂等意義。

Flap、Flip、Flop 這三個狀聲字，大約在十七世紀首先被組合爲 Flip-Flap 這個混合狀聲詞，但有可能爲了發音柔和化的需要，這個詞後來漸少使用，而代之以 Flip-Flop。它在十八世紀到十九世紀，往往指那種在浴室裡穿的拖鞋，走起來會啪啦啪啦作響；也用來指顛顛倒倒的動作如反手空翻等。

不過，狀聲詞的高度彈性，經常會使得這種詞隨著時代的變化而不斷改變其意義。就以「稀里花拉」爲例，就可以說「水流得稀里花拉」、「敗得稀里花拉」、「打得稀里花拉」……等。Flip-Flop 這個狀聲詞亦然，它在二十世紀初的美國被用來說那種可以由這種狀態變爲另一狀態的電路切換器。本世紀中期以後，它的主要意義業已變成思想的顛倒錯亂、出爾反爾、自相矛盾等方面。最新的青少年用語裡，這個詞的涵義則愈來愈像台灣青少年的「腦筋急轉彎」了。

模擬聲音而造字，乃是人類造字造詞的普遍法則之一，它也是口語裡的主要成分之一。狀聲字的活學活用，足以增加語言的豐富性。而由 Flip-Flop 這個複合狀聲詞的使用日益頻繁，它所顯示的意義卻不容人們低估。現在這個時代，社會的內容日益複雜，但人們的能力卻顯然未能趕上，於是，知識與能力的不足，遂使得人們祇好東搖西擺起來。今天看到一個問題，用某一種邏輯來思考並進行抉擇；到了明天，出了新的問題，就急忙換上另一個完全相反的邏輯。有些理論家據此而認爲「自我矛盾」已成爲未來的一種本質，但這種說法卻讓人懷疑。人在找不到意義時，會認爲世界無意義，卻忘了祇不過是自己能力不足以至於找不到意義；基於同樣的道理，自我矛盾的急轉彎不斷出現，眞正的原因多半也在於知識與能力不足。

最近一年來，台灣的決策思考愈來愈 Flip-Flop，對每個案例加以檢討，就可以發現到知識與能力不足乃是關鍵。在這個台灣日益 Flip-Flop 的時刻，如何自我振作，拒絕掉這個標籤，或許愈來愈值得主政者警惕。剛剛落幕的預算統籌分配款風波所顯示的 Flip-Flop，是個很好的教訓。

Landing：營造經濟幻象

從二〇〇〇年底到二〇〇一年初，被使用得最多的語詞，乃是「著陸」（Landing），並由此而延伸出「軟著陸」（Soft Landing）、「硬著陸」（Hard Landing）、「跌跌撞撞的硬著陸」（Hard landing with Bumpiness）等。於是，美國主要股市分析師道格拉斯（L. Douglas），在談到二〇〇一年經濟展望時遂曰：「軟著陸乎？硬著陸乎？雖然許多經濟學家宣稱軟著陸，但事實上則非如此。製造業的人會說現在早已進入衰退。而高科技業則會告訴你是硬著陸。」而比較悲觀的金融專家法伯（Marc Faber）則在《金融世界》上發表報告，宣稱那斯達克指數會在二〇〇一年跌至八百至一千五百點，他指出：「不會軟著陸，而是很快就進入衰退。」

《華盛頓郵報》的經濟專欄報導中則指出：「預言經濟軟著陸的人，現在已減少。由於經濟下滑是如此之快，祇要在能源價格、中東情勢、股市、授信系統、失業等任何方面出現巨大震盪，都會很快的進入衰退。」金融投機大亨索羅斯（George Soros）則說道：「我認爲是跌跌撞撞的硬著陸。……我們現在已進入非常典型的下滑循環中。我擔心它對新興市場如東南亞之影響。」

航空器降落謂之「著陸」，設若降落得平滑順利，則稱「軟著陸」。如果降落得危險萬狀，即稱「硬著陸」。在「硬著陸」裡，有一種由於下降得太峻急，機輪觸地後甚至還彈跳起來，即被稱「跌跌撞撞的硬著陸」。因此，將航空器的降落用來談經濟，乃是一種「隱喩」（Metaphor）或「類比」（Analogy）。在經濟學裡，這是種相沿成習的用法，在美國的通俗經濟學裡被使用得最爲普遍，甚至於已到了相當浮泛的程度：凡經濟表現良好即是「軟著陸」；很差即是「硬著陸」；有一點差但非太差，則是「跌跌撞撞的硬著陸」。

於是，過去這段時間，英國《經濟學人》遂數度對此做出比較淸楚的再定義。「衰退」（Recession）：在總體經濟學裡，這已是長期以來的基本共識，凡連續兩季的成長爲負值，即稱「衰退」。「軟著陸」指的是一種成長率不低於二%到三%，但一般人比較喜歡的是四%的成長率狀態。「硬著陸」即成長率在二%以下，或者是和以前相比，其成長幅度明顯下滑者，「但就美國狀況而言，由於過去四年的年成長率恆在四%到五%之間，因而硬著陸在感覺上形同衰退。」

而在「軟著陸」和「硬著陸」之間，則是「跌跌撞撞程度」不同的「著陸」。而對於「硬著陸」，索羅斯所做的定義，則是指：「成長率的增長幅度持續下滑，並可能演變爲衰退的一種狀態，甚至可以持續好幾季。」由上所述，可以看出所謂的「著陸」概念，乃是一種混雜著客觀與主觀因素。既表達了某種經濟學的知識見解，而同時也顯露出現實經濟預期的一種「通俗式隱喩」。這種隱喩，其他國家極少使用，除了美國之外，使用得最廣泛的，厥爲中國大陸。經過長逾一個世代兩位數的成長率，中國大陸已不明言的將八%的成長率訂爲「軟著陸」的標準，「保八」並儼然成爲每年經濟之預期目標，達到「保八」，即稱「軟著陸」，甚至西方媒體也以這樣的標準看待中國大陸的經濟。當它的成長率祇要一低於八%，媒體即大肆炒作，幾乎視之爲和「衰退」同義。對美國而言，三%以上的成長率；對中國大陸而言，八%以上的成長率，都是「軟著陸」之低限目標。

對於「著陸」，「軟著陸」、「硬著陸」這一組「隱喩」，可以從兩個層次來加以討論。

首先可以從一九九○年代新興的「經濟學修辭學派」("Rhetoric of Economics" Movement）的觀點來加以探討。這個學派乃是經濟學受到當代後結構主義與解構主義之啓發後，所形成的新理論與新批判思想。它從語言和修辭分析的角度，重新檢證經濟學的論述文本、概念形成及思考方式，從而能夠更清楚地理解經濟學論述的效用範圍。

在經濟學的「隱喻」使用方面，當代兩位學者布朗尼（M. Neil Browne）和昆恩（J. Kevin Quinn）在《新經濟學批判：文學和經濟學相遇之研究論文選讀》一書裡，即曾指出：

——「隱喻的運用，其佳者足以發揮創造力與豐富性。某些隱喻也的確使人增加啓發與理解，它們使得吾人得以經由想像和過去的經驗，而對事務增加啓發性的覺察。……然而，文學性的隱喻雖然對思想的解放有所影響，它卻會使人不自覺的對隱喻失去了社會性及文本性的脈絡關照。……當主流的隱喻被形成和強化之後，它反而會變成妨礙思想及使人愚蠢的東西。在經濟學裡，這種趨勢最爲明顯，原因即在於各種社會科學裡，經濟學的霸權性格最盛。」

因此，他們遂指出，經濟學並非祇有「事實」與「邏輯」那麼簡化而已，它也是一種「論述性的知識」（knowledge as discursive）。他們綜合近年來許多有關經濟學裡「隱喻」之研究後特別指出，「隱喻」在經濟學的知識建構及妨礙新思維上，扮演著極大的作用。其中有一種將經濟學譬喻爲「機器」的「隱喻」構造，就很值得注意。藉著「機器」的比照，它成了經濟學思想裡的一種「後設隱喻」，經濟學也儼然因此而取得了客觀主義的身分和工具理性的地位。他們指出：

——「經濟如同機器的隱喻，它所建議的乃是一種交換過程，而形成其結果的唯一主動角色乃是服膺特定生產力量而工作及消費的個人。這個機器被裝在盒子裡寄給我們，沒有退回的地址，我們祇好接受，祇管根據我們之目的而去用它。機器的隱喻使得經濟與人的主體脫離。……我們會合理假設主體潛在犯錯的力量，但機器卻是善意的。……機器隱喻用於經濟，乃是更早一點工具隱喻的表親，機器是更精細的工具，在有關經濟安排思考的效果方面，用機器來隱喻，將使得許多質疑變得不合時宜。」

將近代語言修辭學的研究，用於研究經濟學，它也是廣義「文化研究」裡重要的新興分枝。這個新興學派主力人物之一的海思澤曼（Kurt Heinzelman）即指出，其目的在於「研究經濟學系統，如何藉著重要的虛構概念和想像而被建構起來的方式」；而另一重要學者謝爾（Marc Shell）亦指出，經濟學的文學語言學批評，乃是希望藉著理解符號語意和隱喻的交換，「而了解其政治經濟學的構成與其理性之定義」。

因此，「隱喻」的研究在經濟學的文本及論述分析上至爲重要。「隱喻」是把一種不是什麼的東西說成是什麼東西，例如，政府改組並非「換血」，但卻被說成「換血」；經濟和飛機「著陸」毫無關係，但卻被說成是「著陸」。「隱喻」的使用及其構造裡，有著許多語意挪用，訊息和內容交換，誇大扭曲，產生並凝聚意義的效用。人們當然不能像十七世紀哲學家霍布士（Thomas Hobbes）那樣視「隱喻」爲一種欺騙的形式，但「隱喻」的構造裡，和其他語言使用一樣，會造成意義的產生，意義的排除和扭變，則仍然必須注意。

經濟學的修辭及論述裡，喜歡自科學和機器裡找「隱喻」。它可以使經濟學因此而看起來更像科學或精密的機器，從而使其承載的意義更有工具性之意義，而其他意義則隱藏或被包裹在這樣的「隱喻」中有待發掘。基於這樣的啓發而觀察「著陸」這一組「隱喻」及其延伸的意義，或許可以歸納出如下數點：

其一，「著陸」這一組「隱喻」，將飛機降落的順利與不順利類比於經濟，乃是將經濟賦予更多「危機情境」的意義，而這種「危機情境」恰恰好乃是目前當道的國家主義經濟學的核心部分。過去十年來，經濟學的全球主義和全球市場之說盛行，但這絕不意味著經濟上的更加世界大同，而祇不過是另一輪更激烈的國家競爭之開始，因此，圍繞著口號性的全球化，眞正實體部分乃是國家主義經濟學的抬頭，它以「國家競爭力」爲概念中心，附帶著許多周邊性的次級概念和語詞，「著陸」所建構出來的「危機情境」和「危機意識」即是這種周邊性的次級概念和語詞之一。易言之，「著陸」這一組「隱喻」，已儼然成了追求經濟支配性的變裝符碼之一，而「硬著陸」和「跌跌撞撞的硬著陸」則成了一種國家衰弱的代號。

近年來，爲了追求經濟的「軟著陸」，美國與外國的經貿與金融摩擦日增，甚至到了錙銖必較的程度。最近歐美舉行高峰會，法國總統齊哈克即表示，美國犯不著爲了每年不過十億美元的貿易項目，而對歐盟百般挑剔並揚言不惜貿易戰云云。「硬著陸」所反映的國家主義的恐懼意涵，對美國已造成超乎正常的夢魘效果，而究其實，一個高度工業化的社會，低成長乃是常態，高成長反而是異態。

其次，「著陸」的「隱喻」用於通俗經濟學雖已有多年，但於今爲烈，而且有了完全不同的意義，主因仍在於美國新經濟所創造出來的高成長，長期的高成長，除了滿足了國家主義的驕傲之外，它同時也營造出了一種志得意滿的幻象。這種幻象即寄託在「軟著陸」上。讀機械的都知道，根據熱力學定律，世界不可能有「永動之機器」，因而「永動之機器」乃是機械學家最美麗的幻夢；而在經濟上，則是人們一直幻想著一種沒有景氣循環，永遠「軟著陸」的經濟。而這是不可能的任務，麻省理工學院的梭洛教授即指出：「我們的新經濟已將結束，一切又重回景氣循環之中。」

也正因此，最近這兩、三年以來，幾乎每年的年中和年尾，美國都會在「軟著陸」上大幅報導，「聯準會」理事主席格林斯班則儼然成了美國經濟的最大功臣。不過，從二〇〇

○年的年中到年尾，繼「網路泡沫」和「高科技蕭條」之後，有關「著陸」的敘述業已完全不同了，一九九九年九月，乃是美國股市空前發飆的時刻，當月的一個月裡就有三本《道瓊指數三萬六千點》、《道瓊指數四萬點》、《道瓊指數十萬點》的暢銷書先後問世，一本比一本離譜，但再離譜也都賣到無書可賣。而隨著「網路泡沫」迸裂，二○○○年第三季成長率降至二・二%，則情況完全改觀，仍然有人談「軟著陸」，但這種「軟著陸派」已被說成是「過度吹噓的軟著陸」（Much-Vaunted soft landing），通俗經濟分析家已認爲現在是走向「衰退」的「跌跌撞撞的硬著陸」階段。尤其是從感恩節到耶誕，習慣上皆爲零售大月，但二○○○年的這個大月，卻顯得極爲冷清，甚至小布希都宣稱「衰退可能會來得極快」，由於美國持續發表的經濟統計，如成長率、新增失業人數、股價下滑、耐久消費財以及機票等的負成長，零售成長率減緩，消費者信心指數跌到「衰退」的程度，遂有了「聯準會」將一般人預估會在二○○一年一月底至二月初宣布的降息提前宣布之舉。對此，有人認爲是格林斯班與小布希較勁；有人認爲是替柯林頓時代畫下美麗的句點，不要讓美國經濟的中衰成爲柯林頓任內的紀錄；至於藉減息而延宕下來的問題，則交由小布希政府來承擔。

上述這種「動機論」，固然言之確鑿，但無關大局。最合理的解釋，乃是上次聯準會集會，即已宣示，它在過去一年半裡六次升息用以抑制通貨膨脹，往後則將以防止衰退爲新的目標。而自感恩節以迄耶誕這個消費零售旺季的業績大大不如預期，而各大公司的獲利降低和瘦身裁員，已的確顯示陡峭式的經濟下滑，其嚴峻程度，超過一般人想像的範圍，基於此，一般預料將在一月底至二月初才會宣布的減息，遂告提前發動。緊急降息等於證實了美國經濟惡化的程度。

然而，以貨幣政策調控經濟，雖然經常在一定的範圍內有效，但亦非萬靈丹，就以最近的一九八九年爲例，減息雖有短暫的刺激股市之效，但不旋踵即反而誘發衰退。而自一九九六年十二月格林斯班抨擊股市「非理性的繁榮」迄今，聯準會卻始終無意對此做出矯正，反而持續採取寬鬆手段，使得這種「非理性的繁榮」更趨擴大持久。演變至今，業已使得美國新經濟出現極多嚴峻的病灶，其犖犖大者有：

由於借貸容易，公司得以大力擴充高科技設備，而股市繁榮，不但提振了消費，同樣也使得公司得以藉此而接近資本市場，取得擴充設備與擴大市場。它是一個良性循環，但由此一來，其公司及個人的累積債務遂達十二兆美元的超高水準，公司投資也超過了持續經營的容量，民間儲蓄則到達負數，凡此種種皆已爲前述的良性循環翻轉爲惡性循環做好了準備。這也就是說，美國的經濟問題並非投資不足，而是過度投資；不是消費不足，而是過度消費。尤其是消費占成長的三分之二，一旦經濟下滑、消費減少，經濟即難免重創。這種

「過度」的現象，並非減息所能改善。

其次，過去長期以來，美國新經濟以強勢美元做基礎，對外國進行磁吸。但它也造成美元的高估以及現金帳赤字的累增，而當經濟情勢反轉，磁吸成爲「反磁吸」，強勢美元難守，則美元貶值，資金流出，通貨膨脹等即有可能出現，這也是經濟分析家對歐元價位回升後的連鎖效應，予以密切注意的原因。

再其次，由於過度投資，相對的則是國際與國內市場漸趨緊縮，獲利率降低，償債困難，使得美國銀行體系的壓力已漸趨沉重。去年十月，美國多數銀行已將授信標準提高，許多大公司如AT&T等，由於稍早的擴張與購併，已累積到極爲龐大的債務；最近，加州兩大電力公用事業出現債務危機，造成股市及銀行金融體系驚惶，都祇不過是債務危機的一環而已。隨著經濟的下滑，公司及個人債務的增加，美國在今年內的破產率估計將增加十%以上。壞帳的隱憂，以及銀行系統的趨於保守，使得美國同樣有著與亞洲相同的「流動性陷阱」之危機。

以上這些，皆屬結構性之問題，乃是過去長時間以來累積所致。從去年第三季開始，繼「網路泡沫」、「高科技蕭條」之後，目前美國所面臨的，已是更嚴肅的全面性衰退問題了。聯準會緊急降息這種微觀調控的手段，所能發揮的邊際效果有限，並不使人意外。

因此，面對著強弩之末的新經濟，美國的確憂心忡忡。結構問題的累積，使得它的「易受傷害性」大爲增加，股市、銷售、勞動成本提高，公司獲利降低，壞帳、失業，任何一個環節惡化，都有牽一髮而動全身之效。小布希總統當選人已提出警告。認爲美國衰退已快速接近，必須以減稅手段來維繫成長的動力，小布希之論應非危言聳聽。

也正因此，各方認爲美國緊急降息，目的乃是在於防止「跌跌撞撞的硬著陸」，它祇維繫了一天多的行情，也就不足驚訝了。微觀調控不足以解決宏觀結構的問題。美國的過度借貸、過度消費、過度投資，這些現象都不可能因減息而緩和。

根據美國摩根史坦利公司最新的估計，二〇〇一年美國衰退的機率已快速升到四五％。二〇〇一年的上半年，美國GDP將收縮一・二五％，全年美國的成長將僅有一・一％。低於原預估的二・五％，連帶的全球成長率也將由三・五％這個預估數字降至二・九％。由於美國在二〇〇一年上半年出現「溫和的衰退」，需求將明顯減少，估計像八十％以上的出口均到美國的墨西哥，以及依靠美國來擺脫困境的日本，都將是美國「衰退」之下，「傳染效應」下的主要受害者。

由「著陸」這個「隱喻」的形成以及其論述，已可看出它已隨著新經濟神話的迸裂而由志得意滿的「軟著陸」，向下滑移到「跌跌撞撞的硬著陸」，最後則有可能變爲「衰退」。

而談到「衰退」（Recession），英國《經濟學人》雜誌最近倒是說了一個有趣的故事：

該雜誌在十年前，有鑑於人們對官方統計數字的不相信，遂設計出了一種另類指標，以電腦資料庫，計算報紙上出現「衰退」這個字眼的頻率，發現它與經濟實情有著極大的相合性，基於同樣的方法，以美國的《紐約時報》和《華盛頓郵報》爲例，統計「衰退」這個字眼出現的頻率，發現從一九九九年春到二〇〇〇年冬，祇有兩百多篇文章出現「衰退」，但二〇〇〇年的第四季。卻突然暴增爲三七〇篇，十二月更暴增到六七〇次。由「衰退」這個字開始盛行，顯示出眞正的「衰退」似已不遠。

而「衰退」是個人們不欲的字眼，小布希尚未就職，他和他的團隊就已天天把「衰退」掛在嘴上，因而被人批評，認爲他們說「衰退」太過頻繁，會加速眞正「衰退」的到來，壞字眼的不被人喜歡由此可見。一九七〇年代卡特當政，他的經濟顧問是卡恩（Alfred Kahn），他在一次談話時宣稱美國將會出現深度「衰退」，因而受人批評，於是第二次談話必須說「衰退」這個字時，他就改用「香蕉」來代替，「香蕉」在美國是個貶詞，凡不値錢的，沒前途的，皆可稱爲「香蕉」，「香蕉共和國」則指那些祇會種香蕉和賣香蕉的窮國。

一個字詞指涉一種現象，不使用該字詞，是否眞的能讓該字詞所指涉的現象因而不出現呢？美國人不喜歡「衰退」，而喜歡「軟著陸」。那麼就讓我們天天念著「軟著陸」和「香蕉」吧！

spa：流行的健康之水

捷克裔法國籍的名作家米蘭・昆德拉，他的小說《賦別曲》，大概是 spa 這個字第一次進入台灣。該書所敘述的故事，以「一個 spa 小鎮」（A Small spa Town）爲背景。從第一頁第二行開始，spa 這個字就不斷出現。

然而，儘管《賦別曲》的中譯本已有將近二十年的歷史，spa 這個字卻始終沒受什麼注意。但非常意外的是，最近一年多裡，這個字卻突然跳了出來，儼然成了年度最紅的字眼之一。許多人在上班時就打電話預約 spa，週休二日許多人結伴去 spa，附設 spa 的健康或美容商店開得頂興旺。上網搜尋看看，相關的 spa 條目多達三千多則，意思是不知有多少萬人都仰仗與 spa 有關的行業爲生。水療、健康休閒俱樂部、美容護膚，甚至心理諮商、運動營養，都在和 spa 拉親戚關係。而台灣人總是一向最會見機行事，所以連 skII spa 或秀髮 spa 之類的新名詞和新招式都被發明了出來。根據這種邏輯，說不定有一天，連開補習班的也可以搞出「腦力 spa」，而寺廟則弄出「靈性spa」之類的名堂了。spa的流行使得一切都 spa 化。那麼，到底什麼是spa?

有人說 spa 是「健康之水」（solus par aqua），這大概是後代人的瞎掰，古羅馬似乎沒有這樣的說法。《牛津英語辭典》和《大英百科全書》都指出，spa乃是比利時列日省的一個小鎮地名，該地以「熱礦泉浴場」（Thermo-Mineral Baths）聞名。於是，一個個別的「地名」，遂漸漸地演變爲「通名」，不但從地中海到歐洲的熱礦泉浴都被稱爲 spa；二十世紀中葉開始，美式商業化的浴池興起，以人工方式在浴池裡添加礦物質、芳香劑，或其他成分，也一律稱之爲 spa，從此以後，遂全世界無一處不可以有 spa 了。這種情況和中古時期極爲相似。

聖塔芭芭拉加州大學藝術史系主任暨建築史教授葉桂爾（Fikret Yegül）在《古代的浴場和洗浴》這本有關希羅時代浴場建築的經典著作裡即指出，從四至五世紀開始，歐洲有很長一段時間，都將熱礦泉浴場通稱爲 Baiae，那麼，什麼是 Baiae?

Baiae 乃是義大利普多里灣（Puteoli Bay）的一個海邊地方，和維蘇威火山接近，以豪奢的礦泉浴場聞名，乃是羅馬帝國的貴族王公度假勝地，當時的詩人馬迪爾（Mertial）稱它是「維納斯女神恩賜的黃金海岸」；而政治家暨哲學家塞尼加（Seneca, 4B.C-65A.D.）則對它的豪奢及度假生活之放蕩不以爲然，稱之爲「罪惡的度假地」（deversorium vitiorum）。然而，一個地名紅了，大家都會搶著用，使該「地名」變成「通名」，於是 Baiae 紅了後，整個歐洲似乎都開始稱各地的熱礦泉浴場爲 Baiae。五世紀時，有個作家阿波隆拉里斯（Sidonius Apollonaris）寫信給他遠在法國溫泉區克萊蒙的朋友，由他的信即可看出 Baiae 在當時已由「地名」變成了熱礦泉浴場的「通名」。spa 這個名稱替換掉 Baiae，應當是極近代的事。而由浴場之名的變化，則可能涉及洗浴歷史及人們生活史的一些課題。

由古希臘的荷馬史詩《伊里亞德》及《奧德賽》，即可知道在那個時代，洗浴乃是件大事。舉凡有客從遠方來，倦遊返鄉，將軍班師回朝，皆會受到沐浴塗油的隆重接待。除此之外，希臘亦極著重健身角力的訓練，自由民家庭的「青少年」（Ephebes），從十六歲到二十歲，都要到「健身角力中心」（Palaestra）參加活動。這個場所有健身房、浴室、演講廳、餐廳、休憩聊天的房間等，乃是一整個建築群。希臘的這種沐浴體制和沐浴文化，後來被羅馬帝國所繼承。紀元前三十三年，曾對帝國京城羅馬做過普查，浴場計一七〇所，而到了四世紀末再做調查，各種大大小小的浴室則多達八五六所。全盛時代的羅馬，有九條大的引水道，每天引水一百萬立方公尺，用人口來平均，每人每天用水三百加侖，這種用水紀錄，在人類史上不僅空前，亦將絕後。

羅馬帝國時代，沐浴乃是一個超級體制，由於它在浴室建築上發明了一種「炕式供熱設計」（Hypocaust），因而浴池遂有「熱浴池」（Caldarium）、「溫浴池」（Tepidarium）、「冷浴池」（Frigidarium）等三種。而就整體浴場而論，則有「大熱浴場」（Thermae）和「小浴場」（Balneum）之分，由後來龐貝古城的發掘，顯示出前述這兩種浴場亦可做爲「熱浴場」和「冷浴場」之別。

羅馬帝國乃是奴隸社會，大約每二至三個奴隸侍候兩個自由民。而其國家經濟，則有極強的掠奪性，自由民不事生產，一年三六五天倒有一七五天屬於節慶或假日。於是，羅馬的民主制度遂成了人類歷史上絕無僅有的一種體制；元老貴族和僭主們以討得自由民歡心爲首要目標，而討好的最佳方法，就是捐建浴場浴池和認捐燒熱水的柴薪。當國家財力不勝負荷時，即攻打某個異國，劫掠金銀財寶和奴隸。而自由民則以享受人生爲主要目標，綜合建築群式的浴場，有各種吃喝玩樂的設施，與其說是浴場，毋寧更像是個大型的社區活動中心。羅馬時代裡，吃喝玩樂，喜劇雜耍，以及浴場等特別發達，可以說有著共通的脈絡與主軸。當然，這也預兆了它在靡爛中滅亡。

而有了浴場，當然也會有熱礦泉浴的出現。羅馬歷史家蒲林尼（Pliny, 23-79）在所著的《自然史》裡，就已指出過，包括奧古斯都王及尼羅王，都曾建過引入海水及硫磺水的浴場。後來，一七四九年重新掘發龐貝古城，也顯示熱礦泉浴場的存在。除此之外，由其他文件史料也可證實古代熱礦泉浴至爲普遍；從叙利亞、北非，一直到蘇格蘭，有數百個熱礦泉浴場，一般而言，熱礦泉浴場都位於比較偏遠的地區。羅馬帝國時代，仍以義大利拿坡里灣及維蘇威火山一帶者最爲聞名，Baiae 即在這個區域。這種熱礦泉浴場，當時的名稱與一般相同，大的稱 Thermae，比較小的則稱 Balneum。

對於當時的這種浴場，古羅馬建築家，紀元前一世紀的維特魯烏斯（Vitruvius）在《建築十書》裡，用了整整一書（即一大章）的篇幅加以記載討論。他宣稱有些地方的水質使人飲用後愉悅無比。但他也指出，「在 Terracira，有個『海神泉』，如果不小心飲用，即會致死。」而在 Thrace，有個湖，它的水不僅飲用後會致命，甚至用來沐浴也會致命。他在書中說道：「每種熱泉均有療效，因爲它和外在物質相混，因而獲得一種有用的質地。舉例而言，硫磺泉的熱度，可以讓人體液裡的壞成分被消除，從而讓肌肉疼痛治癒。明礬泉的熱泡，對麻痺或疾病造成的痙攣有效；而瀝青泉則可用來治療體內病痛。」而羅馬歷史家蒲林尼在《自然史》裡也指出，熱礦泉浴對肝、腎、消化道有益；特別可用來消除肌肉疼痛、風濕、關節炎等。奧古斯都王即用硫磺泉來治關節炎。而維特魯烏斯甚至指出，當時的熱礦泉浴場已懂得特地闢建出「蒸汽浴房」（Sudationes）。由此可見，蒸汽浴至少已有了兩千多年的歷史。

由於古羅馬篤信多神教，因而當時的人都相信這些在山林水澤間的熱礦泉浴場，都受到各種精靈的庇護，他們並相信「泉神」（Nemausus）的存在。由後來的遺址考掘，也的確顯示浴場的壁畫浮雕有許多精靈和泉神崇拜的圖像。

古羅馬稱熱礦泉浴場爲 Thermae，後來隨著義大利 Baiae 地方的豪奢浴場愈來愈出名，Baiae 遂幾乎成了熱礦泉浴的通名。但值得注意的，乃是英國的稱呼，卻都是用 Bath，這個字一方面指英格蘭厄文郡的熱礦泉浴聖地巴斯鎮，另一方面也是英國熱礦泉浴場的通名。Bath 和古拉丁文的熱礦泉浴場所用的名稱如 Baiae、Balneum、Balnea、Balineum 等是否有什麼語源上的關聯，實在值得探討。

有關熱礦泉浴的發展，在十八世紀後期以迄十九世紀，又再逐漸抬頭。很可能由於比利時 spa 鎮的聞名，逐漸地，這個字遂成了一個「通名」，並和德文的「浴場」（Bad），英國的「浴場」（Bath）混合著使用。舉例而言，奧地利的熱礦泉浴場以「佳士坦浴場」（Bad Gastein）最爲聞名，當地的浴池店或浴池旅館之浴室，即被稱爲 Bad Gastein spa。由法國的旅遊生活史，人們大體了解到，十九世紀初期開始，由於資產階級興起，「觀光」（Touriste）這個現代的字於一八一六年首次出現，一八三八年文豪斯湯達爾（Stendhal, 1783-1842）的

《觀光回憶》一書，使「觀光」這個字因而盛行並成為大衆語言，從此之後，「spa 冬季觀光」即成了法國有錢人主要的生活方式之一。一八六〇年法國將尼斯市這個熱礦泉浴城市併入版圖後，spa 觀光更盛，一八六一至六二年間，祇有一八五〇家人前往，一八四七至七五年間已增至五千家人，一八八七年更增至二萬二千家。此後，spa 觀光旅遊，日益普及化。由法國的例子，顯示出整個歐洲也差不多沿著同樣的軌跡在發展。spa 從十九世紀逐漸走向它的新黃金時代。

不過，就在台灣 spa 熱的此刻，二〇〇一年一月，德國卻出現另一種與 spa 有關的問題。

在德國，柏林南方二三〇公里處的席萊瑪鎮（Schlema）以氡的礦泉浴聞名（氡是鈾衰變後所形成的元素），據說它對關節炎的療效較一般熱礦泉浴為佳。在第二次大戰前，席萊瑪鎮全盛時期，有一百多家旅舍和賓館。具有放射性物質的 spa，直到今日，仍存在於德、奧、俄、日等國。席萊瑪鎮以前屬於東德，二次大戰後，蘇聯曾關閉浴場，對當地的鈾大舉開採，據稱工人裡有五千人以上死於癌症。兩德統一後，採鈾停止，浴場恢復。

然而就在最近，歐洲發生了耗弱鈾製造的彈藥之問題。美國在波灣戰爭及轟炸南斯拉夫時，使用了這種彈藥，到了今日，已出現當時的北約軍人有可能致癌的問題。耗弱鈾的致癌性，引發了氡 spa 是否也有致癌可能和爭議。有許多專家指出，含放射性元素的 spa 有導致肺癌的風險，含氡 spa 的生意，因而大受影響。

spa的有關故事仍多。但由 Baiae、Bath、spa等「地名」被轉變爲熱礦泉浴的「通名」。它的道理和王麻子賣剪刀成名後，所有的人都開起「王麻子剪刀舖」，豈不都是一樣嗎？

卷三：社會語言

誰來埋單？

顯示粤語方言的活力

核四風暴，將台灣吹得政潮洶湧。除了政治亂局擴大之外，那一本金錢的帳也大得驚人。根據各方估算，設若核四停建，包括已經花掉的、賠償的，以及替代方案要增加的，總計當在千億以上，因而媒體遂曰，這筆帳，「誰來埋單」。

「埋單」者，粤方言也。一般皆曰「會鈔」、「會帳」、「結帳」、「付帳」。例如，《負曝閑談》十六回曰：「會過了鈔，沈自由那些人便拖著黃子文去打茶圍。」而《儒林外史》十九回曰：「當下兩人會了帳出酒店，一路到刑房家。」第二十二回曰：「牛王圃……走下樓來，會了帳，急急走出去了。」

一般漢語用「會」與「結」來形容買賣的交易付款。其因即在於「會」即「結」，「結」即「會」。「會」所代表的乃是一種總合式的觀念，所謂的「會計」裡的「會」，即具有此意。而所謂「埋單」之「埋」，它的意思也與此有關。

《番禺續志》裡說道：「埋訓塞，而塞又訓滿，故廣州謂其事完滿了結曰埋。」這段記載的意思是說，「埋」的定義即「塞」，而「塞」的意義即「滿」，因而「埋」指的是「完滿了結」。而由《孟子》的〈公孫丑篇〉有「直養而無害，則塞於天地間」的說法，在這裡，「塞」即等於「滿」。另外，還可在宋朝周去非所著《嶺外代答》卷四談到方言的一節裡，找到另一證據。該文指出在廣西，「泊舟曰埋船」，意思是把船停好即稱「埋船」。足見把一件事做完做好稱爲「埋」，至少在宋代即已開始。而在粵方言裡，具有類似之意的「埋」尚多：

「埋船」，指把船停好。

「埋柜」，指晚間結帳並盤點貨架。

「埋欄」，指把事情收拾了結清楚。「無得埋欄」即是「無法收拾」。

「埋數」，指清帳、算帳。

另外，據《簡明香港方言詞典》，以「埋」而稱的尚有另外兩例：

例如，當吃飯時已把魚頭魚身吃完，要別人把魚尾也吃完，即可說「食埋得魚尾」。

例如，「埋尾」即指收尾、結尾。

基於上述例證，粵方言裡把一件事情「完滿了結」稱爲「埋」，因而延伸出許多與

「埋」有關的字詞，基於這樣的道理，把帳單了結稱爲「埋單」，當然也就有了可以理解其意的脈絡與架構。

綜上所述，我們已可對當今粵方言裡的「埋」及「埋單」等字詞的傳統及語用習慣有所理解，然而，這樣的理解其實仍然是不夠的。因爲，仍有一個更基本的問題尚未回答，那就是爲什麼是「埋」？

根據前引《番禺續志》，它已述及「埋訓塞，而塞又訓滿，故廣州謂其事完滿了結曰埋」，而由《孟子》等更古老的典籍，我們可以肯定將「塞」解釋爲「滿」，確實有其依據。但更重要的卻是將「埋」解釋爲「塞」，它有何基礎？

研究漢語方言者都知道，方言的形成有許多複雜的原因。有些方言音是古音並有古字，漢語七大方言裡每一種方言都有這種例證。這些古代的文言字，有些已不可考，有些可考但現在已不再用；而另外有些則可考並繼續使用。以粵方言而言，就以「揸拃」稱人「霸道」，它被認爲是方言詞，其實是有本字「誀詐」的，祇是這種文言詞現在若用，反而顯得奇怪了，另外，則是粵方言說「給予」仍用「畀」這個文雅的古字，其他方言區都早已不再使用。

除了古音及古字詞外，各種方言也有許多是有了方言音，再找同音或近音的漢字使用。但因爲它祇是借音不借義，遂使得其他人看到這種字與詞時，完全無法由原有的記憶裡想像出它在方言裡的意義。當然除此之外，還有用方言音自造方言字；甚至還有有音無字的情況。

而對「埋單」，「單」指的是「帳單」，其他方言區的人不難想像。祇是對「埋」，如果不是大家對「埋單」早已相當熟悉，誰會知道它代表的是「結帳」？說不定還以爲是「將單子埋起來」呢！

對「埋單」的「埋」，有兩種可能性：

其一，在古代漢語裡，「埋」字的確有過諸如「了結」、「完滿」等意義的用法。如果我們能找到例證，即可說「埋單」之說乃是古音古字的延長。

其二，則是它並非古音古字，而祇不過是粵語的方言音，然後找同音或近音的「埋」字來書寫而已。

對於這兩種可能性的前者，人們似乎尚無法找到可以證實的古語例子。於是，我們或許必須認爲後一種可能性較大。那就是在粵方言裡，有一種音所指的即是「了結」，於是遂找了同音或近音的「埋」字來書寫。經過這樣的借音不借義，粵方言裡的「埋」字和一般使用的「埋」字，遂成了一個「同形異義」的字。對於其他方言區的人，當然無法「望字生義」，而必須重新去學習和記憶了。

在漢語七大方言裡，粵方言有著極重要的地位。它幾乎是各種方言裡無論在書寫或創造上都最有活力的一個，它發明的方言字也似乎最多，從漢語借字以及從外國語裡借音造詞亦屬粵方言最盛。「埋單」不過是個小小的例子而已！

那也安呢：
組成社會的大問號

嘉義番路鄉八掌溪的大慘劇，震驚了全台灣。四個工人身陷在暴漲奔騰的溪洪中，苦撐了兩個多小時，但救援直升機卻硬是沒有到來。最後，所有的人，眼睜睜地看著他們被溪流吞沒。所有的這一切都發生在人們的眼前，現場的人們都在問：「那也安呢？那也安呢？」

「那也安呢」，由「那」、「也」、「安」、「呢」四個文言虛字所組成，每個字都是疑問詞，四個疑問詞合組而成疑問句。它是強烈的問號，現在幾乎所有的人都在如此質問政府：「那也安呢？那也安呢？」

台灣的人為什麼會普遍地使用「那也安呢」這句口頭語？其原因業已難考。但「那」、「也」、「安」、「呢」四個具有疑問意涵的文言虛字，合組而成「那也安呢」，四個字反覆增強，遂使得「那也安呢」的質問意涵被推到了極大化的程度。當人們見到，或者遭遇到荒唐離譜、匪夷所思、過分違背常識、過度不合常理的事，都可以用「那也安呢？」來表示質疑、不滿，或錯愕與慨歎。語言反映現實，因此，「那也安呢」這個疑問語言的長期存在，它所反映的豈非正是台灣始終無法去除的荒唐離譜和違背常理的錯亂？「那也安呢？」簡譯成今日的俗語，乃是「怎麼會這樣呢？」它指的乃是常理上並不應該發生，但卻還是發生了的事。八掌溪的慘劇，除了這句話外，夫復何言！

因此，「那也安呢？」是句值得警惕的話語。由這句話的長期且頻繁的使用，我們應對社會，尤其是政治上各種離譜與低能之事有發自內心的覺悟，從而在價值、行為、反應等等方面有所提升，讓低度發展及麻痺掉的人性能夠出現更高的制高點。八掌溪慘劇讓人覺得「那也安呢？」眞正關鍵無關乎制度，而是在於那些人的人性如此麻痺，甚至公然敢將制度拿來當做合理化自己麻痺的藉口！八掌溪慘劇，讓人驚愕並說出「那也安呢？」的眞正關鍵，乃是人們發現到政府的沒有人性竟然一至於斯！

因此，讓我們切切記住「那也安呢？」這句由四個虛字組成，情感強度極大，表示驚愕與不可思議的感歎及疑問的語句；並體會這個語句所存在的脈絡意義。

而接著，可以根據清代王引之《經傳釋詞》、孫經世《經傳釋詞補》和《經傳釋詞再補》、吳昌瑩《經詞衍繹》，以及清代學者劉淇所著《助字辨略》，加上近代學者王力所著的《漢語史稿》、裴學海之《古書虛字集釋》、王叔岷之《古籍虛字廣義》，和曹廣順之《近代漢語助詞》，並參酌《五燈會元》等記錄了早期俗民口語的著作，對「那也安呢？」這句話逐字扼要的釋義如下。

首先就「那」而論。「那」是古漢語裡出現得極早的文言虛字，被當做語助詞來用。《爾雅》曰：「奈，那也。」多數注疏家都認爲「那」與「奈」乃是音系相近，意義相當，可以彼此換用的「互文」。根據明末清初大學問家顧炎武的說法，「那」與「奈」祇是同義之字的不同表現方式而已，早期北方曰「奈」，而南方的六朝時代則多用作「那」。另外則有注疏家認爲「那」是「奈何」的合聲字，亦可作「邪」。

「那」字在《左傳》、《前漢書》、《後漢書》都經常出現，主要意義是代表了「驚問」、「錯愕」的語助詞。用現代的說法，則「那」是一個在聲音上具有表情的語助詞，它早期多半用於句尾，如《左傳》的「棄甲則那」、《後漢書》〈逸民傳〉的「公是韓伯休那，乃不二價乎」等。唐代人使用「那」字極其普遍，不但入詩，也常見諸口語。李白詩「萬戶垂楊裡，君家阿那邊」，杜甫詩「杖藜不睡誰能那」，王維詩「強欲從君無那老」等皆例證，詩裡的「那」字皆應解釋爲「奈」或「何」。由唐代佛教口語著作，尚可看出以前的人在說話時經常在一個疑問句的最後用「那」，而後再表示「作麼」，這種「……那，作麼？」的句型，即是後來「那麼」的前身，有關「那」字的使用，大約到了宋代和元代始由句尾往前移。「那」字的表情意義使得它成了一個表示驚訝、錯愕、疑問的感歎詞或疑問副詞。「那」字所反映出來的，乃是一個張大了嘴，表示驚異不敢相信的臉孔！「那」字翻譯成今日口語，應是「爲何竟然……」。今日有些人將「那」寫爲「哪」，則是宋代始出現的俗寫，由當時的佛教口語著作可以找到參證。

其次曰「也」。「也」同樣是出現得極早的漢語助詞，在不同的語用脈絡下，它都可以和「焉」、「矣」、「者」、「耳」、「兮」、「邪」、「歟」、「乎」、「哉」等同樣古老的助詞通用或換用。例如，《經傳釋詞》即認爲「也」與「焉」是「互文」，《顏氏家訓》則說「也」和「邪」字聲相近，乃是南方與北方不同的用法而已，南方說「邪」，北方用「也」。「也」是古代使用得最廣泛的語助詞。在一個語句裡，它經常扮演了承上啓下的指事功能，而在指事中又呈現出疑問、感歎、反詰等語言表情。以「那也安呢？」爲例，「也」即有聯繫，感歎反詰等多重語言表情在內。這裡的「也」譯爲今日的白話，或許是「這件事卻……」。

再曰「安」。語助詞的「安」，亦出現得極早且極廣泛。最早似乎見諸《左傳》和《禮記》。從唐代的顏師古開始，歷代學者都同意，「安」與「焉」聲音相近，屬於可以換用的「互文」。清代大學問家王引之遂曰：「安之于焉，猶何之于曷。」《廣雅》亦曰：「焉，安也。」

在古代典籍裡，使用「安」字最多且變化最大的乃是《荀子》，它證明了以前「安」、「案」、「按」在語助詞方面可以相互通用。由「安」的古代不同用法，可知它有「焉」、「何」、「於」、「於是」、「乃」、「則」、「即」等多重涵義。祇是「安」的語助詞用法，自宋代後已逐漸消失，但在閩台的語言裡卻被保持得相當完整。我們常說「安怎」（怎樣）即是標準的例證。「那也安呢」裡的「安呢」亦然。閩台語言裡保有極多古語的語音、語法，以及詞義，這點不容忽視。

因此，語助詞的「安」，也是一種指事及表情的聲音及符號。在各種用法裡，也有「何」的疑問之意。「那也安呢」的「安」，將它譯為今日的口語，或許應當是用懷疑口氣所說的「如此這般……」。

最後再談「呢」。這個字乃是漢語演變史裡非常值得注意，但以前的學者卻少注意，到了近代卻有了明顯突破的特例。

在古代典籍的書面語裡，沒有今日的「呢」。但由唐五代的佛教口語記錄著作，卻有發音為「呢」，但寫為「聻」、「尒」、「尔」、「你」、「尼」的字。而在宋代則有意思為「呢」，但寫成「里」和「哩」的字。這些證據都顯示在佛教口語的《祖堂集》、《景德傳燈錄》和《五燈會元》等著作裡。及至到了元代，尤其是明代，其他的字都告消失，祇剩下了「呢」，於是今日我們所用的「呢」始告確定。

因此，從漢語演變史的角度而言，在《公羊傳》裡有多處語句已有了「呢」這種意義的字，但被寫為「爾」，接著「爾」的這種意義消失，被新的「聻」、「尔」、「㖷」、「尒」等諸字取代。這顯示出以前在語音的變化上有過一個由「爾」逐漸變為「呢」這個音的過程。近代由漢語學家王力等人以及若干日本漢語學者之努力，這個有關「呢」字的字形、字義、字音的變化過程已被大體理解。

因此，綜合而言，我們可以認為，大約在唐五代後期，古代的「爾」音變為「尼」這個音。閩台方言讀「耳朵」為「尼」音即是證明。圍繞著它，一組新的輔助虛字即告出現，它普遍在口語中被使用。「聻」這個字在佛教裡，指的是「人死曰鬼，鬼死曰聻」，但它在輔助詞方面，這種寫法倒是不見經傳，祇存在於佛教口語著作裡，禪家們最喜歡使用，它的意義和用法和今日的「呢」幾乎一樣。但由「爾」演變而成的「尔」、「尒」、「㖷」等字，除了有今日「呢」的意義外，也和「你」有關。這一組字後來兼併了宋代的助詞「里」和「哩」，到了元代開始成為今日的「呢」。由《元曲》的許多作品已可首次找到「呢」，到了明清之際，經過一陣「呢」、「哩」混用，最後是「哩」被棄而不用，僅剩下了「呢」這個字。

由上述考辨，今日我們說「那也安呢」，或許更正確且符合古意的寫法，應當是「那也安尔」。例如廈門人在書寫方言時即寫成「急甲安尔」（急成這樣）。閩台今日的「呢」爲古音，應當用古代的寫法，祇是到了現在已無法再這麼講究了。

因此，經過漫長且複雜的過程而出現的「呢」，乃是一個輔助詞，用於句尾或句首，粤語方言即經常放在句首來使用。但不論句首或句尾，它所表示的都是疑問、感慨、歎息等涵義。「那也安呢」這句話裡的「呢」，它的表情意涵裡，就明顯地有著這種錯愕之餘的多重感情在內。

基於此，「那也安呢」，正寫或許是「那也安尔」，而俗寫亦可作「哪也安呢」、「哪也按呢」、「哪也案呢」……等。四個都有疑惑反詰與不滿之意的輔助詞，相互補強，等於組成了一個大問號。意思是：「爲何竟然這件事卻如此這般的發生了呢？」它的話語裡，夾雜著困惑、質疑、急憤、拒絕相信等情緒。聽了這句話，當官的怎麼能不畏懼難安？

閩台方言在漢語系統裡有其獨特性，許多古代字義和語法仍被保留在其中。「安」字的助詞用法即是一例。民謠有曰：「綠竹開花在高山，腹肚痛著透心肝；爲娘挂吊要安怎，一陣燒熱一陣寒。」一類似例證尚多。

「那也安呢?」這句話有很多問題可以討論,但千言萬語,最重要的仍在於它的社會涵義。如果有一天我們的政治與社會都很合理與合乎人性,大家就不再需要這句話了。或許這一點才是最重要的課題!

點心、扁食、碗粿、麻糬：

替台灣小吃正名

閩台以小吃聞名，但在長期俗名化的發展過程中，它的有些稱呼已被人忘其所以；而有的在日常生活的使用中或者以訛傳訛，或者自造新的方言字，並因而成了新的約定俗成。在此可就比較有代表性的四種名稱：「點心」、「扁食」、「碗粿」、「麻糬」分別加以討論。

首先就「點心」而言，它乃是最古老的飲食稱呼之一，在漫長的歷史變化裡，它的指涉意義及範圍，也似乎變化得最少，或許也正因此，它遂能在二十世紀中葉，經由香港廣東人而向歐美推廣，並以Dim Sum一詞成爲歐美的外來語。《牛津外來語辭典》曰：「一種中國小吃，由各種可口的熱麵食品所組成。」

「點心」在中國小食（吃）裡，乃是極古老而且被各地普遍使用的一種稱呼。由《唐書》鄭傪傳，以及《傳燈錄》卷十五有關唐代德山和尚的記載，可以知道「點心」一詞早在唐代中葉以後即已被普遍使用。鄭傪（另外的不同記載裡又稱鄭修，或寧傪），乃是「江淮留後」這種官職的大官，他性情非常吝嗇，縱使在家裡也嚴格的管制食物。有一次他妻子的弟弟來做客，某日這個弟弟上午送早餐給姐姐，他姐姐說：「治妝未畢，我未及餐，爾且可點心。」於是這個弟弟就把那份早餐當做點心吃掉了。她姐姐治妝完畢，又叫了一份「點心」，鄭傪知道後說：「怎麼人家夫人娘子，喫得如許多飯食？」有關鄭傪吝嗇的這段故事，後來南唐劉崇遠的《金華子下》，宋吳曾的《能改談漫錄》等均有收錄並擴大討論。而唐代末年的德山和尚有次旅行，「見一婆子賣餅，因息肩買餅點心。」由這些記載，可知正餐之外的食物，自唐代起就已被稱爲「點心」。

有關「點心」一詞，由後來的其他著作如《雞肋編》、《揮麈錄》、《癸辛雜志》的記載，可知它歷經宋元明清，就一直傳承了下來。元代陶宗儀的《輟耕錄》對「點心」有清楚的定義：「今以早飯前及飯後，午前午後，晡前小食爲點心。」

「點心」這個名稱及其指涉的範圍，長期以來均極穩定。相對的，有關「餛飩」這道食物的名稱，雖年代同樣古老，但穩定度卻不高。由宋代穀所著《清異錄》所收的食譜，我們知道最遲在唐代中業即有了「餛飩」。但由後來的發展，卻可知道它同時也有「飩飩」、「雲吞」等異名；另外，則又有「扁食」之俗名。據研究，在明清之際，對於「扁食」究竟何所指，有兩說：

一說是指「餛飩」。例如清代的《敘州府志》曰：「餛飩曰扁食。」另外，清代張慎儀的《蜀方言》亦曰：「餛飩曰扁食。」閩客方言以前多半也是用「扁食」來指「餛飩」。一說是指「水餃」。明清之際的《聊齋俚曲集》曰：「銀匠說是賣扁食的王二。」這裡的「扁食」指的是「水餃」。而清代厲荃所輯《事物異名錄》，則指「餛飩」與「煮饃」皆又稱「扁食」。

因此，「扁食」乃是一種在中國全境被廣泛使用的異名或俗名。但異名與俗名並不等於方言名。因此，「扁食」不能稱之為「方言名」。值得注意的，乃是到了近代，「扁食」之名日益浮泛，許多以「扁食」為名的店攤，愈來愈寬鬆的使用「扁食」之名，甚且還有「扁食麵」的出現，而「扁食攤」的食物種類也趨增多，「扁食」開始要成了「麵食」的同義詞矣。

無論「點心」或「扁食」，都是通用之名。「點心」乃是「正式名」，而「扁食」則為通用的「異名」或「俗名」。相對於此，「碗粿」及「麻糬」則都是「方言名」。

首先就「粿」（音為果），它顯然乃是「麴」的對字。根據明代余庭壁所輯《事物異名》，當時即已有「麴」這樣的食物，它由麵粉所製，被歸於糕餅之列。可以想像到，相對於這種由麥所製的「麮」，遂有了由米所製的「粿」。明代張自烈的《正字通》收錄了此字，定義爲：「古我切，音果。淨米，又米食。」除此之外，廣東一帶又有「餜」之稱呼。翁輝東《潮汕方言》曰：「餜品，凡米、麵、秫、薯等製成之食品統曰餜品。」由「粿」、「麮」、「餜」，可知它乃是一組尚未被統一的方言字。在台灣，凡米屬之糕點食物，我們都以「粿」稱之，如「甜粿」、「碗粿」、「發粿」、「菜頭粿」之類。除了閩台之外，與福建隔鄰的浙江，也稱「粿」，至於別的地方則無此名。它是浙閩地區的「方言名」殆無疑義。

而更值得討論的，乃是不見經傳的「麻糬」這種食品的名稱。「麻糬」這種食品與「薯」毫不相干，以「麻糬」或「麻藷」稱之，實甚怪異。由於這種食物乃是一種舂米而成，較早即發展出來的類型，因而它極有可能是早期的「餈」被不斷的誤寫所致。《方言》曰：「餌謂之糕，或謂之餈。」

今日之「麻糬」，或許即是昔日的「餈」，可以由《周禮》的〈天官・籩人〉的敘述裡得到傍證。該節指出，以前有一種掌理祭祀或宴客的職官，稱爲「籩人」，所謂的「籩」，乃是一種竹子編的容器，專門用來盛放各種乾的穀麥及其他加工食物。在這些食物裡，有一種即是「餈」，它由米或小米蒸熟而成，由於很黏，因而要裹上粉，始能放在籩的理由，故曰「粉餈」。或許，這種「粉餈」或「餈糕」之類的東西即與「麻糬」有相仿之處。但無論如何，以和任何薯類都無關的會意字來說這種由糯米或小米所做成的食物，難免有點勉強。而「糬」這個字除了台灣使用外，其他地方皆無，算是典型的「方言字」，正如同「粿」這個字祇有潮汕地區在使用一樣。

台灣的小吃小食，有的是昔日正式名稱的延續，「點心」、「切仔麵」等皆屬之，而且都有正式記載可考。有的如「扁食」，則是普遍化的「異名」或「俗名」，它們也不難從舊籍裡得到印證。比較困難的是各種「方言名」，它留下的痕跡不多，有時確實難以查究其形成的脈絡。或許，台灣的飲食研究者已有必要對此逐一加以釐清吧！

司法黃牛：

人心易移，制度難改

可能有許多人看過周星馳和梅艷芳主演的《威龍闖天關》。它以笑鬧諧謔的方式，說著古代「狀師」的故事，藉以嘲諷顢頇的官僚體系。

「狀師」也就是「訟師」。《清稗類鈔》〈獄訟類〉裡收錄了清代數十則著名「狀師」的故事，他們譎詐多謀，壞法亂紀，除了勾結官吏，包攬訴訟外，也經常能以不可思議的機巧手段，在訴訟裡獲得勝利。他們的角色類似於現代的律師，但刀筆及巧詐工夫則非近代的律師所能及。

古代的「狀師」、「訟師」在進入民國之後，被律師制度所取代，但他們的功能並未因此而消失，而是在新的司法訴訟關係裡發展出一種新的「司法黃牛」。它是個司法上的「非正式制度」及「非正式關係」。司法體系裡的某些參與者，繼承了「狀師」與「訟師」的角色，一仍舊慣的玩著包攬訴訟，賄賂法官的遊戲。民國初年佚名所著的《老上海見聞》

裡的〈狀師〉這個條目下遂曰：

——「狀師在吾國，本已具著悠遠綿邈的歷史，但是，自從歐風東漸以來，律師的制度傳入我國，既而國人多數察覺狀師的弊竇與罪惡，因之民國成立伊始，政府當局即頒布命令禁止狀師的私底營業，規定祇許正式律師懸牌應徵，但是狀師的演出卻始終沒有絕跡，……那些靠託充當狀師以生活的，仍舊比比皆是。……湊著幾個法院和其他律法團體的四周，紛紛從事活躍。依目前狀態而說，有法院的所在，就有小茶館的踪跡，這些狀師們，幾乎全部都在那裡駐足，……以作業務上的競爭。……他們對古時那種巡檢、典司、吏目之類的人物，都具有相當的交誼。」

這就是「司法黃牛」的源起，它是古代狀師及訟師制度的轉化，使得舊關係附著在新制度上，繼續發揮著作用。古代狀師訟師勾結官府，扭曲司法及刑獄正義那一套手段，到了民國之後，靠著「司法黃牛」遂被繼承了下來，縱使到了今日，「司法黃牛」的踪影仍時時處處皆可見到。由此亦可看出，所謂的制度改革是如何的困難了。

「司法黃牛」是古代狀師及訟師制度的畸變與轉化，但為什麼將司法體系裡這種依靠著特別關係而中介訴訟的人物稱為「黃牛」呢？合理的推斷，它似出自上海。

由近代上海的城市歷史，可知它自清末以迄民初，即五方雜處，充斥著各式各樣的無業遊民，於是，以無業遊民爲核心，遂出現了各種另類的生態系統。淸末葛元煕在《滬遊雜記》裡即指出各類以無業遊民爲主體，遇事生風，串詐鄉民的集團在當時極爲普遍，它被稱爲「黨」，如「拆梢黨」（指四處訛詐欺人者），「拆白黨」（指騙色騙財者），「豆腐黨」（指失業的豆腐店夥所形成的流氓集團）……等。「黨」是上海人在替社會現象分類時最慣用的概念系統。於是，遂有了另一種被稱爲「黃牛黨」的群體。海麟在《上海特寫鏡頭》中敘述見聞時曰：「你一走進商店，黃牛黨即前簇後擁，緊跟左右，悄聲問僑匯券有哦？」

因此，「黃牛黨」者，所謂的「電影票黃牛」、「僑匯券黃牛」之類的「黃牛」之謂也。當一個社會裡有著過分龐大的無業遊民，這些無業者遂會從正式的社會關係裡硬是擠出一些空間，許多人即可依靠這種空間而生活。例如看電影買票，這原是一種正式的消費買賣關係，但失業者卻硬是製造出「電影票黃牛」這種角色，他們勾串電影院票務人員，搶先取得電影票，而後加成出售給消費者。當失業者夠多時，他們甚至不必勾串票務人員，單單用人海戰術排隊，即可搶先買下大半的票券。這是從正式關係裡騈生出來的非正式關係，沒有生產性，而是地下經濟的環節之一。

上海昔日的「黃牛黨」，所從事的即是被過度分化的中介行爲。就現象而言，它被定義爲「恃氣力或勢力，採購物資及票務憑證後高價出售以圖利」；而就社會面來說，正是因爲有了「黃牛黨」，許多無業者遂得以餬口度日。地下經濟的某些類型有社會避震的效果。早幾年義大利學者馬丁努（A Martino）在《另一種義大利經濟奇蹟》裡即直言：「在義大利所謂地下經濟，乃是我的同胞們天才般的傑作，是使義大利免於經濟崩潰的第二奇蹟。」而上海的「黃牛黨」，同樣的也替昔日的上海緩和了許多失業及失業所造成的社會問題。

於是，上海的「黃牛黨」與「黃牛」，遂被台灣所繼承，這種畸型的中介行爲，衍生出許多「電影票黃牛」、「球票黃牛」、「紀念幣黃牛」等，而遺禍最大者即是「司法黃牛」。其他「黃牛」，多半是可憐的社會邊緣人，可惡但卻可憫，而「司法黃牛」則否，它是某些具有特殊權力關係者所從事的中介勾當。他們以金錢中介司法，使法律上的是非被金錢所扭曲，遂有了「有錢判生，無錢判死」的惡果。「司法黃牛」是一種大罪。

近代台灣，有許多語言辭彙都受到上海的影響。一九五〇至六〇年代的台北，由重慶南路到博愛路，尤其是衡陽路一帶，包括書局、藥房、綢緞莊、糕餅西點行、攝影器材行、銀樓、茶莊，差不多都被老字號的上海店舖所進駐，而如繡花鞋、旗袍、滬式餐廳及點心店等也都向周邊輻輳擴散。滬式審美觀念也影響到當時婦女的妝扮上，那是白先勇的《台北人》的時代。而在語言上，我們今天已視爲平常的辭彙也在那時出現，例如「放鴿子」（指欺騙或非欺騙的爽約），「吊膀子」（指男女雙方的勾搭），「空心大老倌」（指缺乏實力充殼子）、「花瓶」（指人與事的好看不中用），「孵豆芽」（指窩在家裡無所事事），「揩油」（指占小便宜）、「仙人跳」（指用美人計詐財），「開房間」（指男女非正常的至旅舍同宿），「稱頭」（指穿得體面），……等皆屬之。

「黃牛黨」、「黃牛」、「司法黃牛」等語詞，也在那樣的時代進入了我們的語言中。到了目前，由於國民經濟體質的改變，那種由於無業和失業所形成的其他「黃牛」已幾近絕跡，但那種依靠著特別權力及特殊關係而形成的「司法黃牛」卻兀自長存。這也印證了一個社會的改革，小老百姓的改革容易完成，而有權力的人及其親友家屬之改革，才眞正的困難。蘇志仁涉嫌「司法黃牛」案，即是最好的例證。

「黃牛黨」、「黃牛」、「司法黃牛」等之造辭，它的起源或在於描述地下經濟裡一堆人在那裡搶購物資或票券之場面，有如黃牛群之騷然，而後將它的中介意義突出，而用於稱呼「司法黃牛」。但除了這種意義的「黃牛」外，「黃牛」一辭還有另一種意義，那就是稱人爽約也用「黃牛」。例如，當我們約了某人於某時某處見面，而對方卻未赴約，這時即可說「他黃牛了」。這種意義的「黃牛」，乃是吳語方言的用法，據《漢語方言大詞典》稱：當人的「責任心差而不履行承諾」，皆可說是「黃牛」。漢語許多地區的方言語言裡，都將未照預期方式完成的事稱之曰「黃」。例如，打麻將打完一局，但卻沒有人胡牌，就說「這一圈黃了」；唱一齣戲荒腔走板，即可以說「這齣戲唱黃了」。爽約被稱「黃牛」，倒是和這種意義的「黃」較為接近，但仍有待進一步探討。

擲筊：發揮政治影響力

鎮瀾宮推動兩岸宗教直航，「卜筊杯」的結果，第一次是「笑杯」，沒有結果；第二次則是「允杯」。神明在重大的政治事務上發揮影響力，這可算是首次。因而在此有必要將民間「擲筊」的習俗，加以好好地討論。

台灣一向有「擲筊」的習俗。日治時期服務於台灣警界的鈴木清一郎在《台灣舊慣習俗信仰》裡，對此有詳細的記載：

——所謂「擲筊」或名「盃珓」，亦稱「拔盃」。就是用一條樹根或竹根，做爲新月形狀，分成正反兩面，經常擺在神佛的供桌上，專爲信徒在神前問吉凶禍福之用。「筶」是問卜的工具，「擲」是投擲的意思。凡是把筶投在地下以後，如果兩個筶都是反面，就認爲「陰筶」，認爲是「凶」；如果兩個筶都是正面，就稱爲「好筶」，認爲是「吉凶參半」；如果兩個筶是一反一正，就稱爲「聖筶」。認爲是「大吉」。

除了此段記載外，鈴木清一郎並引用了梁代宗懍所撰《荊楚歲時記》和宋代葉夢得所著之《石林燕語》爲證，曰：

——《荊楚歲時記》云：「秋分以牲祠社，擲篓於社神，以占來歲之豐歉。」又《石林燕語》記載云：「高辛廟有竹桮筊，以仰爲陽筊、俯爲陰筊，一俯一仰爲聖筊。」則篓筊字示用之久矣。

另外《清稗類鈔》卷七十四亦曰：「擲珓，一作擲筊，以兩蚌殼投空擲地，觀其俯仰以斷休咎，亦有以竹或木，略斲削使如蛤形爲之者。」而清末柴蕚所著《梵天盧叢錄》卷廿九則稱「較杯」、「珓」、「盃珓」、「盃校」、「盃筊」等名。

由上面這些記載，台灣的這項習俗，顯然有「筊」、「盃珓」、「筶」、「篓」、「桮筊」、「盃筊」等不同的寫法，而這些有欠統一的寫法，到底哪一個才算正寫？或者是根本就沒有正寫？

在此，首先可就《石林燕語》卷一所說的故事開始，該記載中說：

——（宋）太祖皇帝微時，嘗被酒，入南京高辛廟，香案有竹桮筊，因取以占己之名位，以一俯一仰爲聖筊。自小校而上至節度使，一一擲之皆不應，忽曰過是則爲天子乎？一擲而得聖筊。天命豈不素定矣哉。

由這段記載，至少已可肯定在南北朝之前，即已有「擲筊」的習俗，而那個道具則稱爲「桮筊」。

對於「桮」字，《正字通》指出，它與「杯」、「盃」皆通；因此，「桮筊」當可通做「杯筊」或「盃筊」。至於爲何要稱之爲「杯」或「盃」，宋代程大昌在《演繁露》卷三裡倒是有似乎合理的解說：這種占卜工具最先用的是蚌殼，形狀如杯。後來的人雖然不再用蚌殼，而是把木頭或竹子弄成蛤蚌之形而用之。由於它仍有杯之形狀，故仍以「杯」或「盃」稱之。

然而，仍有幾個重大的爭論必須解決：

其一，乃是「桮」、「杯」、「盃」雖可通用，但連雅堂在《台灣語典》中卻稱之爲「环珓」，他用的是「环」，似乎是隨著「珓」這個字，而將「杯」換成了同一偏旁的「环」字。

其二，乃是雖然有許多人將那個占卜工具寫成「筊」，但也有人寫成「珓」、「⿱⺮教」、「教」、「校」，這麼多異形但同聲的字，哪一個才算正寫？

首先就「杯」與「环」而論，漢語的書寫或造詞，經常會往同一偏旁這個方向移動，不僅雙聲疊韻的連綿字如此，許多詞組也有這樣的現象，並在士人知識分子裡形成一種不假自覺的習慣，基於此，連雅堂將其寫爲「环珓」，遂完全可以理解，這是「杯」爲了「珓」，而被吸引到了「玉」這個偏旁的一方。

不過，連雅堂將「筊」寫成「珓」，則是可辯論的。程大昌即辯稱：

——珓者，本合爲教。言神所告教現於此之俯仰也。後人見其質之爲木也，則書以爲校字。《義山雜纂》曰「殢神擲教」是也，校亦音珓也。今野廟之荒涼無資者，止破厚竹根爲之，俗書「竹下安教」者也。至《唐韻》效部所收則爲珓，其說曰珓者盃珓也。……然則自漢至梁皆未有此珓字，知必出於後世意撰也。……至其謂以玉爲之，決非眞玉。玉雖堅，不可颺擲。兼野廟之巫未必能用玉也。當是擇蚌殼瑩白者爲之，而人因附玉以爲之名。凡今珠璣琲珕字雖從玉，其實蚌屬也。夫惟珓、校、筊，既無明據，又無理致，皆所未安，予故獨取宗懍之說也。懍之《荊楚歲時記》曰「秋社擬教於神，以占來歲豐儉」，其字無所附，並乃獨書爲教，猶言神所告於颺擲乎見之也。此說最爲明逕也。又《歲時記》注文曰「教以桐爲之，形容小蛤，言教教令也，其擲法則以半俯半仰者爲吉也」，此其所以爲教也。

另外，《卜記》亦曰：「竹卜者」，《荊楚歲時記》曰秋分以牲祀社，具供帳盛於仲春之月，社之餘胙悉貢饋鄉里，周於族社餘之，會其在茲乎。此其會也，擲筊於社神，以占來歲豐歉，或折竹以卜。《楚辭》曰：「索瓊茅以莛篿，人折竹結草以卜。」

綜上所述，或許我們可以做出這樣的推斷，那就是在春秋戰國或更早的以前，中國各地就已有根據不同工具而占卜的習慣，以龜著占卜，或許祇不過是中原較主流的一種而已。根據《楚辭》，當時的南方即以「折竹結草」而卜。或許，這種所謂的「折竹」而卜，即和後來的「筊」有關，「筊」字從竹，所指涉的似乎即是它的占卜工具乃是竹子所製。而據《荊楚歲時記》可知，這種南方的占卜，乃是藉著工具以求神的「教示」，因而稱為「教」，並因而衍生出「籔」。而神明所顯示出來的意旨則是「筶」。但另外別的有些地方，該占卜工具可能並非竹製，而是大蚌殼所製。由於工具的不同，遂有了「籔」或「筊」，以及「珓」的出現。至遲到了唐代，「筊」字已開始常用。宋代的時候，曾為「筊」「珓」而有過討論，宋儒曾一度根據《易經》來附會「珓」這個字，認為它有陰陽四象相「交」的涵義，這是字形上的附會，但在字音上，「筊」應當起源於「教」，「校」、「籔」。或許由於如此，《廣韻》和《集韻》遂皆以「杯珓」稱之，並皆稱「古者以玉為之」。

但值得注意的，乃是明代張自烈的《正字通》裡的一段說明：「卜筊，祭禮有筊，後人所增也。」

因此，有關這種中國南部的民間習俗，或許由於地理及時間的不同，其稱呼亦有極大的時代性差異。但愈到後來，「卜筊」、「杯筊」、「杯珓」等幾種稱呼似已趨於固定。但在台灣稱之曰「拔盃」，這是以中原音的漢字寫閩南音，難謂正確，應以「擲杯」或「卜杯」較爲允當。

而除了上述討論外，由於文化與習俗的傳播，古代的異民族黨項，顯然也受到這種占卜方式的影響，所謂的「黨項」，乃是古代的羌族一支，在十一至十三世紀的黃金時代曾建立過勢力可觀的西夏王國。在典籍上有多處談到它的占卜習俗，例如，《宋史》〈外國・夏國傳〉曰：

——篤信機鬼，尙咀祝，每出兵則先卜。卜有四：一以艾灼羊脾骨以求兆，名「炙勃焦」；二擗竹于地，若揲蓍以求數，謂之「擗算」，三夜以羊焚香祝之，又焚谷火布靜處，晨屠羊，視其腸胃通則兵無阻……」

另外，宋代沈括在《夢溪筆談》卷十八裡也有一段記載：

——西戎用羊卜，謂之「跋焦」，卜師謂之廝乩、以艾灼羊脾骨，視其兆，謂之「死跋焦」。……又有先咀粟以食羊，羊食其粟，則自搖其首，乃殺羊視其五臟，謂之「生跋焦」。

昔日的西夏乃是一個有自己的語言及文字的民族。這種消失的語言文字在近代已陸續出土，並日益受到東方學界的重視。西夏的語言文字裡有許多借自漢語，它的「勃焦」或「跋焦」，很自然地就讓人想到中國南方的「杯筊」或「卜筊」。西夏主要分布於寧夏、甘肅、四川等地；與荊楚相去不遠，彼此之間在鬼神咀祝等信仰上有許多由於交流而近似之處，因而不知道「勃焦」或「跋焦」等是否眞的與「卜筊」與「杯筊」等相關？

具結書：
考驗誠信問題

根據我國的國籍法，具有雙重國籍身分者不得擔任公職，當然更不能出任政務官。

於是，遂有了解決問題的變通方法。具有雙重國籍身分者在出任政務官之前，先繳交「具結書」，聲明：「本人兼具外國國籍，現已辦理申請放棄該外國國籍手續中，一年內完成喪失該外國國籍手續。」在這裡，「具結書」是一種對未來所做的許諾，藉以解決法律規定及實行上太過硬性的規定，俾獲得一段緩衝的時間。

然而，「具結書」是一種緩衝，但若人們以爲「具結」即告了事，不再去檢證該「具結」有沒有眞正的履行，這時候，「具結」就成了對法律的敷衍以及對許諾的自我毀棄。這是一種以彎彎曲曲方式所做的違法行爲。

最近，由於新政府有五名政務官具有雙重國籍，考試院在討論此問題時，卻觸及了「具結」的關鍵。考試委員指出，蕭萬長內閣時，魏啓林出任人事局長，但因他兼具法國籍，引起爭論，最後以「具結書」的方式應付了過去。然而，放棄法國國籍的程序極爲複雜，因而考試委員會遂詢問人事局副局長歐育誠：「魏啓林最後到底完成放棄法國籍的程序沒有？」歐育誠當場尷尬地表示：「確實不曉得。」考試委員遂要求人事行政局，今後不能再以一紙政務官簽名的「具結書」應付了事，而必須落實追踪查核，以符法治和誠信的精神。

考試院的這一番答問，無論事實是否有誤，但就道理而言，不僅有趣，而且重要，很值得做進一步的探討與思考。首先可就「具結」的本質說起。

在人類的公私行爲裡，相互同意的約定，乃是極爲重要的一種。當兩造之間對現在或未來的事做出相互同意的許諾，這種行爲即告完成。當它以書面表達時，即稱爲「具結書」、「切結書」、「承諾書」。它們都是「契約」的一種形式，普遍存在於任何社會，在西方的約定行爲裡，諸如宣誓書、書面證詞、具結承諾，都以法文的 Affidavit 稱之。這種「具結」的行爲可以廣義地視爲一種約定，用以表示人們在權利和義務上的誠信與負責。

然而，人類畢竟是墮落的天使，所有對現在或未來的約定，祇靠口頭上的誠信都無法維繫，早年上海商人以「閒話一句」的口頭約定方式做生意，祇能算是特例。現實上，人們多數喜歡以反悔、翻臉或狡猾的賴皮等方式來推翻先前的承諾與約定。於是，爲了防止口頭上的誠信會失去，遂祇得用書面的契約、具結、切結等來增加「形式上的約束力」。

因此，研究古代契約研究的書寫方式及其語詞的使用，就會發現許多很值得注意的文化現象。根據近代有關古契約研究的幾本權威著述，如大學問家羅振玉先生的《地券徵存》、院士陳槃教授集錄的〈續地券徵存〉和〈續地券徵存補編〉，以及北大教授張傳璽先生主編之《中國歷代契約會編》，有關古代的契約問題，我們至少可得到下列主要結論：

其一，在形式上，在遠古時代，契約文字即被鐫刻在鼎、匜等銅器上，而後由周至漢，契約也仍刻在鉛板、竹簡、木簡或磚塊上，有些書寫的形式不用刻，而是用朱色顏料書寫。古代所謂的「丹書鐵券」所指的即此。由此可見契約在形式上的莊重或嚴重，藉以突顯其重要性。

其二，契約的書寫文體及使用的語詞，不斷地與時俱變。例如西漢時盛行陰陽五行之說，因而契約中遂有諸如「天地為證，五行為任」等修辭，這是企圖以陰陽五行的價值秩序來強化契約的道德強制性，再例如從東漢後期開始，道教在社會裡占有支配性的地位，因而契約裡遂充斥著諸如「如天帝律令」、「急急如律令」、「奉太上玉帝律令敕」、「明然奉行，如泰清玄元，上三天無極大神，太上老君階下之青詔書律令」之類的語詞。這是將人們的誠信原則依附於宗教上的神祇，以求鞏固的方式。某些契約甚至還會畫上道教常用的各種符籙，以增加其魔咒式的神祕強制性。

其三，乃是宗教時代除了讓契約依附於宗教秩序與宗教權威外，它也普遍地充斥著各種詛咒式的語詞，如「若違此約，地府主吏，自當其禍，內外存亡，悉皆安吉」、「若違此約，直符使者，自當其禍」、「若有干犯，將軍亭長，縛送致罪」等。這種依託於詛咒的契約書寫形態，差不多要到了宋代始漸漸改變。而由以前的契約必須用那麼多宗教式的嚴厲語詞來包裝，可以想像到那種時代要維繫人們的「誠信」之不易。

其四，近代比較平淡的契約修辭，如「恐口無憑，立此存照」、「今恐無憑，立此爲據」等，差不多要到了明清之際始漸漸出現。

其五，乃是自漢代開始，所有的契約文件都必須有「保人」爲中介，以資見證，而當事雙方則必須「沽酒各半」以謝「保人」。「保」字起源於春秋戰國時代的保甲制度，它寓有個人責任的集體承擔之意，契約而需「保人」，它的意旨也相類似。有了「保人」的中介，使得契約的行使多出了「保人」這一方面的強制性。

由古代民間買賣契約的上述形式與語言修辭，可以看出即使買賣如此單純的行爲，都無法完全依靠口頭的承諾與誠信而行，而必須假託宗教神祇，自我詛咒或不相干的第三者「保人」。因此，其他非買賣的約定，如民間爭執後所立的協議書，以及其他有關未來之承諾文件，也都同樣的要根據相似的原則與修辭而撰寫了。

而這種「具結」的約定表達方式，固不僅祇限於民間行爲而已，舉凡涉及官民權利義務之事項，或涉及責任之事項，自古以來也都盛行「具結」。根據清代徐文弼之《吏治懸鏡》，即可看出那個時代擔任一名縣令，就有許多事情都必須靠「具結」的方式來辦理，有許多甚至還必須是「聯名具結」或「聯名甘結」，所謂的「甘結」，指的是「甘心情願的簽下具結」。例如，考生考試入場，必須「聯名具結」；地方上的保甲長必須每年簽下「具結狀」，承諾其轄區內沒有什麼作姦犯科、傷風敗俗之情事，如果被查獲有上述情事，則甘心受罰；例如地方上有名望的人犯下輕犯罪，也必須「甘罪結狀存查」；官署調解糾紛，也要求兩造簽下「甘結」。「聯名具結」或「具結」，乃是那個時代維繫社會秩序的主要社會控制手段，經常也是某個案子畫下最後句點的「結案」方式。「具結」是古代公私行爲的主要約束力來源。

古代動輒以「具結」或「切結」的方式來解決問題或「結案」，在以往或許會有一定程度的效用，但從現代的標準而言，這種方式卻不無可疑之處：

首先，人民與政府的權利義務問題，應以法律明定爲宜，俾便人民能夠客觀地有所遵循。設若不在法律規範上予以清晰化，反而經常訴諸「具結」或「切結」，這意味著行政官署在人們的行為規範及價值秩序上，有著太大的任意性和裁量權，反而阻礙了人們在法治前提下，讓自己的權利義務觀念成熟，進而更能學得誠信原則的機會。

其次，太多事情都根據「具結」和「切結」的方式解決，最後甚至變成「結案」的公式，這種公式行之既久，最後反而使得「具結」和「切結」那一點正面的功能都告消失，「具結」成了讓問題敷衍過去的一種手段。社會上任何人犯了過錯而提心吊膽，一聽到可以藉著寫個什麼悔過書之類的「具結」文件而結案，就高興地知道事情已經在不痛不癢的「具結」中成了過去。「具結書」在我們社會裡，不就經常扮演著這種不痛不癢、應付問題的角色嗎？我們甚至可以說，藉著「具結書」來應付問題，乃是古代官僚政治極重大的發明之一。許許多多有關法律、紀律、規範的問題，都可以在一紙文書中被輕輕帶過。由於文書字句裡所做的承諾有著它的虛偽性，漂亮語詞的承諾反而祇會成為妨礙誠信的淵藪。

「具結書」或「切結書」在每一種社會都曾存在過，許多社會在後來法治化的發展中，法治以及另外的道德期許成了誠信的根本，不再需要以「具結書」或「切結書」為媒介，這時候，「具結書」即會成為一種遺跡，殘存在某些儀式性的場合。例如移民某些國家，成為該國國民，宣誓典禮後必須簽下宣誓書，即是「具結書」的儀式化。

然而在我們社會裡，延續著古代的「具結書」傳統，儘管有些已經儀式化，但具有功能性的「具結書」仍經常被使用。用「具結書」的漂亮言辭來應付及敷衍問題，也屢見不鮮。公職人員的雙重國籍問題可能即是其一。當簽下「具結書」，問題即告應付過去，無人再去追究，這樣的「具結書」豈不成了違背國籍法的一種工具？如果眞有人祇簽「具結書」，卻未眞的去辦放棄外國國籍的手續，那麼所謂的「誠信」云乎哉！甚至還有人總是不斷地簽「具結書」，不知道過了多少個一年，但卻並未眞的去辦放棄外國國籍之事。甚至還爲此而厚顏狡辯，違法但卻有理，「誠信」到哪裡去了？

五鬼搬運：
反映人性黑暗面

前代戲劇泰斗，德國的布萊希特（Bertolt Brecht, 1898-1956）曾說過：「搶銀行的不如開銀行的。」

銀行是人類經濟活動中攸關資本累積與資金流通和擴大再生產的重要環節。由於每個人不可能祇靠著最原始的工資薪津而一步步累積資本，因此我們需要銀行。

但從另一個角度言，開銀行的就等於掌控了極爲重要的金融權力。它可以藉著這種權力，將平民大衆的儲蓄當做自己的籌碼和工具，選擇性地貸給自己人的個人或企業，這豈不是比搶銀行還要方便？在日本，每個財團都有一個或多過一個的銀行，集團內的自我貸放爲世界之冠，它有助於揠苗成長，但結局則難免連環倒，這乃是日本今天困境的主因之一。在台灣，財團在銀行開放後亦莫不竭盡全力以爭取開設銀行。開銀行可以玩平民大衆的金錢，玩出了紕漏還可以讓政府「概括承受」，等於人民替他們承擔，而再大數額的金錢，最後的罪刑也不可能大過搶郵局或銀行。而這種方式的「搶銀行」不叫「搶」，而叫做「五鬼搬運」。

最近，立委走訪金檢機構，看了一堆老百姓看不到的資料，顯示出我們許多「開銀行」的，簡直比「搶銀行」的還要厲害千萬倍，因而開出一份大大的名單，要求懲辦；並有立委出來後稱之爲「五鬼搬運」，這是個古老的壞名詞，值得做信仰、語言，以及行爲上的綜合探討。明清之際，各種以「法術」爲名的巫術在中國盛行，它的記載散見於各種有關狐妖的筆記小說或說部之中，有關「五鬼搬運」之說，即有許多記載。

例如，清代負責「四庫全書」總編纂的紀曉嵐，在他所記撰的《閱微草堂筆記》裡即有許多則：

——該書卷一稱：「戲術皆手法捷耳，然亦實有搬運術，宋人書搬運皆作般。」他並舉出自己幼年時親眼見到的一些術士表演，例如把酒杯放在桌上，用手一拍，杯子即陷進桌面之中，祇看到圓圓的杯口，但看桌面的下方，卻又沒有杯子的下半截，而後術士做法將杯子取出，完好如故，而桌面也復舊如故。又例如，術士將一碗魚湯拋向空中後全都不見，問其下落，則說已到了他們家書房裡鎖得很嚴的櫃子抽屜裡，去察看果然。因而紀曉嵐遂相信確有搬運術的存在，他如是說道：「是非搬運術乎？理所必無，事所或有，類如此，然實亦理之所有。狐怪山魈，盜取人物不爲異，能劾禁狐怪山魈者，亦不爲異。既能劾禁，即可以役使，既能盜取人物，即可以代人盜取物，夫又何異焉！」

——該書卷六講到一個他父親所說的故事。他們的鄉里有個名叫白以忠的人，「偶買得役鬼符咒一册，冀借此演搬法，或可謀生」，於是遂如法炮製，但後來卻鬧得被鬼羞辱，幾乎喪命。

——該書第十七卷講一個粵東大商人的故事。該商人喜歡學仙求法，家裡招納了幾十個方士。有一天來了一個本領很大的道士，狠狠地教訓了這批術士曰：「爾之不食，辟穀丸也。爾之前知，桃偶人也。爾之燒丹，房中藥也。爾之點金，銀部法也。爾之入冥，茉莉根也。爾之召仙，攝厲鬼也。爾之返魂，役狐魅也。爾之搬運，五鬼術也……」

再例如，元代羅貫中原著，明代馮夢龍改寫的《平妖傳》，簡直就是一本鬥法術的小說，該書第十七回寫道，一個法師在別人的鞋底畫個符，就使人「兩足猶如有人搬運一般，不由自己，如風而去」。

藉著法術移形換位，將甲地的東西搬至乙地，將別人的東西竊爲己有，這種記載在小說和筆記裡不勝枚舉。而說得比較淸楚的，則可能是民初武俠小說作家平江不肖生(向愷然)所著的半紀實小說《江湖怪異傳》。該書主要是在講民國初年湖南等地的巫蠱案。該書第十六章〈黑山鬼母的來歷〉有如下一段：

——「是易福奎麼，他的事我全知道。我曾經同他合住過一個屋子。他近年來狠發財，就是會放鬼。他若是生意清淡了，就把平日養在家裡的鬼放些出去，他又自己去收回來，所以一班人都說他的法很靈。……我母舅是湖南北三十年前有名的法師，我曾經聽他說過江湖上的玩意多得很。有練五鬼搬運法的，能夠把別人藏在箱裡櫃裡的銀錢衣服運走；有練樟柳神的，能夠替他打聽別人的祕密事情，他好去訛詐；有練金蠶蠱的，拿金蠶的屎毒殺了人，那遭毒的鬼自然而然地把自己的家產搬去孝敬他。所以常常有養許多鬼在家裡的不足為奇。」

除此之外，平江不肖生還指出，民初的這些妖巫之術，皆脫胎於清嘉慶年間八卦教（白蓮教）的餘孽，當時四川的一支教匪由荀文淵率領，事敗之後，又在四川、貴州、湖南、江西一帶發展出兩支，一是諸天教，另一則是黑山教，它們皆嫻熟各種妖巫之術，普通的會做一些畫符治病，替人招魂收驚之類的事，而邪惡的則會各種黑巫術，如養鬼求財害人，及養蠱放蠱等。

不過，儘管平江不肖生將民初的妖巫歸因於嘉慶年間的八卦教（白蓮教）餘黨，但事實上則不然，有關妖巫的記載，從漢代以降，正史的記載即罄竹難書，歷代宮廷鬥爭亦多有假巫蠱之名而行者。而歷代方士術士裡，有關驅神役鬼的紀錄尤多。例如《唐書》的〈方技傳〉即說當時的正諫大夫明崇儼懂得「驅神役鬼」；《劇談錄》說唐末術士許元長和王瓊「善書符幻變，近于役使鬼神」；《江西通志》也說唐代術士丁元眞「得道法，役使鬼神」；《野人閑話》說五代的趙尊師「又善役使山魈，令絜書囊蓆帽」；《春渚紀聞》說宋代的楊希孟能「驅使鬼神」、「俾之取物，雖千里外立可待，但不可使盜取耳」等。

因此，有關「五鬼搬運」之類的妖巫之術，不能說起源於白蓮教，而應當視爲民間長期以來妖巫信仰的一部分，它不但在民間流傳，甚至歷代宮廷中也對此樂而不疲。它經常羼雜著一些比較高級的宗教外形，如佛與道，但本質上則是更原始的「神祕崇拜」（Occultism）的一種，與西方的「黑魔術」相當。而除了「五鬼搬運」之外，由《紅樓夢》的第二十五回及第八十一回，我們還知道有五鬼害人的「厭勝」或「厭魅」之術。這兩回說趙姨娘收買了一個叫做馬道婆的巫婆，施巫術要把鳳姐和賈寶玉害死。於是，馬道婆遂剪了兩個紙人，將鳳姐和寶玉的生辰八字寫在上面，同時道婆也用藍紙，剪了五個青面鬼，放在一起，用針釘了後做法。果然，賈寶玉開始頭痛失昏，並拿刀弄杖，尋死覓活，而鳳姐則持刀亂砍，瞠著眼說要殺人，到了第三天，兩人都行將斃命，幸好癩和尚及跛道人相救，始得保全性命。後來，馬道婆自己不小心露了底，整件事情才水落石出。

無論用五鬼來偷盜及搬運別人的財產，或用五鬼來祟人，以期奪人性命，所謂「五鬼」者，乃是一種扣準陰陽五行之說而衍生出來的，具有總體性的概念；因而古代的世界觀裡，遂有「五行」、「五德」、「五福」、「五穀」、「五臟」、「五嶽」、「五音」、「五刑」、「五湖」、「五官」……等，「五」是概括的「總名」。所謂「五鬼」者，總體性之鬼也。

有關古代的妖巫之術，各類解釋觀點雜陳。例如早期的神話人類學家佛雷塞（Sir James G. Frazer）認爲它是「科學的庶系兄弟」，「它也牽動每一根線索，但線索的末端卻空無一物」；而李維史陀（Claude Lêvi-Strauss）則稱它是「獲得知識的兩種模式之一」；美國人類學家拉百瑞（Weston La Barre）則認爲它是「人類在口腔—泄殖腔適應階段的一種自我迷惑欺騙的固執」；而可能更中肯的，則是法國學者艾努爾（Jacques Ellul）所說的：「它是一種各類實踐的總和，人們藉著可以運用的各種資源，以達到某種價值目的。」

不過，所有這些知識界大人物的觀點，似乎都比不上一個名不見經傳的小作家艾德華德斯（Michael Edwardes）在《歷史的黑暗面》裡所說的：

——「巫魔之術是個危險的字眼。它招來將女人視爲巫婆而予以腰斬或火焚的景況，以及能夠駕御神祕力量的術士，或舊金山的撒旦教會等。它是一個字，業已被抽掉了意義，因而留下的祇不過是由於污名化而造成的罪惡臭氣。這種污名有許多形態及來源，而主要的則無疑地是歷史學家。他們迫使我們接受被建構的祖先生活。……他們誹謗和忽略了妖巫對人類世界建造上所扮演的角色，歷史學家們經常一古腦兒地將它歸於人類歷史的黑暗面，即放棄了對其做適當解釋和評價的任務，他們的所爲，祇是讓歷史的黑暗而非光明更增，並使得要對這些問題做嚴肅的研究成爲不可能。」

因此，對於妖巫之術，可能不宜簡單地以今日的觀點來解釋從前，並逕行將它說成是迷信之類的污名化事務。人類自遠古以來，通過自身的認知能力而對世界的萬事萬物加以感覺。並嘗試分析與歸納成可以被記憶和叙述的模式。而在各種感覺模式裡，固然有些因果分明而具有實用性，但另外更多的則是因果並非那麼分明的部分，其中有些可能會在後來由於人們能力的增強而將原本隱晦的因果關係找出，但其他的則可能不然，它乃是所謂狂想、玄思或神祕、妖巫的領域，有許多並被逕行簡單地扣上迷信的帽子，但就在如此簡單的排斥中，人們也就失去了觀照這些問題並據以重新觀照人類自己的機會。譬如說，當我們嘲笑義和團以爲呑符即可防禦子彈時，可能疏忽了二次大戰時德國士兵也喜歡佩戴納粹符號護身，而今日的美國警察也相信警徽可以避邪防鬼，這些行爲又有什麼不同？這種「符號崇拜症」又有著什麼樣的深層涵義？

所謂的妖巫之術，乃是一種方法或有關方法的傳說，它相信經驗世界和對經驗世界的描述之間並非那麼確定，因而認為有著另一種我們並不知道的描述及實踐方式存在著。於是，它遂藉著諸如各種發明出來的儀式、符號，以及神祕的言說方式，意圖連結到經驗世界上。藉著某些儀式讓人超度、呼喚亡魂、治病、尋找遺失掉的東西，或吞符治病及保平安之類，都是可能情節較不重大的部分，其中的有些甚至不無讓人覺得安慰及有效的治療作用。另外當然還有許多巫蠱之術，它或許與早期薩曼教的傳統有關，以古代中國為例，楚文化的這種特性最為明顯，也正因此，有關妖巫之術，湖南湖北等所謂的「楚」地區最為興旺；另外，它也可能與漢唐以來經由絲路而引進的阿拉伯及天竺幻術有關，將幻術設想為眞正的方術，就等於成了巫術。

然而，各種妖巫之術，在太平時代的影響力或許不大，但每逢亂世則必然大盛，所謂亂世，必屬赤地千里，饑饉交加，無衣無食的時代；或者即貪官污吏及豪強當道，或即生存競爭慘厲，在這樣的背景下，古代的妖巫之術裡，諸如殺人復仇或盜取他人財貨的傳說特盛。西方的妖巫之術，有一大半起源於基督教之外的異教崇拜，後來基督教定於一尊，遂有系統地建構出了一個撒旦之國，它是上帝之國的對立面，凡是基督教裡所有的組織、符號、規範，在撒旦之國都必然有一個同樣的對立物。但古代中國的妖巫之術，其軌跡則和西方明顯不同，它更有時代及人民痛苦的成分在內。這時候或許可說，妖巫之術乃是亂世的徵兆，它的母親乃是痛苦。旅日的神話學家王璇多年前即已指出一個有趣的論點，認爲古代中國的妖術都很著重實用性與工具性，而少規範性。以「五鬼搬運法」爲例，無論它是眞或是輾轉的道聽途說，至少顯示出它在俗民階級裡發揮了一定程度的安全閥效果——使他們在痛苦中相信有一種方法可以報復或取得別人的財富，這是一種亂世的痛苦邏輯，它的背後是各式各樣的小型恐怖與人與人之間的相互厭憎。妖巫之術的背面，經常在說著它的時代及背景故事。由古代中國各種妖巫之術的筆記記載，反映了我們人性裡某些黑暗的側影。我們社會裡對人與人之間的權利義務關係不重視，有辦法就整人或貪取不當之財，而且多半都沒有任何愧咎之心。「五鬼搬運術」是古代安慰人心的傳說法術，到了今天，它則以另一種現代的方式，變體般地重現人間。

書寫至此，意外地在坊間發現一本由大陸雲南學者鄧啓耀所著的《巫蠱考察：中國巫蠱的文化心態》（台北，漢忠版）。該書爲相當實證的巫蠱研究，認爲它是一種「非常的意識狀態」，具有「倫常失範」的衍生意涵，以「役魂盜財」或「挾術取利」而言，「應是人們對社會不公的怨恨造成的一種略帶病態的幻化投射」。而想當然地，在它的背後還有諸如社會組織異常，人際關係脫失等屬於結構性的原因。妖巫的「五鬼搬運」古今相望，形態不同，但本質則一樣。這不是什麼個案，而是躲藏在我們文化意識深處的一些「其來有自」的惡質行爲模式啊！

沙彌：

宗教改革刻不容緩

「沙彌」就是「沙弥」，它原本就有「小」的涵義在內，因此，「小沙彌」裡的「小」是個贅詞，以前沒有人說「小沙彌」。「沙彌」不祇是個名詞，而是整體佛教制度裡一個具有實踐性與完整性的行爲概念。

「沙彌」，乃是梵語 Sraman'era 的音譯；而其字源則是 Sramana，曾被譯爲「止息」、「息心」、「勤勞」、「沙門」、「桑門」、「出家人」、「沙迦懣囊」、「舍羅摩拏」、「室拏」等。以「沙門」最爲習用。梵語 Sram 字首有「勞累」之意，而Sam字首則有「息」、「寂」之意。出家者由上述二義加字尾衍生而成，宋代普潤大師法雲在《翻譯名義集》裡，即引述諸經曰：出家者「修道有多勞」、「息心達本源」，故爲「沙門」。

「沙彌」由「沙門」加字尾 mera 而成，原本即有「童」之意在內。有關「沙彌」的定義、分類與職能，歷代佛藏要籍裡，以唐代道宣的《四分律刪繁補闕行事鈔》言之最詳且深，道宣在中國早期佛教規範化的過程中有著先驅性的貢獻。該書〈沙彌別行篇第二十八〉曰：沙彌「此翻爲息慈，謂息世染之情，以慈濟群生也；又云初入佛法，多存俗情，故須息惡行慈也」。另據《翻譯名義集》，它尚有「室利摩拏路迦」、「勤策男」、「室羅末尼」、「求寂」等名。

道宣指出：「沙彌建位出俗之始，創染玄籍標心處遠，自可行敎正用承修。濫跡相濟，世涉多有。然信爲道原功德之母，智是出世解脫之因。夫出家者必先此二，如未曉此徒自剃者，內心無道，外儀無法，縱放愚情，還同穢俗，所以入法至于皓首觸事面牆者，良由自無奉信，聖智無因而生。」基於此，做爲「沙門」預備之「沙彌」，必須有嚴格之戒律和啓蒙訓練。而在分齡上，則有「三品」：

其一爲「驅烏沙彌」，爲七至十三歲。根據早期佛敎之習慣，十二歲前不剃，阿難有鄰居全家喪亡，但留一幼子，阿難不敢剃，佛陀認爲祇要該幼子能驅趕烏鳥，不使其爭食，即可爲之剃。「驅烏沙彌」乃是特殊情況之「沙彌」。

其二爲「應法沙彌」，十四至十九歲，這是一種最恰當的年齡。

其三爲「名字沙彌」，二十歲至七十歲屬之。此謂這個年齡層，「本是僧位，緣未及故」，因而可以隨時剃度，經養成後成爲「沙門」。

由沙彌之定義、功能與分類，可見它乃是僧伽制度的基礎環節。而在佛教中國化的過程中，連接僧俗，尚有一種角色稱爲「行者」。它乃是帶髮住於寺中，屬於等待期的準出家子。而有「行者」，當然也就有了「童子行者」，簡稱「童行」，它是等待成爲「沙彌」的童子。「童行」的產生，合理的解釋，乃是早期的僧侶享有諸多特權，如免除力役等，加以出家有名額之限制，遂出現這種等待的準出家人。

早期的佛教，啓蒙及學習過程的規範淸楚而嚴格。至於出家人，則能嚴格遵守這種傳承與規範。任何社會性質的角色，規範愈嚴，自律愈重者，必然更能被人肯定，而相率學習。因而道宣遂曰：

——「佛法僧之廣大，實由師資相攝，互相敦遇，財法兩濟，日益業深，行久德固，皆賴此矣。比眞敎陵遲，慧風掩扇，俗懷侮慢，道出非法，並由師無率誘之心，資缺奉行之志，二彼相捨，妄流鄙境，欲令道光焉可得乎？」

不過，値得注意的，乃是自元代以降，佛教的僧制戒法日益荒廢，和尚不像和尚，沙彌也不像沙彌。大約九十年前，太虛大師即指出，佛教已有成爲「諂媚庸陋之天人小教」之虞。而原因即在於中國祇剩下「一家一家有私產之僧家族」。於是，諂媚鄙俗與僧家族的私產化，遂使得爭寺爭產之事動輒出現，而隨隨便便的「私剃度」也告蔓延。佛教雖然仍有高僧前後相望，但就總體而言，則成了一個無規範、無紀律的無政府小社會。

基於此，民國初年起，太虛遂有改革僧伽制度之論，這乃是近代中國最早的「宗教改革」呼聲，但因缺乏時代條件的支撐，並無任何實效即淹沒在歷史的浪潮中，殊爲可惜。不過今日回頭重讀太虛留存下來的文件，仍可看出他的某些立論確實值得注意。他指出，佛教必須去除掉神道設教的殘習，改革家族化、私剃度及私產傳統，並重視佛教的社會功能。而爲達此目的，嚴格的僧伽制度與僧教育應重新設計。例如許多對佛法其實沒什麼理解的出家人應予汰除；爲了配合時代，僧教育應自高中畢業的十九歲開始，嚴格養成等。太虛認爲，十九歲開始乃是學僧之始，經過一定訓練，始能成爲「沙彌」。他是第一個隨著時代改變，而意圖重新調整僧伽角色，職能與分類的先驅者。由太虛九十年前之論，回頭重看最近的「三寶沙彌學院」風波，或許可以發現，此案所涉及的性醜聞及延長而成的爭產問題僅爲表象，它眞正的問題仍是僧伽制度：

其一，「三寶沙彌學院」乃是一個並未立案的機構，難道頂著佛教的名號，隨隨便便的學院即可任意開設？在這個愈來愈強調「專業紀律」的時代，難道教育的專業或最基本的資格，在佛教帽子的門前都告止步？政府的教育和社教部門對此做了什麼事？佛教界本身又對此做了什麼事？

其二，縱使退一步而言，這所學院幾個主事的「法師」，人們至少應該問一問他們究竟是什麼樣的「資格」，有著什麼樣的「資歷」？但在我們社會裡，似乎對此都毫無興趣。似乎「法師」即代表了一切。我們知道做任何職業都必須「資格」與「資歷」，但獨獨對攸關心靈信仰與社會風俗之宗教，卻對此毫不關切。這是一種信仰上的反智，佛教界對此可做過任何事？

其三，剃度在台灣仍然屬於「私剃度」，隨隨便便一剃即成了出家衆，剃度做爲整個僧伽養成系統的進階原意業已完全喪失，儀式與實質的聯繫關係也被切斷。佛教的「戒」（規範）乃是它的價値之起源，因而遂曰：「若無淨戒，諸善功德不生。」「道品樓觀，以戒爲柱；禪定心城，以戒爲郭。」當佛教連最基本的規範都已胡亂施爲，宗教的價値將何以寄棲？宗教又怎麼能對社會發揮主導價値進步的功能？而對這種混亂的「私剃度」，佛教界可做過什麼事？

其四，「三寶沙彌學院」是否有性醜聞，至今尙難知悉，但一個男子替八至十六歲的青少年洗澡，卻的確讓人詫異。現代社會的人際關係與身體關係早已改變，這種行爲都已逐漸在成爲新的禁忌中。學佛要先學做人，這也是「三寶沙彌學院」風波裡最不能辯駁之處。

因此，「三寶沙彌學院」的風波，雖屬八卦醜聞，但它所牽涉到的每個環節，都與台灣的佛教制度與現狀有關。今日的台灣佛教，在長期穩定的無政府狀態下，已有了至少五個主要的次級系統（佛光山、慈濟、法鼓山、中台禪寺、靈鷲山），但就整體而言，仍不脫「一家一家有私產的僧家族」之基本格局，而「私剃度」仍為現制，佛教界有些能夠自律上進，但更多的則是以宗教為名，追逐著世俗性的成功。傳統的規範日益淡薄，媚俗、迷信、度死及奉事鬼神仍為主流。台灣幾乎永不停止的會發生各種佛教界的怪事或醜聞，宣教有如影歌星脫口秀的；假藉迷信而傳教，實則形同詐財斂財的；為了剃度違背規範而發生搶女兒鬧劇的，以及鬧出爭寺產風波的，性醜聞的……多不絕書。所有這些情況，在在顯示出台灣其實已需要來一次整個僧伽制度的大改革了。它應由佛教界本身發起，對僧伽的資格、養成、規範、制度、自律及管理等，加以釐清界定。所謂「正信的佛教」祇有在這樣的基礎上始有可能。否則在現狀下舉行一次出家人的低標準之資格考，相信必然多數都無法通過！

台灣需要「宗教改革」，根據佛教教義和制度，將其衍生並做出符合進步要求，且對信仰提升能起帶頭作用的調整。我們社會的信仰及價值水準放在普世的標準上，可以說相當的低階，這和宗教現狀不能說沒有一定的關係。對此，佛教界豈能繼續無動於衷！

古董、骨董：方言紀錄有必要

有一個林姓女生意人，自大陸進口古董。根據現行制度，若爲百年以上者，經海關鑑定後可免稅放行。這種古董由於有了海關的背書，市價也特別昂貴。該生意人遂涉嫌勾結，獲得空白的鑑定書，任其塡寫，此事暴光後被查，二十幾個貨櫃的東西，僅十幾件爲眞品，餘皆爲不値錢的貨色。古董的勾結詐騙，原來還有這一招，實在讓人爲之咋舌。

古董出現勾結詐騙，顯示出儘管景氣蕭條，但供給有限的古董市場，卻依然暢旺。有需求，才會有詐騙。而除此之外，自從一九八〇年代初，希臘展開索還古董國寶之行動後，經過將近二十年的發展，已漸漸蔚成氣勢，並成爲「聯合國教科文組織」的重要課題，而各國原住民要求各博物館歸還古董，也跟著出現。可以預估到，古董問題有可能成爲下個世紀的主要國際問題之一，古董不祇是蒐藏品，它愈來愈成爲一種文化尋根及認同的符號物件。

「古董」即以前的「骨董」。但是，爲何稱有價値的古代器物爲「骨董」，實在費人疑猜，它很難根據字面的想像而得到答案。因此，有很長一段時間，大家遂都在那裡蒐尋考辨，希望能夠找到答案。

對此若稍加綜理，即可發現到，自明代開始，這個問題就被許多人提到，計有明代鎦績所著之《霏雪錄》、明代張萱所著之《疑耀》、明代方以智的《通雅》、清代楊愼庵之《海外全書》、清代翟灝所著之《通俗編》，直到民國章太炎的《新方言》等等。大體上比較被人接受的說法乃是由方以智的《通雅》、段玉裁的《說文解字注》，以迄章太炎的《新方言》這一個脈絡以來的解釋。

《通雅》卷三十三如此說道：「古器謂之匫，辯之者，固有其道也。說文匫，古器也，呼骨切，箋曰今謂骨董，即匫董之訛也。」

《說文解字注》亦肯定了「匫」這個字。它在注解匫這個字時即曰：「畢尙書沅得留鼎，豈其器即匫歟？」

而章太炎的《新方言》〈釋器第六〉，就更加鐵口直斷了：「說文，匫，古器也，呼骨切。今人謂古器爲骨董，相承已久，其實，骨即匫字，董乃餘音。凡術物等部字，今多以東部字爲餘音，如窟言窟籠，其例也。」

根據上述的說法，他們認爲以前有個「匫」字，音爲骨，代表的意思乃是古器，由於人們古代稱呼事務時經常會綴以餘音，形成連語，因此，所謂的「骨董」，其實就是「匫董」之誤，而後再被誤爲「古董」。漢語語言學裡，有一派強調語音的關係性，用以避免字形字義的糾葛，章太炎是很著名的代表人物。這個系列的解釋，是首先確定「匫」這個方言字的來源及其讀音，從而認定有「匫董」這種說法的存在，而後才誤爲「骨董」，再誤爲「古董」。

問題是，到底「匫董」這樣的說法是否眞的曾經存在過，卻沒有書面語做爲證據，這乃是方言研究最大的困難之處，它多半都沒有足夠的書面語材料做爲佐證，一切祇能根據推斷，不能證明，也不能否證。因此，這種說法雖然言之似乎合理，但因不能證明「匫董」的存在，因而也就無法眞的確定「骨董」是由此而來。

認爲「骨董」起源於「匫董」，在理論上可通，而事證則不足，但與其他說法相比，則似乎仍可算是最可信的一種。除此之外，還有其他有關「骨董」的解釋，但可信度卻低了許多。

例如，《通雅》除了前述說法外，又提到另一種說法，認爲「得董得鞈，即得寶也，匫董之源也」，這種觀點也被《通俗編》所引用。他們指出，在唐代的時候，得到寶物即稱「得寶」、「得董」、「得鞈」。在這裡，「鞈」是指古代刀劍上的玉飾，發音爲

「崩」，與「董」字相近；另外，則是唐代方言歌裡有「得董紇那」這樣的唱辭，因而遂認爲，「可知唐人方言呼寶爲鞛，而得董紇那之音，即今骨董二字之源。」根據這種說法，「骨」字乃是「得」的方言音轉變而來，「董」則是由「鞛」的方言音變化而成。

例如，蘇軾在《仇池筆記》裡提到，宋代的江南人喜歡做一種飯，叫做「盤遊飯」，將鮓脯膾炙全部埋在飯中，這種將各種東西雜烹在一起所煮的羹，又稱「骨董羹」。因而《海外全書》遂認爲這可能是後來「骨董」之始。但這種說法應當祇能算是巧合。所謂「骨董羹」也者，不過是一種將方言音用不相干的字紀錄下來而已，字同義不同，與所謂的「骨董」應當毫無關係。將彼「骨董」認爲是此「骨董」，太牽強了一點。

因此，「骨董」與「古董」的起源，確鑿的答案或許仍有待尋找。《疑耀》卷三曰：「骨董二字，乃方言，初無定字。……今人作古董字，眞義不可曉。」另外，亦有人懷疑它可能是外來語的音譯，但這似乎也祇是懷疑而已。視之爲來源不確定的方言，或許是比較好的解釋。

方言研究極難，因此，凡是使用非主流語言的人，最好還是能盡量紀錄自己的語言。有字記字，無字記音，不僅爲己，也爲了後代。連一個「骨董」「古董」都搞不定，不正顯示出方言紀錄的重要嗎？

博弈：不如從管理角度著眼

《論語》曰：「飽食終日，無所用心，難矣哉！不有博弈者乎？爲之，猶賢乎已。」

《孟子》曰：「博弈，好飲酒，不顧父母之養，二不孝也。」

這都是有關「博弈」的最早記載，它應分別就「博」和「弈」而論之。

所謂「博」者，它的初名爲「簙」，即《楚辭》裡所謂的「崑蔽象棋，有六簙些」。《說文解字》曰：「簙，局戲也，六箸十二棋也。」

對於古代的「簙」及俗化後的「博」，有關的記載和研究極多。歸納而言，它乃是一種兩人對局的勝負遊戲。它的道具有四種。一種是棋子，稱爲「六博」；二是棋盤，稱爲「枰」、「廣平」或「曲道」。三是骰子，稱爲「箸」、「瓊」、「茕」；四是計算勝負之用的「籌」。「博」即是今日象棋的前身，但在古代似乎遠比今日複雜。今日的象棋形制開始於宋代。

所謂「弈」者，《說文解字》曰：「弈，圍棊也。」不過古代的形制多變，分別有過縱橫十五道、十七道等，大約到了唐末，今日這種縱橫十九道，三百六十一個點的棋制始告確定。

因此，無論「博」或「弈」，都是一種爭勝負的遊戲。不過，這似乎已是公認的人性之一部分，遊戲裡一定要加上采金才夠刺激。這種加了采金的勝負遊戲就成了「賭」。有水準的雅士君子，會下棋賭酒，因而李白有句曰：「圍棊賭酒到天明」；劉禹錫認爲勝敗的意義大過一切，因而曰：「賭取聲名不要錢」；而據《吳曾謾說》，王安石也喜歡賭棊，要輸的人立即罰賦詩。但這種有品味的賭畢竟稀少，藉著「博」與「弈」而賭錢、賭衣服、賭房地的例子仍多過賭詩與賭酒。而且由另外的研究，也早就證明在藉著「博」與「弈」而「賭」之前，更通俗化的鬥鷄走狗等「賭」的形式早已出現，先秦的許多所謂游俠劇盜即多屬此輩。藉「博」與「弈」而「賭」，代表了「賭」這個領域的發展和拓寬。

藉著「博」與「弈」而「賭」，在漢代已極爲盛行。東漢末年的韋曜寫過一篇歷史上最著名的〈戒博弈論〉，其中有曰：

——「古之志士，悼年齒之流邁，懼名稱之不立，故勉精厲操，經之以歲月，累之以日力，若甯越之勤，董生之篤，漸漬德義之淵，棲遲道藝之域，勞身苦體，契闊勤思，是以卜式立志於耕牧，黃霸愛道於囹圄，山甫勤於夙夜，吳漢不離公門，豈其游墮哉！今世之人，不務經術，好翫博弈，至或賭及衣物，徙基易行，然其所志，不出一枰之上，所務不過方罫之間，技非六藝，用非經國，以變詐爲務，以劫殺爲名，而空妨日廢業，終無補益。」

古代中國，由「博」與「弈」的遊戲，終至演變爲視「博弈」爲「賭」的同義詞。這種軌跡就讓人想到西方同樣的情況，它的「賭博」（Gamble）也同樣源起於「遊戲」（Game），而「賭場」（Casino）則起源於「度假娛樂小屋」（Casa）。西方的賭博行爲與東方相同都起源甚早，中古後期到文藝復興這段期間，從擲骰子的遊戲及賭博裡，就已延伸出數學上有關「或然率」或稱「概率」的排列組合模式。十八世紀西方之賭，隨著經濟的富裕而大盛。研究繪畫史的，最容易掌握當時賭骰子和賭牌戲的實況，大畫家如霍加斯（William Hogarth）、海爾斯（Dirk Hals）、拉圖爾（George de La Tour）、勒萊恩（Louis LeNain）都畫過賭場的實景，其中尤其以霍加斯的那一幅〈莊家的收錢棍〉（The Rake's Progress）最爲生動。他畫的是賭局剛完，有人輸了不甘心，糾纏著要打架，另外的人則忙著勸架；另外有人捶頭頓首，如喪考妣；有人在幫忙著記帳，而贏的人則笑逐顏開地在分錢。至於拉圖爾的那一幅〈擲骰子玩家〉，則最能掌握賭徒的內心狀態。那幅畫採用黯淡的色調，玩骰子的賭徒每個人都畫出臉部的剪影，精神貫注，焦慮而緊張，洵屬不朽名畫。

歐洲在十八世紀賭博大盛，當時爲了國民旅遊而開設的「度假娛樂小屋」，很快地就變成了以賭爲主要項目的休閒娛樂事業。當代法國學者艾里斯（Philippe Aries）及杜比（George Duby）在合編的《私人生活史》裡，引錄了一七六九年一個法國人的賭博檢舉函，向當地市長檢舉一家賭場，該函很可以拿來和東漢韋曜那篇〈戒博弈論〉對照，該檢舉函曰：

——「就一個誠實的君子而言，寫這封匿名信誠屬羞愧。但若不這麼做，我就難免遭受重大傷害。做爲一個父親，我期望你徹底終止這種純屬運氣的賭局。它在我們城裡已經很久了。我的子女已毀了我，其他家庭亦然。這都是巴拉達先生惹起來的。他在別的城鎮搞賭場而被驅逐。他在法蘭里肯有棟房子，也用來開賭場，前市長要他停止，但不理會。賭場附近常可聽到口角聲與打鬥聲。」

無論東方或西方，賭博行爲都是一種本能，它可以寄託在任何種類的遊戲上。鬥雞走狗或鬥牛可以變成賭博，賽車賽馬及賽球也可以變成賭博，中國古代的「蹴踘」賭博就極有名，更別說玩棋玩麻將的賭博了。當什麼遊戲的工具都沒有，擲銅板、翻字典、看鐘錶，也都可以用來當做賭具。晉代陶侃反對「博弈」，認爲這是一種「牧豬奴」的遊戲，問題是無論怎麼罵和反對，賭者照賭。也或正因賭不可禁，一八七九年蒙地卡羅乾脆開禁，將賭正式合法，而有關「賭博」的論述也開始改變，人們不再簡單地從喜歡或不喜歡的角度談賭博，而從管理的角度談賭博！

建本小說：
台灣閩南語先驅

最近，重讀南宋寶慶元年（西元一二二五年），福建提舉市舶趙汝适所著之《諸蕃志》。提舉市舶是主管貿易的官吏。他在書裡提到與新羅國的貿易時說：中國商船主要是用「五色纈絹及建本文字」和新羅國交換人參、各類藥材、粗布帛、銅瓷器等。所謂的「新羅國」，即今天韓國的一部分。

《諸蕃志》裡提到「建本文字」，就讓人想起台灣老一輩的人稱通俗章回小說爲「建本文學」或「建本小說」。「建本」者，福建建陽和建甌一帶所印製的出版品也。

根據清末大藏書家及版本學家葉德輝所著之《書林清話》及《書林餘話》，福建自唐末五代起，就已是中國的造紙中心。及至宋代，雕版印刷成爲一種產業後，福建更發展爲能與河北、浙江並駕齊驅的三大出版中心之一。葉德輝在書裡並用了許多篇幅，討論建陽出版世家余氏家族。這個家族從南北朝即開始遷入福建，北宋時從事出版兼造紙事業，歷經宋元明清，其子孫也都一直繼承這個家業，其印坊之堂號分別爲「勤有堂」、「萬卷堂」、「勤德堂」、「雙桂書堂」等。乾隆皇帝在賞翫米芾的書法時，發現卷軸上有「勤有」的印記後，還特地下旨去了解這家商號的情況。

福建自宋代開始，即高度繁榮，閩北的造紙、印刷、絲與茶等行業均在全國占有顯著的地位。這種盛況一直延續到元代。馬可孛羅的《遊記》裡就這樣地描述建寧府（即今日的福建建甌）：「離開京師管轄的最後一座城市處州（今日浙江麗水一帶），便進入福州……沿途經過許多城市和鄉村。這裡物產豐富，人民生活富足……經過六天的行程。便到達建寧府。該城面積廣大，有三座建築美觀的橋樑，橋長一百步，寬八步。這裡的婦女非常漂亮，而且奢華安逸。此處還盛產生絲，並且能將生絲織成各種花色的綢緞。棉布則是由各種顏色的棉紗織成，行銷各地……大汗從福州總管的轄區內，所獲得的巨大收入和京師所得的一樣多。」

福建自宋元起就相當繁榮，出版業尤其發達，私人、書坊、祠堂、家塾、官府均普遍刻書發行。福建所印的書有些較爲廉價，但明代胡應麟在《少室山房筆叢》裡也指出，閩中也出產一種薄而耐久的好紙，邊幅也較寬，「價值既廉而卷軸輕省，海內利之。」

除了主流的經史子集外，近代研究通俗文學者並發現，福建由於出版發達，它在通俗的「平話」小說印刷上，更領先北京與杭州。根據截至目前的研究，宋元殘存至今的「平話」小說版本祇剩七種，除了《取經詩話》是杭州所印者外，其餘的六種，如《武王伐紂平話》、《樂毅圖齊平話》、《秦併六國平話》、《前漢書平話》、《三國志平話》、《三方事略》等，均爲建陽所刻印。「平話」乃是唐代「變文」、「俗講」之類文體的延長，它可用以說故事、講歷史，多半有集體創作的性質。

「平話」在福建的出版鼎盛，同時也顯示出俗文學在福建的鼎盛。或許也正因此，福建建陽等地所印刷的俗文學作品，遂被稱爲「建本故事書」或「建本小說」，並因此而成爲台灣閩南語的一部分。宋代的高麗國以漢化爲國家目標，福建印刷的書籍遂成爲主要的進口項目。《諸蕃志》裡所謂的「建本文字」，一語道盡福建印刷出版業發達的程度。而印刷出版發達，必然使得文化藝術也跟著崛起。宋代福建人出過重要的詞人柳永（福建崇安）、寫《通鑑紀事本末》的袁樞（福建建安）、以《通志》揚名的鄭樵（福建莆田）、大書法家蔡襄（福建仙游）等，可爲明證。

中國古代書籍以宋元的版本最具價值，而福建的出版乃是當時最重要的新興出版重鎮。福建自唐末五代起，就因中原板蕩，且陸續整肅佛教，於是高僧和尚相繼南下，使得福建成爲當時的佛教中心。由於寺院抄經的需要，造紙業開始快速成長，這也使得許多佛教的筆記和傳記著作裡保留了大量福建口語。北宋初期，全中國的和尚四十萬人，單單福建一地，即逾七萬，足見福建佛教之盛。福建的這種傳統一直延續到今天的台灣。而這種抄經的傳統，到了北宋後，更發展為出版業。福建的出版量大且價格低廉，胡應麟在《少室山房筆叢》裡提到福建出版的書籍價格，大約祇有內府版本的十分之一，為河北版本的三分之一，也比杭州的版本便宜了三成左右。「建本文學」之名不脛而走，並衍生出「建本故事書」及「建本小說」之類的俗語，祇是這種輝煌的「建本」傳統，現在大概已經不存在了！

卷四：政治語言

萬歲：用感謝的心情向對方歡呼

在我們的社會裡，無論官式節慶的群衆聚會，或私下的興奮過度，人們都會呼出「萬歲」或「萬萬歲」之類的口號。

最近，跨黨派小組尾牙，就有人興奮過度地呼出「萬歲」。雖然同一天，民進黨的一個派系集會，對該小組不以爲然。但呼「萬歲」並不眞的代表什麼意思，當然可以繼續呼下去，而讓我們感到興趣的，則是「萬歲」這個詞，以及它的延伸討論。

不論種族或文明的形態，人們在語言和思想意識形成的過程中，通常都會根據「相似性原則」，讓不相干的事變成相干。這種「相似性原則」的尋找模式，遍及人們的行爲和符號及語言中。例如，認爲吃了羚羊肉，就會跑得和羚羊一樣快；吃了某種形狀或部位的東西，某個相似的器官就會特別發達；踩高蹻跳舞，所種的麥子就會長得高。在這些例子裡，事物的屬性（如羚羊的快）、事物的形狀，以及事物的抽象概念（如高蹻的高）等，都會被類比式的挪用到另一種人們認爲相似的地方。

根據「相似性原則」而類比式的挪用，與人類自我的形成有著密切的關係。所謂的「自我」，必然有一部分要以權力的方式來做表現與證明，否則「自我」即無意義。而在人們表現權力時，遂有了古代的祕術。例如，人們會用草束或樹枝紮成人形來指涉某人，用針刺其手的部位，相信那眞實的人，手的部位必會受到傷害；用針刺草人的腳，即相信那眞人的腳必可被加害。古代的這種魘術並不稀少。

而上述這些，都祇不過是低階的現象，它同時也顯示在語言符號的使用上。當人發明及設定出語言文字，給予事務「名」——即用語言文字來指涉及描述事務，前述的類比式挪用即進入了語言中。我們相信用語言符號來「指」某件事，該語言符號就「等於」某件事。例如，經文是神聖的語言文字，寫上經文的紙也就有了神聖性，它會在夜晚發光，即可用來治病。

這就是「名」與「實」的糾纏。當人們相信「指」某事的語言文字，即「等於」該件事；於是，它遂使人認爲指涉惡劣命運的語詞如「死」，就會帶給別人「死」的命運。今日的美國人有些不喜歡提「衰退」這個字，認爲它講多了，影響所及，就果然會召喚出衰退的現象。相信語言、文字、符號等所代表的「名」具有魔力，其實也就是祝辭和咒語的起源，它的殘跡仍留存於今日的民俗、宗教，以及神學之中。

而所謂的「萬歲」，或許即可從「祝辭」的角度予以思考。由於這個辭甚為敏感，古代即曾被許多人提出研究。至少有宋代吳曾的《能改齋漫錄》、宋代范鎮的《東齋記事》、宋代王楙的《野客叢書》、明代顧亭林的《日知錄》、清代沈自南的《藝林彙考》、清代趙翼的《陔餘叢考》等，其他討論應當還有許多。

有關「萬歲」一辭的正式記載，最早似乎見諸《戰國策》與《呂氏春秋》。《戰國策》裡說到馮諼（《史記》寫作馮驩）替孟嘗君到封邑收債的故事，他假傳命令，將債賜給老百姓，並將契約憑據燒掉，「民稱萬歲」。另外，藺相如奉璧入秦，秦王大喜，「左右皆呼稱萬歲」。而在《呂氏春秋》亦說過，宋康王為長夜之飲，「室中人呼萬歲，堂上堂下之人以及國中皆應之。」另外，漢初劉向在《新序》裡也說道，春秋戰國時代的梁君出獵，由於有人走過，嚇走了他本來要射的白雁，他一氣之下要殺該路人，但被駕車的公孫襲勸止，於是，「梁君援其手與上車，歸入廟門呼萬歲，曰：幸哉今日也，他人獵，皆得禽獸，吾獵，得善言而歸。」

以上這些，都是漢代之前有關「萬歲」的記載，至少執筆者都是漢初之人。由這些記載顯示出，在那個時代，「萬歲」乃是一種「善言」，等於是用一種感謝的心情向對方表示歡呼。

「萬歲」在春秋戰國時顯然已用得極爲普遍，它與後來代表了皇帝專用的「萬歲」及「萬歲爺」等毫無關聯，而是一種純粹的祝辭善言。但因春秋戰國之前的紀錄欠缺，因而其源起似已無從查考。不過，古代的中國與古代的其他社會相同，皆巫覡、儺祀等盛行，無論咒語或祝辭都和原始崇拜有關。而在甲骨文裡，「萬」乃是圖騰式的「蠆」之假借，而「歲」則可能是指麥子收割的延伸。基於此，所謂的「萬歲」之祝辭善言，不無可能與古代的原始崇拜有關。不過，無分上下尊卑，皆可使用的「萬歲」，在漢朝仍明顯地尚未分化，因此，《野客叢書》遂指出，漢代民間的石刻「故民吳仲山碑」裡，即有「子孫萬歲」之句。由近代出土的漢簡，我們已可知道古代在邊境普設烽火台，稱之爲「燧」，它各有名稱。每個烽火台都有軍官率小部隊負責，漢代之「燧」名，即有「千秋」和「萬歲」者。由這些例證，顯示「萬歲」在當時並無任何禁忌。《東齋記事》裡因而提出了一個重要的問題：「萬歲，……是則慶賀之際，上下通稱之，初無禁制，不知自何時始專爲君之祝也。」

到底什麼時候才禁止民間使用「萬歲」，而將「萬歲」祇限於皇帝專用呢？這或許並無確切的答案，而有著一個漫長的拉鋸過程，但皇帝這一邊則無疑地是勝利的一方。

在皇帝這一方，《漢書》所記：「武帝登嵩山，吏卒咸聞，呼萬歲者三。」似爲皇帝被視爲「萬歲」對象之始，而由〈禮儀志〉則可知，自漢代開始，大朔及百官賀正月，上殿皆呼「萬歲」。《後漢書·世祖本紀》談到封禪大典時，亦呼「萬歲」。在歷代正史的記載裡，自漢以始，皇帝壟斷「萬歲」一辭愈來愈增。因此，《後漢書·韓稜傳》說到當時的大將軍竇憲破匈奴還朝，百官在商討歡迎儀式時，擬拜稱他爲「萬歲」，韓稜即嚴肅地說道：「禮無人臣稱萬歲之制。」而《唐史》說到，石敬塘爲節度使，有擁護他的部下稱他爲「萬歲」，他即斬之。

《宋史·張遊傳》則說，當時大臣寇準與溫仲舒並轡而騎，有狂民呼之「萬歲」，張遊立即認爲不當而向皇帝報告。而據《金史》，金章宗更明令禁止優人以前代帝王爲戲及稱「萬歲」。凡此種種皆顯示，皇帝專用「萬歲」的被不斷增強。而在增強的過程中，各個朝代的規定，以及皇族的生日及祭典之設定，也都不斷強化「萬歲」、「千秋」、「萬壽」等概念的聯繫。由「萬歲」的語言符號獨占過程，它其實也顯示出古代皇權的不斷強化，甚至要把這個祝辭也加以壟斷，做爲皇權的象徵式屏障。

皇帝專用「萬歲」一辭被不斷強化，但這種發展並非突變，而是漸變。因此，從漢代以降，仍有許多例證顯示出「萬歲」的對象並非皇帝。例如《後漢書·馮異傳》有將軍率軍救援，被呼「萬歲」之例；〈李固傳〉寫他被冤屈下獄，而後獲赦，「京師市里皆稱萬歲」

等。祇是這種例子愈到後來愈少。《野客叢書》在談到「萬歲」之辭的禁忌時，即指出漢代固然已有所忌諱，「在當時不無諱避，但不至如後世之切耳。」

因此，由「萬歲」之辭的語言環境及其適用對象的變化，可以說它最初或許乃是一種民間使用的祝辭與吉祥語，可能與古代的祕術崇拜有關。但隨著帝王權力的擴張，這個符號性的語辭即被帝王權力所逐漸收攏，而成爲皇權論述裡的環節之一。所謂的「皇權論述」，乃是一大組有關皇室權力的神話說辭，皇室必屬萬世一系，必然如千秋萬世般的綿長不絕，每個皇帝都相信自己和自己的朝代可以「萬歲」，而事實上則是沒有任何人可以「心想事成」。「萬歲」這個辭是個祝辭，所有的「祝辭」裡都代表著不可能的期望，它是古代類比式思考的殘留痕跡，由於古代的類比式思考通常都和某種儀式相關，因而這種語辭也多多少少都留存著一些儀式的氛圍。

因此，類似於「萬歲」這種「祝辭」，由於它起源於古代那種「名」、「實」交混的時代，這種語詞當然不可能停止使用，但它是什麼和不是什麼，卻至少仍需分清。當我們在說「萬歲」時，它除了具有某種場景意義外，即再也沒有其他，如此而已！

團體：賦予新義才有出路

國民黨臨全會開得依然亂七八糟，不但在那裡繼續地爭權奪利，黨同伐異也有增無已。相較於會議的整體氣氛，開會典禮時的〈總理紀念歌〉，反倒成了一種反諷。〈總理紀念歌〉的那一句「莫散了團體，休灰了志氣」，唱的時候許多人悲從心來，頻頻唏噓拭淚，但歌聲甫歇，擦乾眼淚，該搶的仍然要奮不顧身，該鬥的也不能放鬆。流眼淚的和擦乾眼淚鬧成一團的，都是同一群人。這一群人對〈總理紀念歌〉裡那一句「莫散了團體，休灰了志氣」，到底懂了多少？

此刻的國民黨早已不成「團體」，而是一個繼續握有殘餘利益的小組織。此景此情，就讓人不由自主地想到民國十三年時俄國人鮑羅廷在評價國民黨時的那段名言：「國民黨已死，國民黨已不成黨，祇可說有國民黨員，不可說有國民黨。」鮑羅廷七十六年前所說的這段話，豈不正是國民黨今日的最佳寫照？鮑羅廷說這段話時，孫中山先生仍然在世，但國民黨內部早已四分五裂，內鬥與叛變交相出現，而後，孫中山先生逝世，情況更趨惡化。「祇可說有國民黨員，不可說有國民黨」，鮑羅廷的這句擲地有聲的話，豈止是寫實，甚至還是一則不斷被驗證的預言，而這句話每次在被驗證時，國民黨的規模和時代格局都每下愈況，而今日則可算最慘，因爲它繼失去了大陸後，更進一步地連台灣也告失落，並不無可能由萬年執政黨淪爲永遠的在野黨。「祇可說有國民黨員，不可說有國民黨」，這句話實在很可以拿來和〈總理紀念歌〉裡的「莫散了團體」相互參照。因爲，當年戴季陶（傳賢）在寫下〈總理紀念歌〉的歌詞時，他其實已很清楚地了解到，當時的國民黨早已分崩離析，千人千面，不再像個「團體」。他在歌詞裡所說的「莫散了團體」，是對那時國民黨的叮嚀與警告，這句話和鮑羅廷所說的，也同樣値得今日的國民黨惕勉。因爲，自國民黨創黨迄今，它除了很短的一段時間裡以一個「團體」而領導了全中國的時勢與風潮外，其他多數的時間它多半祇是扮演一種被動的、無創造力的角色。它占據住了權力的位子，但一群人在位子上爭奪，卻不能發揮創造性的領導角色。當它不能成爲一個有效的「團體」，遂祇得一步步由大而小，最後走向挫敗。

因此，「莫散了團體」對國民黨是句有警惕作用的好話，它也的確顯示出國民黨離一個「團體」的境界仍有極大的距離。而由這句話以及國民黨的經驗，有關「團體」這個語詞、概念，及其實踐，則頗值得人們加以深入的探討。

具有自覺性的「團體」概念，並非中國人的發明，而是近代被引進的語言概念。

由清末的小說如《老殘遊記》、《官場現形記》、《官場維新記》，以及《文明小史》，我們已可知道，清末的內憂外患及瀕臨亡國邊緣，已使得當時的知識分子及士大夫階級出現「團結」的呼聲。於是，從清末以迄民初，「結團體」遂儼然成了那個時代的主流語詞之一。在此僅就清末李寶嘉的譴責小說《文明小史》裡，信手而得下列句子爲證：

第十八回：「我們今天中國最要緊的一件事，是要合群，結團體，所以無論他是什麼人，我等皆當平等相看，把他引而進之，豈宜疏而遠之？」

第二十回：「諸公，諸公！到了這個時候，還不想結團體嗎？團體一結，然後日本人也不敢據我的頭了，德國人、法國人，也不能奪我的膀子；美國人、義大利人，也不能占我的腿了。……能結團體，就不瓜分，不結團體，立刻就要瓜分，諸公想想看，還是結團體的好，還是不結團體的好？」

「結團體」與「團體」是清末民初的主流語詞，反映了那個時代朦朧的總體情緒。它是一種源自日本的借詞。而最先使用的似乎是詩人鄭西鄉。因此，一八九九年梁啓超在談論鄭西鄉的詩時遂曰：

——「讀之不覺拍案叫絕。全首皆用日本譯西書之語句，如共和、代表、自由、平權、團體、歸納、無機，諸語皆是也。吾近好以日本語句入文，見者已詫贊其新異，而西鄉乃更以入詩，如天衣無縫。」

因此，「團體」與「結團體」的語詞及觀念，乃是十九世紀末，經由第一代日本通如黃遵憲、鄭西鄉、梁啓超等人的引介，而來自日本的借詞。在那個時代，縱使在日本，現代化的政黨概念亦不成熟，因此，引進的「團體」或「結團體」的概念也非常粗糙。由《老殘遊記》等小說頻繁使用「團體」和「結團體」的脈絡意義，可以看出來它們基本上是被用來當做一種「團結」的象徵而運用的。在那個內憂外患的時代，大家都感覺到「團結」的重要，而「團結」就必須「結團體」。清末的士大夫及知識分子集會結社之風盛行，和對「團體」及「結團體」的成爲被崇拜之象徵有著密切的關係。

然而值得注意的，乃是儘管士大夫及知識分子將「團體」和「結團體」變成崇拜的新圖騰，但由清末譴責小說的敘述，卻顯示出「團體」和「結團體」的盛行，對當時那個時代並無太大的幫助，而祇不過是將社會一盤散沙的局面藉著「結團體」而做了另一種形態的表露。清末小說幾乎都以一種諷刺的態度來描述這種一窩蜂的「結團體」現象，湊熱鬧的、搶風頭的、陽奉陰違的或趕時髦的，使得「結團體」的現象裡充斥著各式各樣荒腔走板的離譜故事。它充分地顯示出一個新語詞和新概念的被引進，當本身的社會及文化條件尙未成熟，這種新語詞和新概念就會在被崇拜中，成爲暴露自己缺陷的載具。淸末「結團體」的荒唐離譜就是例證。

而這種「結團體」的亂象，也同樣顯示在國民黨這個「團體」上。由於長期以來籠罩在權威人格和權威文化之下，國民黨別說團體的「民主文化」無法形成了，甚至連比較低度的團體「共享文化」也都未曾出現。於是，國民黨這個團體，從革命成功，孫中山先生依然在世的時候起，就不斷受到各種同志叛變的挑戰。而從孫中山先生逝世一直到目前，它這個團體都尙未脫離那個由下列元素所造成的惡性循環圈：

其一，它的領袖都有著「擬帝王」式的權威主義特性，既無法高度的民主化，也無法低度的權力分享化，於是，每當一個領袖逝世或下台，在新領袖產生前，必然要經過一輪或數輪殘酷的權力鬥爭。

其二，它的權力鬥爭經常都以驅逐或放逐的方式爲之。勝利者或機會較好因而取得正當性者，都拒絕將部分權力與其他同輩競爭者分享，而一定要全數驅逐始能放心，而後跳過平輩，找另一批小一輩的子弟兵全面掌控。這也就是說，國民黨的統治者有著一種很難讓人理解的心智構造，他們似乎不把整個權力結構弄成淸一色，就不會治理。反覆的權力驅逐和權力清一色化，遂必然地造成了一種惡果，那就是在領袖的遞嬗中，它的版圖日益縮小。由大陸到台灣，由台灣的執政黨到淪為在野黨。它的沒落過程裡，各階段對手所做的破壞遠遠小於它自己的內鬥與自毀。

其三，也正因此，國民黨的權力構造遂注定了相當地不均衡，一個最高權力統治者，下面是一大群小了一輩而又很均質的未來競爭者。他們在普通時候就已不斷地覵顏爭寵，希望卡位，一到統治者逝世或退位，立即就鬥鬧成一團。這是個永恆的戲碼，除非國民黨從根改變，否則它就會演到國民黨消失爲止。

因此，國民黨這個團體乃是個受到詛咒的團體，它被它的領袖、領袖所建造的文化和權力構造所詛咒。孫中山先生逝世後，國民黨一度出現「三胞案」，而在蔣介石逐漸集中權力的過程中，又不斷地驅逐出大批菁英。到了台灣後，這種戲碼又兩度上演。看著國民黨臨全會那一群二十一世紀穿著西裝的人所演的戲，眞正讓人感受到的，乃是他們的戲碼和十九世紀末《官場現形記》或《官場維新記》裡的「結團體」遊戲，彷彿差不了多少。這是差了一百多年的時空脫落，原因即在於國民黨對「團體」的定義，百年來似乎並沒有什麼不同。

因此，看著國民黨的人在〈總理紀念歌〉的「莫散了團體，休灰了志氣」歌聲中唏噓，實在讓人多少也沾上了一些傷悲。而眼淚是沒有用的，重新回頭反省百年來自己對「團體」這個語詞及概念的定義，讓被污名化的「團體」具有新的意義，或許才是唯一的出路。否則縱使「團體」之名依然存在。「祇可說有國民黨員，不可說有國民黨」也仍舊繼續，縱使未散，不也和散了一樣嗎？

慈善、博愛、責任：是政府的新功課

「慈濟基金會」公布了「九二一大地震」賑災捐款及動支明細表，總計募得五十億四千五百餘萬元，而動支則包括了重建三十二所中小學的「希望工程」五十五億元，以及其他災後急難救助，安頓關懷，災區復建等十七億餘元。整個慈濟的九二一專案高達七十二億七千餘萬元，尚短缺二十二億元。

看了這樣的數據，如果能夠從更深一點的角度觀察分析，就難免予人一則以喜，一則以憂的感受：

喜的是，慈濟秉持著「願有多大，力就有多大」的信念，在全世界行善救難，並在台灣興辦醫院及醫學院等。「慈濟基金會」依憑其願力和事工，已贏得我們整個社會的信賴。一個團體爲了單一課題而能募得五十億元以上，不單是台灣，甚至放諸全世界，大概也都是前無古人，後無來者的紀錄。

憂的是，九二一大地震後，慈濟的救災救難，其動員之速，宛若一個「慈善兵團」，許多人也喜歡用「慈善兵團」稱之。相較之下，人們遂難免會有這樣的疑惑：我們的政府的救難爲何那麼遲緩？慈濟所做的許多工作，其實都應當是政府必須負擔起來的責任，爲甚麼政府的責任竟然會跑到了一個民間慈善團體的肩上？

因此，這實在是個非常弔詭的情況，慈濟的榮光所注解的，乃是政府的羞恥，由這裡並可以衍生出關於「慈善」（Charity），「博愛」（Philanthropy），「責任」（Duty）等觀念的討論。

首先，無論古今中外的任何社會，對於各種災與難都會施予援手，這種行爲在不同社會有不同的稱呼，在西方，它用基督教神學裡的「上帝愛」（Caritas）延伸而出的「鄰人愛」或「慈善」稱之。在古代中國，則有「賑」、「濟」、「卹」、「撫」……等稱呼。

以西方爲例，中古初期的神學裡出現「上帝愛」的概念。在聖奧古斯丁的學說裡，正是由於有了對上帝之愛，遂產生對鄰人之愛，兩者乃是合而爲一的神聖感情。基於此，中古後期遂由該字延伸爲「慈善」之意，它是對廣義的鄰人遭到不幸時的憐惜與幫助，這是一種濟貧恤孤的感情與作爲。值得注意的，乃是古代的國家職能有限，因而「慈善」的角色遂官民難分，而且以民間扮演了較大的比重、教會、宗教團體，有宗教心的富人等是「慈善」行爲的主體。

然而，應予強調的，乃是自十八世紀現代國家逐漸形成，國家職能也日益增強後，「慈善」這種救災助難和濟貧恤孤的行爲，開始逐漸往國家職能的方向轉移。例如，以前的中上階級子女教育多半請私人家庭或私塾教師，貧童教育則無人聞問，十八世紀開始有了政府出資辦理的「慈善學校」（Charity school），接著，這種「慈善學校」制度擴大，而成了公立學校，奠定了國民教育的基礎。這顯示出，基本的國民教育已從「慈善」中劃除，變成了國家的「責任」。在職能及責任完整的進步國家，諸如濟貧恤孤，救災助難等工作，差不多都已從「慈善」中劃除，而成了國家的社會安全及救難政策。

由於「慈善」的許多內容已被轉移成了國家的「責任」，因而從十九世紀後半葉起，「慈善」這個字遂越來越少被用，一個更廣義，而且前瞻意義更大的「博愛」（Philanthropy），遂取代了「慈善」。這個字由「愛」（Philo）及「人」（Anthrops）合組而成，將它譯爲中文，「人道」或「博愛」比較貼切。

因此，在西方，「慈善」、「博愛」、政府「責任」等語詞及觀念，乃是一個隨著國家職能的增強而調整的過程。一個現代國家，政府擁有最多資源和動員的潛能，因而人民基本生存條件之維持和救災助難，都日益往國家「責任」這邊移動，「慈善」這種比較消極的概念，它的內容被逐漸抽空後，開始往「博愛」這個比較消極的概念移動。西方所謂的「博愛」，其內容多半用來指興辦平民醫院，先驅性的特殊教育，協助貧窮社區，鼓勵文化遺產的分享等等。西方的教會和民間當然猶有極其重要的慈善組織，如「牛津救濟會」（OXFAM）等，但這種慈善組織成立之目的，多半是一種全球化的活動，藉以協助那些國家職能猶未發展完整的第三世界國家。

因此，近代的西方國家，當出現巨大災難，如地震、水災、風災，雖然民間並非全無角色，但眞正重要的責任都由政府擔任。由於這是政府無可旁貸的責任，它對災難當然在平常時候就有專責分工與日常操練。以災難頻仍的美國爲例，哪次災難不都是由國民兵（National Guard）的各個系統負起最重要的責任！

因此，西方在使用「慈善」、「博愛」、「責任」等語詞時多半都有著嚴謹的分際。政府的角色是國家的責任，一切按照法定預算而執行。預算在大災難時不敷支應，它可以藉著各種財稅手段來解決。這也就是說，政府的責任乃是一種法定的職能，它有其規則與標準。西方國家不會有人把政府的「責任」與「慈善」、「博愛」相混。外國有時候也辦彩券活動，對彩券買賣徵稅乃是國家職能的一部分。但卻不會有哪個國家將彩券盈餘拿來當作挹注預算之用。「慈善」、「博愛」、「責任」，每個語詞都有各自清楚不相混的範圍和定義。政府有法定而不容輕忽的責任，民間則鼓勵在各種具有先驅作用的「博愛」上發揮。政府當它不能打馬虎，在責任的推促下始會逐漸地加快進步。

但令人懊惱的，乃是在我們的社會裡，有關「慈善」、「博愛」與「責任」等觀念，迄今仍在糾纏中打著爛仗。我們的政府總是搞不清自己的責任與角色，稍早前政府的「公益彩券發行條例」，將責任與公益相混，藉彩券的收入以彌補財政赤字，形同政府作莊開賭場，這是西方國家的大忌，而我們政府卻絲毫無動於衷。

由於對自己的責任不清，我們整個偌大的國家體制，到底是誰應扮演救災救難的角色，也至今混亂不已。是保警嗎？或者是正規部隊？它們在平時是否會根據各種災難情況有過操練？九二一大地震，整個政府體制的表現極差，顯示我政府顯然已需要重新界定自己的救災責任，並在組織、法定職掌，以及救災操練上重新規劃了。台灣的水災風災及震災頻仍，救災賑災乃是政府對人民應有的承諾，這種工作不能因為有了慈濟即覺得可以有了逃避的理由。政府的救災賑災應當先行假設並沒有慈濟的存在。

慈濟在九二一大地震的角色受人讚揚。但換個角度看，這其實也是政府能力不足，責任心欠缺所造成的結果。政府如果有羞恥心，它就應提振責任心，強化自己在救災中的角色，以符現代國家的基本定義。至於慈濟，則宜以其博愛精神，除了在我們自己的社會繼續強化其博愛的先驅工作外，尤應增強對全世界那些國家職能猶未充分發展的地區之援助。

「慈善」、「博愛」、「責任」三個語詞，三個不宜相互混淆的概念，九二一大地震的經驗是個教訓，或許我們已需對此重新思考了！「人道」並非一成不變的價值，它會在時代的變化中被不斷提升，落後的時代，能夠施粥施衣，給窮人幾碗飯就已是善行善德，但隨著時代的變化，許多以前的「慈善」已不再是「慈善」，而成了政府的「責任」，而我們則要繼續尋找更高的「人道」「博愛」標準，始能替未來建造更好的遠景。這乃是「慈善」、「博愛」、「責任」等演化的眞正關鍵！

總統記者會：隨著時代發展改進

最近，《紐約時報》語言專欄的作者沙斐爾（William Sofire），談到了「記者會」的名稱變化，很值得做語言、文化、總統及媒體關係等課題的討論與研究。

在我們的語言使用裡，「記者會」祇有一種名稱，未被細分。當總統無論基於儀式的需要，或眞的有話要說，凡邀集記者而發表談話及答問，皆被稱爲「總統記者會」。我們的「總統記者會」，無論舊新政府，一、兩次或許還有新義，但接下來則因一切都已被定調，剩下的祇不過是反芻而已，於是無論就閱聽效果或採訪樂趣而言，都快速貶值。當代美國著名傳播學者，曾研究過第二次大戰之後美國歷任總統的談話，因而寫出《領導的聲音：現代美國總統的溝通》一書的德州大學教授哈特（Roderick P. Hart），在該書裡即指出，總統記者會的空洞化及貶值，乃是總統溝通的重大問題之一。他並舉了一些例子，顯示這種記者會甚至有淪爲沒話找話講之弊。

而根據哈特教授，以及印第安那大學傑根斯教授（George Jurgens）在《來自白宮的新聞：總統及媒體關係》一書裡所述，美國的總統記者會則顯然遠較複雜。它至少有下列兩類：（一）「記者會」（Press conference, News conference）。（二）「簡報會」（Briefing）。而根據沙斐爾所述，在過去十餘年來，顯然又增加了一種，姑且可以稱之爲「記者談話會」（Press avail, Press availability）。這三種形態很值得深入討論。

首先就「記者會」而言，美國立國的初期，媒體並不發達，國家元首的主要責任乃在於整合內部，溝通國會，媒體與總統之間並無任何溝通管道。美國歷史上第一個開始注意到媒體，而且本身也能妥善處理媒體關係者，乃是二十世紀初的老羅斯福總統。他在一個陰雨天，看到採訪白宮消息的記者們在屋簷下瑟縮淋雨，遂立即撥出一樓近大門處的房間，成立記者接待室，而白宮內部則設置新聞發布中心。在美國政治及新聞史上，老羅斯福時代開始了記者不再到處亂竄，而可以和元首公卿對坐談話的新階段；除此之外，白宮記者接待室的視野良好，可以看見官員進出，增加了許多線索。記者和媒體的地位被提高，而老羅斯福則在抬高別人之中，也抬高了自己。他懂得藉著總統記者會而施放政治氣球，懂得藉著媒體而塑造形象。因而傑根斯教授遂認爲老羅斯福總統乃是總統與媒體關係上的第一人。

老羅斯福總統開創的這種傳統，後來被深受他啓發的遠房堂姪小羅斯福總統所繼承。

小羅斯福總統乃是美國二十世紀最傑出的領袖。他處於一切都在崩解和等待重建的時代，由於他深刻的理解到媒體與民意形成的關係，因而在他任內，遂開創了被後人稱讚的「爐邊閒話」，專家學者及媒體意見領袖都是他的座上客，後來的「新政」即由此而誕生。「爐邊閒話」由於性質特殊，因而可以視為先驅性的「智庫」試驗；由於其中的媒體人角色極大，因而也可以視為總統的媒體關係進一步發展。除了「爐邊閒話」外，小羅斯福還是美國歷史上召開記者會最多的總統。美國兩位學者康明思（Milton C. Cummings）及大衛・懷斯（David Wise）曾將美國歷代總統召開的記者會次數列表如左：

總統	記者會總次數	平均每年次數
小羅斯福總統	998	83
杜魯門	322	40
艾森豪	193	24
甘迺迪	64	21
詹森	126	25
尼克森	37	7
福特	39	16
卡特	59	15
雷根（第一任）	26	6

由右表可以看出，小羅斯福總統任內，平均每星期舉行一・六次記者會，簡直多得不可思議。合理的解釋是，他的任內在經濟上正逢蕭條，加以第二次世界大戰爆發，美國的「新政」也在當時展開，百廢待舉，一切都有待重建與整編，這是歷史的鉅變，巨大的壓力迫使他必須藉著頻繁的記者會來宣達政策，說服大眾。而由後來的任內表現，證明了總統記

者會確實發揮了預期的功能。總統記者會的最高效用，祇能在他的任內看到。

美國總統記者會在第二次世界大戰之後，其效用遞減。甘迺迪總統及詹森總統任內是個轉捩點。他們任內，媒體的重心已由報紙轉往電視，而電視的發達則使得政治的表演性格加深。任何總統祇要不出大紕漏，善於做秀者即可享有極高的知名度和支持率。以甘迺迪爲例，在大選裡他得票率祇比尼克森多出〇・二個百分點，但因他善於做秀，當選後即透過電視而成爲超人氣英雄。他處於新舊媒體交接轉型的時代，舊式的記者會他開得還算頻繁，新式的電視秀也不放鬆。美國過完甘迺迪和詹森這個階段後，總統記者會的重要性日益降低。直接上電視談話，或在「特殊團體聚會」、「儀式活動」等場合講話，開始成爲領袖們塑造形象的重點。

前述的哈特教授指出，美國總統找機會講話，根據目前的趨勢，每天已在一次以上，但由實證資料的研究，卻發現有幾點值得注意的現象：

其一，歷任總統，就職的第一年都講話較少，第二年最多。第一年若講話做秀太多，即會被認爲是「過度暴光」（Overexposure）。當年雷根一上台就天天做秀，媒體就說「可以了吧，留在家裡，多想想」，可見做秀次數仍需有所斟酌。

其二，任內不能出大錯，出了大錯而仍然做秀，反效果就會加倍。

其三，則是總統記者會的重要性已快速降低。在國家無大事的情況下，這種不能聚焦的記者會，總統不能滿足做秀的願望，而每種問題都答一點，而且都很泛泛老調，連記者也都覺得疲倦。總統記者會的沒落，似已注定。

美國的「總統記者會」，無論舊式的「報界記者會」（Press conference），或尼克森改名的「新聞記者會」（News conference），其重要性已降低。記者們寧願喜歡多一點「總統簡報記者會」（Briefing），這是總統針對某項課題而做的說明會，話題集中，說明清楚，只是這種記者會雖一度甚爲頻繁，但目前則已極少。原因在於當代的總統，已愈來愈有一種抗拒透明化的傾向，他們寧願將政治表演化。針對問題而將決策公諸於世，並接受記者質疑式的詢問，已愈來愈不被總統喜歡。

於是遂有了最新興，而仍在發展中的「記者談話會」。這種型態的記者會，將來會如何演變，値得注意。

「記者談話會」一詞，始於一九八〇年。它是總統大選的產物。在大選中，弱勢的候選人，爲了建立更好的媒體關係，遂招待記者，無問不答。這種記者會稱爲Avail, Availability，取義於它的「有效」和「易得」等意義，候選人的這種「記者談話會」當年被獨立參選人安德森衆議員（John Anderson）率先使用，後來即漸漸開始增加。以二〇〇〇年的大選爲例，高爾由於氣勢較強，他有什麼新聞要發表，多透過幕僚而爲之；小布希則因弱勢，對媒體則較爲親切，經常召開記者會，隨便記者怎麼發問。這種「記者談話會」的好處是沒有官僚氣息，被記者喜歡；而風險則是候選人必須任人發問，無話不答，稍有不周，即難免穿幫或留下後遺症。這種形態的「記者談話會」，乃是高手的遊戲，如果他確實優秀，而且答得精采，很容易就會獲得記者和媒體的尊敬，並逐漸由劣勢翻轉爲優勢。這種「記者談話會」，在某個意義上，很有小羅斯福總統時代的記者會氣息。設若未來的美國總統果眞能將這種形態的記者會帶進體制之中，必能像當年的小羅斯福總統一樣，再創總統與媒體的新關係。

總統談話有很多形態，計有各類記者會、儀典談話、群衆集會談話、專門訪問、精神講話、特殊利益團體講話等。而最具溝通效果的，仍在於有問有答的記者會，其他則都是片面性或表演性的講話。而由美國對總統記者會稱呼的改變與發明，顯示出隨著時代的改變，如何維持住一種最好效果的記者會形態，始終是個一直在發展的課題。由美國的這一頁歷史，或許有許多地方也値得我們去參考改進！

特務：每一個國家的敵人

華裔核子物理學家李文和案，雖未完全結束，但聯邦政府指控他的五十九項罪名，有五十八項已遭撤銷，祇有「不當下載資料」一項被保留，他被迫承認這項罪名的唯一目的，顯然乃是美國司法上常見的伎倆，藉此以維護聯邦政府最後的顏面。

李文和案最獨特的，乃是聯邦法官派克（James A.Parker）在庭上對李文和道歉，並對美國政府做了罕有的嚴辭譴責。他說：「他們使整個國家與每一位公民蒙羞。……行政部門的最高層決策者，導致本案的難堪混亂，這些決策者包括總統、副總統、司法部長、能源部長。」哈佛法學院教授戴薛維茨（Alan Dershowita）在李文和獲釋後亦評曰：「此案臭不可聞，李文和最後的一項認罪協議並不會使它的氣味變得更好。這祇不過會讓政府覺得高興而已，但對公衆則不。」

李文和案乃是一起非常值得研究的「國家安全」案例。聯邦調查局首席調查員梅斯默

（Robert Messemer），洛斯阿拉莫斯實驗室反情報主任伏羅曼（Robert Vrooman）等少數情報官員隻手遮天，爲所欲爲。他們在「獵巫」的心態下抓間諜，以非法的威脅、欺騙、逼供、羅織等方式，硬是要把一頂間諜的帽子栽給樸拙老實的李文和。幸而美國還算自由法治，而且主要科學團體，人權團體，亞裔及華裔組織，加上李文和那些可貴的鄰居，大家努力之下，他卒以獲釋，而該案的荒唐離譜也得以暴露。問題是：

——在本案猶在偵辦的過程中，一直參與的伏羅曼後來承認「一開始就知道他不是間諜」，那麼爲什麼卻硬是要將此案羅織出來？並不斷地故意洩漏新聞，讓公衆誤以爲李文和是間諜，因而視之爲「全民公敵」？這到底是什麼心態？而司法部長及能源部長看著屬下在那裡歇斯底里地「獵巫」，爲何沒有任何人出來約束，反而爲這種濫權妄行張目？爲什麼拿著維護「國家安全」的尚方寶劍，好像什麼人權法治的標準就完全可以棄之而不顧？

——美國一些主流媒體，如《紐約時報》、《華盛頓郵報》等，普通時候以自由人權及法治自期，爲什麼在李文和案上的表現，卻形同幫凶。它們被政府辦案人員故意洩漏的各種消息所掌控及誤導，連起碼的懷疑也都沒有。媒體的報導強化了李文和的「全民公敵」印象，這些媒體事後會不會覺得良心不安？

因此，李文和比起半世紀前「赤色恐懼症」時代，許多被羅織的外交官、文化人、科學家，可以說已幸運了太多。畢竟現在美國與中國大陸間並未戰爭，因而他雖然被塑造成「中共間諜」，終究還有可以辯護的空間。如果美中之間處於戰爭狀態，民意的「政治正確」更強，說不定當他的辯護律師，都會被說成是叛國者或間諜同路人。二次大戰期間，十二萬日裔美國人被關進集中營，卻無人爲此直言批評，即是例證。以前，羅蘭夫人慨然歎曰：「自由、自由，多少罪惡假汝之名而行！」到了今天，它可以被改寫成「國家安全、國家安全，多少冤假錯案及人權迫害奉汝之名而行！」

以「國家安全」爲名，而行人權迫害之實，就行爲層面而論，這是一種「寓迫害於預防」（Repression Through Prevention）。它是一種結構、一種文化，當然也是一種行爲和一組論述。

首先就結構而言，前代美國社會學家密爾斯（C. Wright Mills）在《權力菁英》裡早已用「高度不道德性」（Higher Immorality）的觀念來形容黨政軍特及巨商豪門之行爲模式。他指出，這些藉支配和操弄以確保其權力的壟斷階層，結構性的利益使得他們成爲一種「高度不道德性」或「道德麻痺」（Moral Insensitivity）的族群，也祇有這樣的概念，始足以解釋菁英階層那種非道德的，腐化的，而且經常是非法的、系統化和建制化了的行爲模式。而對這種問題談論得更徹底的，厥爲柏克萊加州大學教授賽蒙（David R. Simon）所著之《權力偏差行爲》（Elite Deviance）。該書指出，美國自一九四七年通過「國家安全法案」後，一個以「國家安全」爲主要工作項目的龐大「情報家族」即告出現，它也就是通稱的「祕密政府」。這個「祕密政府」握有絕大的祕密權力，於是在內部遂各種罔顧人權的迫害與羅織不斷，而對外則祕密的顛覆、政變、販毒等均被例行化。以色列有句名言：「每個特務都是一個君王。」這句話最能一針見血地指出特務在「國家安全」上的角色。

由於這樣的結構和功能角色，紐約市立大學教授格羅斯（Bertram Gross）在《和善的法西斯——美國權力的新面貌》一書裡遂指出，它所形成的乃是一種非常獨特的「偵緝保安主義」（Police Vigilantism），並因而出現所謂的「暴力——保安文化」（Violence-Vigilante Culture）。美國自立國之初以迄西部拓荒時代，在所有的邊疆地帶，地方豪強爲保障利益，均自利組設各種民間保安委員會，自設武力，用以維持秩序，當然各種私刑的暴力從未間斷。到了第二次大戰之後，這種「偵緝保安主義」遂在「國家安全」的名義下被「祕密政府」繼承了下來。格羅斯教授指出：

——「偵緝保安主義，乃是保護既有社會秩序以防被顛覆之警察行爲，但它違背了各種習知的警察行爲規範。非法的警察暴力皆祕密行之。」

在李文和案裡扮演了關鍵角色的聯邦調查局，在辦案期間曾用一名華裔探員冒充中共間諜，企圖引誘李文和上鉤，被拒之後，偵辦探員又以私刑刑堂的方式，在無律師陪同下威脅逼供，並設語言圈套要讓樸拙老實的李文和跳進去，凡此種種都在後來的法庭審訊時——現形。所有的這些伎倆，稍早前邱其爾（Ward Churchill）和瓦爾（Jim Vander Wall）在合編的《聯邦調查局反情報計畫報告》（The COINTELPRO Papers）裡都可找到前例。該報告指出，一九一九年美國司法部為遏制工運，遂要求國會撥款五十萬美元，於當年八月一日成立「總情報局」（GIO），由二十四歲的胡佛出任局長，並於當年十一月七日對十二個大城市的俄裔工會展開掃蕩，非法逮捕六五〇人。它就是後來聯邦調查局的前身，一直到現在，「反共」都是它最核心的反情報目標。它的幹員均被稱為「G人」，一九三七年的歌手哈羅‧洛姆（Harold Rome）有一首〈G人之歌〉，由其歌詞可知G人的特權：

哈，我要當一個G人

而然開鎗，砰、砰、砰、砰！

如同狄克崔西，是個男子漢

開鎗砰、砰、砰、砰！

我怎麼高興怎麼做，絕不手軟像君王

當你成了G人，就再也沒有不合法的事。

因此，「祕密政府」的濫權無庸置疑，而且也不容否認。美國前衆議員愛德華斯（Don Edwards）即曾說過：

——「儘管有一些私人及組織發出不受人歡迎的噪音，但美國憲法並不允許聯邦政府以刑法之外的方式干預人民之事務，並毫無例外。沒有任何聯邦機構如中情局、國稅局或聯邦調查局能夠同時擔任警察、檢察官、法官及陪審團的角色。這乃是憲法確保的恰當秩序之要義。儘管它有些時候會失序或不能讓人滿意。但這乃是自由的本質，……我認爲支持聯邦調查局反情報計畫的哲學基礎是錯誤的，它顯然認爲任何擔任公職者，上自總統、下到警察，即有一種內在的權力，可以根據自己認定的公衆利益或國家安全而將憲法放到一邊，這種觀念所預設的乃是一種暴政。」

不過，儘管聯邦調查局的反情報工作在憲法上無法立足，但事實上，它的擴權卻始終一路增加。九四年聯邦調查局預算二十一億美元，九九年已增至三十億美元，根據Syracusek大學最近的調查，發現其員工到九九年已增至一一、六四六人，增加的多爲反情報部分之工作者，反情報工作人員由九二年的二三四人增至九九年的一、〇二五人。而利用「外國情報監控法案」而竊聽及破門蒐證的案例已自九二年的四八四件增至九九年的八八六案，李文和案即其中之一。

於是，可能就需要談到可能最核心的語言修辭及整個美國的「右派論述」了。格羅斯教授在《和善的法西斯》一書裡，對此即有專章討論。

格羅斯指出，替中央集權合理化，尤其是對聯邦情治系統的擴權及濫權合理化，都必須依靠一大組的修辭學來予以包裝，尋找出最好用的「我—他者」的對立面，而後將「我」神聖化，諸如美國的自由、富裕、人權必須被特別包裝；而後據此而塑造成意識形態。而不符合包裝原則的，則必須用另外的難懂的「夾槓」（Jargon）來予以刪除，例如擲向別國的武器被說成是「聰明的武器」，中子彈必須說成是「乾淨的炸彈」，大轟炸則要說成是「外科手術之攻擊」；自己國家的窮人則必須說成「懶惰不上進」之類。除了本身必須被神化外，而對「他者」則必須妖魔化，而後藉著修辭上的對比性，而出現了一個危機環伺的「美國堡壘」（Fortress America）之國家。格羅斯指出，這一組論述及修辭，其實乃是整個「和善法西斯當權派」的整體修辭學之核心。

其實，這乃是源遠流長的古典「恐懼修辭」的延長。將自己無邪化和善良化，將「他者」妖魔化，它會創造出一種危機式的歇斯底里，於是，攻擊就會變成防衛，並使少數人為了權力需要而製造的理由變成「全民」的願望。每一個國家都需要敵人，敵人是自己權力的營養。

因此，李文和案儘管卑劣而荒唐，但數年來就是沒有人會站出來說它的卑劣荒唐，美國的大報也都默然地將他塑造成「全民公敵」的形象，也就不足訝異了。在妖魔化中國的情勢下，它們都需要李文和。而可以相信，出生於台灣的李文和，根本不可能與大陸有何瓜葛！

由李文和案而牽扯出「國家安全」的問題，以及圍繞著「國家安全」問題而產生的結構、功能，以及語言修辭和論述關係及各種神話，這的確印證了祇要任何人和「國家安全」有關，這一組論述就會成爲他們的護身符，「每個特務都是一個君王」、「當你成G人，就再也沒有不合法的事」，眞是至理名言啊！

軍隊：潛藏江湖式騙局？

元代以異族入主中原，雖然踐祚短暫，但無論文治武功，仍多前代人不及之處，尤其是元代的法律。由於元世祖可稱寬厚。建立起輕刑的傳統，因而《元史》〈刑法志〉遂曰：

——「此其君臣之間，惟知輕典之爲尚，百年之間，天下又寧，亦豈偶然而致哉？……然則，元之刑法，其得在仁厚，其失在乎弛緩而不知檢也。」

元代除了法治可堪稱道外。更值得注意的，乃是古代中國經過宋代的經濟與社會發展，人民的社會生活內容已大大增加，因而法律的規範亦更趨多樣分化。民初學者楊鴻烈在《中國法律發達史》裡遂曰：

——「在別的方面，又可從《大元通制元典章》裡看出，當日民間生活情形已異常複雜，遠非《唐律》、《宋刑統》的時代可比。所以法律也增加，罪名也日新而月不同，形成最近四、五百年的中國社會。」

不僅楊鴻烈對《元典章》的價値深爲推崇，清末民初的法學權威沈家本在收錄於《寄簃文存》裡的〈鈔本元典章跋〉裡，也對《元典章》的重要性亟加強調，認爲該書由當時的案牘之吏纂輯法令與判例等而成，雖有極多方言和俗語浮詞，但無論研究法律或政治，卻都至爲重要。

在此特別指出元代法治及《元典章》，主要是在強調自元代開始，後來歷經明清兩代的社會生活內容已告確定。元代繼承了宋代的都市化發展，許多都市化以後才趨於普遍的刑名也開始被正式化。

於是，遂有了「騙」和「局騙」這樣的刑獄之名。《元典章》〈刑部禁局編〉條曰：「無籍之徒，糾合惡黨，局騙錢物。」「騙」並無古字，它最初也被寫爲「騗」，意思爲「上馬」，它變成後來「欺騙」之「騙」，前代並無，也大約是起於元代。從此以後，各種「騙局」、「奸騙」、「詐騙」、「阱騙」、「設局」……等遂告大盛。

《局騙》之命名原因不詳，合理的推斷可能是將「上馬」之意延伸指誘人入局之謂。有了「局騙」一詞後，它即一直延續至明清及民國。

例如，《二刻拍案驚奇》卷之八，〈沈將仕三千買笑錢，王朝議一夜迷魂陣〉的故事裡即曰：「有一夥賭中光棍，慣一結了一班黨羽，局騙少年子弟。」

例如，《今古奇觀》三十八卷有曰：「是用著美人之局，紮了火囤去了。」它指的是用美人計，搞出了所謂的「仙人跳」。

例如，《捉鬼傳》第四回曰：「仔細鬼大吃一驚道：『此番又受了他的局了。』」。以詐術設局，或者騙財騙物，或者騙色騙名，寫得最詳盡者，厥爲明萬曆年間張應俞所著之《杜騙新書》。該書爲明清之際最重要的詐騙小說，計四卷二十四類八十三則，形同小型詐騙百科全書。作者稱：「今之時，去古既遠，俗之壞，作僞日滋」，故撰此書，以「指季世之僞芽，清其萌孽，發奸人之膽魄，容爲關防。使居家長者，執此後以啓兒孫，不落巨奸之股掌，即壯游年少，守此以防奸宄，豈入老棍之牢籠。」故《杜騙新書》者，希望藉該書讓人有所警覺，而「杜絕」騙術者也。

除《杜騙新書》外，《清裨類鈔》〈棍騙類〉亦敘述甚詳。該書指出；「以強力取不義之財者，曰騙子。」「拐騙之徒，有曰念秧者，北方土語也。蓋言辭浸潤，乘機以行其詐欺，南方謂之局騙。」其次，則是民國以後的平津江湖大老連闊如在《江湖內幕》中亦指出，自清末以迄民初，「騙術」業已發展爲一個龐大的生態圈，與江湖的其他營生行業足以並駕齊驅，被稱之爲「騙術門」。

而在上海這個新生的都市裡，有關「局騙」及各種騙術之記載，更是難以計數。民初佚名所著之《上海黑幕一千種》，有專論「局騙」一節。而有關各種騙術之竹枝詞亦多，如：

教人儲蓄本相宜，無奈從中肆詐欺，
陸續巨貲收進後，突然倒閉效鴻飛。

一般市儈最刁奸，支票紛紛任意開，
誰料空頭無實款，騙人上當不應該。

飛來白鴿復飛返，姬去財空一霎間，
誤入彀中徒自悔，勸人切莫戀紅顏。

擇交最忌遇輕浮，來往花叢喚滑頭，
衣履翩翩如貴介，騙人錢物度春秋。

習成五木騙人錢，牌九精明誘少年，

出入歌樓如大賈，咸稱司務訣通天。

由《元典章》的「局騙」開始，「設局」與「詐騙」等現象日益增多，並延伸出一組龐大的文字叢，如「詐術」、「騙局」、「局詐」、「奸騙」、「誘騙」、「阱騙」、「拐騙」……等。除了這些正式的名稱外，它並俗化爲市井江湖裡的各種詐騙隱語，如「放鴿子」、「仙人跳」、「美人局」等，被騙的人則被稱爲「瘟生」、「孝子」、「阿木林」、「凱子」……等。當一個字已不再是一個字，而延伸爲一組文字叢，它就不祇是一種現象，而成了一組文化。

前代思想家梁漱溟在《中國文化要義》第十二章即指出，以強暴機詐對人，雖然自古即有這種現象存在，但古代的現象祇能視爲混沌未鑿，而後來的現象則應被視爲文化的制約。我們的語言系統裡，由「局騙」開始，龐大的與「騙」有關之文字叢，它的文化涵義豈能不使人怵目驚心？

其實，設局詐騙與欺騙，乃是與說謊相同的行爲，祇是詐騙有更強的社會性而已。在城市形成，人與人的相互關聯變得較淡，而不確定的金錢和其他交換活動增加。詐騙等即會變得頻繁，西方十八世紀騙徒特多，美國在南北戰爭之後亦騙徒大增，這皆有著同樣的脈絡。它是一種不擇手段的自私自利。除非社會能完全合理化地重建，形成規範與價值，否則這種情況即難以結束。所謂的「公民社會」之建造裡，不擇手段的自私自利如何被馴化，即是要點。梁啓超早年曰「中國有族民而無市民」，「有鄉自治而無市自治」，這種見解可謂已確切地掌控到了問題之要旨，並可與都市化之後各種「騙」的增加聯繫起來看待。而無論如何，這些問題的解決，都與現代化的國家形成有著密切的關係，但在古代中國，由元以迄明清，這部分的日程表，的確已被延緩了太多。

最近，拉法葉艦及尹清楓案的特調小組，發現到尹案過程中，有一段當事人企圖設「局」封口，結果可能不小心弄出命案，反而造成閉口的結果。無論拉法葉案或尹案，經過長期的調查，人們早已察覺到，我們的軍隊系統，雖然說早已使用著戰機潛艦等近代化的武器，但事實上由於其封閉性和特權性，它的內在精神裡仍有著許多極傳統的，類似於幫會或江湖式的特性，設局騙人使其封口，不就是例證嗎？

棄「保」潛逃：聰明反被聰明誤

朱婉淸在過去一段時間的官場上，乃是一個非常有爭議的人物。她善於在權貴之門走動，夤緣出入，攀龍附鳳。及至有了機會進入宦途，則又露出頤指氣使，自行其是，囂裡囂張，漫無分寸的另一面。甚至於連結交術士，把術士引薦給老闆的事都做得出來。

因此，以前老一輩的人說：「每個權貴之後，都有一個太監或宮女。」這眞是顚仆不破的眞理。「太監」或「宮女」的譬喩，說的是權力依附者的一種本質。他或她們主要是依憑著特殊的因緣或關係，而進入權力核心的外層，這是一種非常微妙的權力位置，它會使權力依附者產生很奇怪的行爲特質，他或她們會對主子謙卑恭順，藉以分享權力的榮光；而一旦背著主子，面對圈外人，他或她們則會露出另一張完全不同的臉孔，張狂而無所忌憚。似乎在謙卑恭順中失掉的人格與尊嚴，祇有用張狂無忌始能補償得回來。也似乎祇有如此，始能讓卑微的他或她們，有機會來否證自己的卑微。這是自古而今一切倖幸人物的特質，幾乎沒什麼例外。

因此，長期以來，台灣的官場或媒體知識界，總喜歡在茶餘飯後扳著腳趾頭述說依附於權力的蘇志誠和朱婉清。談他（她）們那種用來向主子證明自己忠心耿耿的詭誕行為，也談他（她）們的種種不可思議的軼事。老一輩的人常說：「不是是非人，不惹是非事。」但他（她）們則恰恰相反，因而遂總是有不斷的是是非非。

不過，蘇志誠和朱婉清固然是讓人覺得疲倦的是非人，我們可以不喜歡，甚至憎厭這種人。但當他（她）們發生法律問題，則仍然應當享有一切法律上的適法待遇和保障。蘇志誠的家人蘇志仁涉嫌司法黃牛案，檢方聲請羈押，由於列舉之理由太過牽強，因而被地院駁回，即是個很有啓發性的案例，足供檢調警當做法律再教育的材料。而今朱婉清涉嫌挪用公款案，鬧得烏煙瘴氣，也同樣有許多問題值得檢調警回頭反省，包括媒體和民代也同樣可以從其中得到許多教訓。

首先，朱婉清匆匆搭機出國，儘管可議與可疑，但這頂多祇能說是鑽漏洞，卻構不成「棄保潛逃」，詎料問題一發生，我們的檢警調卻立即扣上「棄保潛逃」的罪名，刑事局傳眞給美國移民局的文件中，甚至稱朱婉清爲「罪行確定之刑事犯」（Criminal），充分顯示出他們那種「未審判即已有罪」的觀念與作風，這樣的文件讓美國人看了，除了會慨歎台灣執法者的素質與心態外，大概已無復他言。其實，更符合法治精神的稱呼，應當是「嫌疑人」（Suspect）。

於是，朱婉清案遂因此而變成了一齣荒誕大鬧劇，朱婉清一仍舊慣的東拉西扯，撒潑耍賴，而檢調警則在「棄保潛逃」上做文章，而媒體也跟著檢察官的指揮棒起舞，各式各樣的報導，也儼然坐實了她「棄保潛逃」的罪名。不久前，媒體自己被起訴和被搜索，才鬧得天昏地暗，義憤塡膺，到了現在，角色變成別人，媒體那種起鬨和欠缺反省的本性即再度顯露了出來。

其實，朱婉清案可以不必鬧得如此荒誕離譜的。她可能很狡猾，也可能很白癡，但她的匆匆出國，實在很難說是「棄保潛逃」。因此，檢方得知她離境的消息後，其實可以用更合乎法律程序的再傳訊，設若屢傳不到即逕予通緝，並向美方交涉遣回。祇要一切適法，縱使她眞的狡猾，亦將無路可逃。而今檢調警卻不此之圖，除了在「棄保潛逃」上做文章外，又對美宣稱她是「罪行確定之刑事犯」，節外生枝，治絲益棼，而媒體也大做文章，使得一起涉嫌貪瀆的案件突然變得很政治、又很八卦，檢調警究竟是聰明呢？還是程度有問題？有人已經指出，設若朱婉清胡扯到極致，將刑事局未審先判，稱她爲「罪行確定之刑事犯」的文件做爲證據，聲請政治庇護而成功，說不定我們的檢調警反而變成了是在幫她忙的眞正

「高人」。設若眞的如此，這筆糊塗帳就更有得扯的了！

朱婉清鑽漏洞而走，稱不上是「棄保潛逃」，而檢察官、刑事局，甚至媒體界卻都在「棄保潛逃」上做文章。這除了與朱婉清這個是非人有關外，也和大家都在玩著不明言的「保」的神聖遊戲有所牽連。「保」在我們的文化系統裡，乃是群體人倫關係裡的一個關鍵字，有著強烈的道德意涵，在「保」上做文章，其意義超過了法律，彷彿更像是一齣道德劇。近代著名漢學家楊聯陞曾在香港中文大學的「錢賓四先生學術文化講座」裡，談論過「報」、「保」、「包」的文化意義，而後輯爲《中國文化中「報」、「保」、「包」之意義》一書，其中的論「保」一節，即有許多論點值得思考。

所謂「保」，甲骨文的標準寫法爲「[illegible]」、「[illegible]」、「[illegible]」等。根據于省吾《甲骨文字詁林》一書所列，我們似乎可以得出下列數點結論：

(一)「保」、「緥」、「倸」、「倸」這些字，其義皆爲「保」。它象形又兼會意，指的是人背著嬰兒之狀，或指背小孩的東西之謂。後來的「褓」可能即由「緥」轉化而來。而有些形狀似鳥爪的「爫」的字形元素，則指鳥以爪育卵之意。綜合而言，可以說「抱者懷於前，保者負於背」，它的意義有「保護」、「養育」、「保持」等。

(二)「保」在遠古階段，似乎也曾是一種祝佑吉祥的儀式或官名，如「神保」、「靈保」等。但此義可能在後來被併入一般意義的「保」之中。

（三）「保」的寫法裡似乎有過「保」、「保」的寫法，它後來使用中被寫成「仔」，並被讀成子聲，則可能是一種誤會的演變。

因此，「保」以父母對子女的養育之責爲起點，構成了古代父權的倫理核心，並推廣爲統治的理念，因而《孟子》遂曰：「天子不仁，不保四海；諸侯不仁，不保社稷；卿大夫不仁，不保宗廟；士庶人不仁，不保四體。」

然而值得注意的，乃是自春秋時代開始，一種基於群體責任「什伍制度」被發明了出來，所謂「卒伍之人，人與人相保」。「相保」的最初設計，或許是一種群體的互助與提振義務感。然而，它自戰國後期商鞅變法後，即成爲一種連帶式的法律責任，並逐漸演變爲後來的「保甲制度」。「保甲制度」的形成，乃是中國人文主義的一大反挫，應當「保護」人民的統治者，顛倒過來，成爲藉著對人民進行調控監管而「被保護」的人。

於是，圍繞著「保」，楊聯陞教授指出，古代遂出現了許多制度：

如所謂的「人質制度」，三國時代、官員家屬當人質即稱「保質」，藉著這樣的制度，以防軍吏叛變，以維護統治集團的安全。

如「保舉」，這是始於漢朝的官吏任命與連帶責任制度。要任官者必須有更大的朝中之人擔保，保舉人對被保舉人有終身責任，但可收受被保舉者的「具結費」。俗語所謂「朝中有人好做官」，這句話其實並非諷刺話，而是對官場的寫實描述。

「保」在古代文化與社會制度裡扮演著重要的角色，甚至還左右了我們的感情與認知判斷。楊聯陞教授指出，「報」（指相互的回報），「保」（指相互的責任），「包」（指相互的承諾），這三個核心概念所建構的乃是我們整個社會的基本價值秩序，甚至可以說一個以「人情」與「交換」為主軸的價值系統，由此而誕生。我們判斷人與事通常都根據好惡、親疏、關係等為原則，而不喜歡思考原理原則問題。辦案人員也就經常祇辦那種「可以辦的人」，辦到「不可以辦」的人時，就會捅出紕漏。抄報館就是辦到了「不能辦的人」。

因此，我們活在一個「保」的世界裡。「保證人」、「店保」、「舖保」、「保證金」、「聯名互保」等現象直到如今仍然充斥。我們對人缺乏客觀基礎下的信任，而必須拖拉出一堆人作保始能放心，因而俗諺始曰：「不作媒人不作保，一生一世無煩惱。」「保」使得我們活在一個「互為人質」的社會裡。由於每個人活著都對相關的「保人」負有責任，這種社會控制的型態當然有助於安定，但客觀化的普遍價值則難免因此而被拖延。「保」在我們社會裡由於有著無比的價值重要性，難怪一句「棄保潛逃」，觸動了大家的倫理神經，一件事遂被鬧得轟轟烈烈起來。媒體在起鬨之餘，儼然也把朱婉清眞的看成了是罪犯。朱婉清鑽漏洞或許有之，檢察官起鬨式的丟出「棄保潛逃」這頂帽子，或許是整件事情鬧成超級大八卦的原因。

最近這段期間，檢調警鬧出的新聞多矣。聲請羈押禁見被法院駁回，多次不當搜索也受到非議；起訴記者在移送書裡甚至連刑法條文都抄錯；而今對一個惹人討厭的朱婉清，由於檢方處理秩序有瑕疵，又鬧得風風雨雨，甚至刑事局在給美國移民局的公文書裡，都會犯下法律常識上的根本錯誤。由這些案例已顯示出，各方主張檢察官的強制處分權應回歸法院，確實有其道理。往後設若交保的問題交由法院更清楚地裁定與執行，類似的鬧劇或許也可因此而減少一點。

清、濁：權力遊戲的道德修辭

古代的士大夫政治裡，「幫派意識」乃是核心元素之一，並因而至高無上了各式各樣合理化這種「幫派意識」的道德修辭，所謂的「君子—小人」之辨，所謂的「淸—濁」之分，大都不離這樣的格局。它是中國泛道德政治的悠遠傳統之一，如果不能將它的魔咒解除，不論時代與政體如何改變，泛道德的人治仍將根深柢固的以各種變形而留存。

也正因此，從漢代以迄明末，士大夫間的「黨錮」及「朋黨」之禍遂告不斷地延續。士大夫爲了爭權爭寵而相互拉幫結派，自己人必屬「君子」，而異己則個個「小人」。由於權力的爭奪有了「君子—小人」的道德修辭爲包裝，鬥起來遂格外的自鳴正義和悽厲心狠。至於何謂「君子」？何謂「小人」？這種道德性的自褒和貶人，其實有很多根本就沒什麼大道理。唐代的「牛李黨爭」，究竟哪方是「君子」或「小人」，恐怕誰也說不清楚。而宋代的洛黨、蜀黨、朔黨之爭，誰是「君子」，誰又是「小人」？唐代的李德裕，就一般標準而言，算得上是「君子」，但一鬥起來就什麼都忘了。蘇東坡的弟弟蘇轍說道：「牛李之黨遍天下，而李德裕以一夫之力，欲窮其類而致之必死，此其不旋踵罹仇人之禍也。」他究是「君子」或「小人」？

基於此，今日之人回顧古代士大夫的黨錮及朋黨之禍，可能不宜再用以前那種「忠－奸」、「君子－小人」的刻板觀念來看待，而應以更有社會科學基礎的士大夫「幫派意識」及所造成的互動來分析。而對此，古代並非沒有人看到問題的這個癥結。明儒魏禧在〈續朋黨論〉一文裡，即指出：

——「所號爲君子者，其始類能廉潔勁直，嶄嶄然取大名於天下，言人所不敢言，爲人所不敢爲。及其名日盛，而權日歸，則異己者去之惟恐不及。欲去異己必先植同己，門生故吏薦引稱譽之方不遺餘力，使有列於朝廷。於是同己者衆，而其去異己也愈力矣。從吾黨者，雖其人有可斥可殺之罪，則必率衆而援之，曰是正類也，其罪可原也。不從吾黨者，其人雖有可用之才，可黨之功，則必排抑之，曰是邪類也，不可令其得志。又或其父兄，舉主偶出於吾之所忌，必且窮究其源流，絕之於吾黨而後已。……其爭名趨利，專權怙黨之私心，與彼所謂小人而急欲去之者，求其毫髮之異不可得。……唐文宗曰：去河北賊易，去朝廷朋黨難。吾以爲：去小人之黨易，使君子自去其黨難。」

魏禧這篇文章，大概是古代談士大夫拉幫結派，以「君子—小人」之名而鬥的最精闢見解。他指出，「君子—小人」之辨乃是假問題，爲權而鬥才是眞問題，鬥到最後，「君子」與「小人」的界線開始消失，「君子」即「小人」，「小人」即「君子」。

另外，明儒王世貞在〈續朋黨論〉一文也指出，士大夫縱使是個「君子」，但一涉及權力，他們的三種毛病即告出現。它就是「近名」、「好勝」及「快心」（指追求批評別人時的爽快）。有了這三個毛病，他們鬥到最後，就會出現「陽竊君子之似，而陰用小人之術」的結果，這乃是比「小人」更大的罪過，因爲：「至於能奪天下之公議，惑天下之人心者，則未有過於陽竊君子之似，而陰用小人之術者也。」

因此，古代士大夫的各種「君子—小人」、「忠—奸」、「正—邪」之辨，當涉及「幫派意識」時，多半祇不過是合理化自己這邊的道德修辭而已。由於自視爲「君子」爲「忠」、爲「正」；而別人是「小人」、是「奸」、是「邪」，鬥起來雙方遂格外地口不擇言和手不留情。蘇轍在〈續歐陽子朋黨論〉裡即指出，「君子」和「小人」其實都極爲稀少，絕大多數的人都是在幫派性的「君子—小人」之鬥中被捲了進去，並因而極端化。蘇轍的這種觀點，能從互動的角度看問題，並看穿「君子—小人」之辨的虛假性，不能說不是一種領先時代的高見。

古代士大夫政治裡的「君子—小人」之辨，乃是「黨派意識」的道德式說辭。同樣的道理，亦顯示在唐末的「清流—浮薄」，清末的「當朝—清流」之辨中。

在古代的士大夫階級裡，所謂的「清流」，並非西方近代所謂的「飄浮的知識分子」，而是士大夫官僚階級的一種定性。所謂的「為官清正」、「清廉自期」、「一清如洗」等旨指此。因而《晉書》〈劉毅傳〉遂曰：「崇公忌始，行高義明，出處同揆，故能令義士宗其風景，州閭歸其清流。」在這裡，所謂的「清流」，指的是為官者「清高的流品」。

不過，到了唐代末年，所謂的「清流」在意義上有一大變。當時藩鎮割據，軍頭當道，朝廷岌岌可危，而士大夫官僚階級則朝不保夕，官僚體制也為之勢衰。原有的士大夫官僚階級為了保衛自己的身分權利，遂將有士大夫出身者視為「清流」，用以抗拒軍閥對官僚體制的侵犯，唐代最後一個昭宣皇帝被後來篡帝位的朱全忠所架空。朱全忠希望派一個演員出身的張廷範為太常卿，這是古代九卿之一的高官，掌宗廟之祭祀。當時的重臣裴樞即予拒絕，理由是「太常卿當以清流為之」。根據當時的時代脈絡，所謂的「清流」，指的是一種出身於科舉的身分。也正因此，當時朱全忠身邊有一個屢試不第的文人李振，他最恨那些朝中的「清流」在那裡端身分，因而建議朱全忠：「此清流輩，宜投諸黃河，永為濁流。」除了許多「清流」被丟進黃河外，還有許多「清流」被用「浮薄」為罪名予以驅逐。「浮薄」

是有身分的「清流」給予他們看不起的人之稱呼，最後天下大變，「清流」被丟進黃河成「濁流」，又被稱爲「浮薄」之徒。殘酷野蠻的歷史裡，有著另類的嘲諷意涵。

「清流」由「清高的流品」，變成「出身科舉的身分」，到了清末，它的意義又一大變，那就是同治光緒年間所謂「同光中興」裡的「清流黨」。

《清史稿》〈張之洞傳〉曰：「往者，詞臣率庸容養望，自之洞喜言穹事，同時寶廷、陳寶琛、張佩綸輩崛起，糾彈時政，號爲清流。」

因此，清末所謂的「清流」，所指的乃是士大夫官僚中比較沒有現實權力的一群學士或御史之類的言官。當時正進行由曾左胡李以降的大改革，官僚體系難免紊亂，這一群喜歡咄咄書空、大言談事、糾彈官吏的「清流」遂告出現。清末怪傑辜鴻銘曾著《張文襄幕府紀聞》，有一段即談到「清流」產生的背景。他指出，當時的政府銳意改革，任用人才及政策，「僅計及于政，而不計及于教。文忠（李鴻章）步趨文正（曾國藩）更不知有所謂教者，故一切行政用人，但論功利而不論氣節；但論才能，而不論人品。此清流黨所以憤懣不平，大聲疾呼，亟欲改弦更張，以挽回天下之風化也。」

清末之「清流」在那個改革時代借勢而起，有很強的道德性，他們集會也特地選了松筠庵諫草堂，那是明代名臣楊繼盛（椒山）的故宅。楊繼盛當年以彈劾權雄人物嚴嵩而被處死，嚴嵩倒台後，楊繼盛被追諡爲「忠愍」。清代這些「清流」有意效法楊繼盛的心情可知。

這些「清流」初起之時，連左宗棠都敢彈劾，另外許多位尚書、侍郎、巡撫、提督都被他們劾去官職。他們儼然成了偶像人物。但沒幾年這批人就陸續在被外派後因能力不足或操守不佳而失勢。整個「清流」裡，除了留下一個張之洞外，餘皆覆沒。後人的評價是「好大言實不足用」，「書生誤國」。一批「清流」，全都成了「濁流」。

由清末的「清流」故事，證實了「講大話」和「做大事」是完全不同的兩回事。「清流們最初祭出道德形象牌，因而製造出極大氣勢，但他們的能力撐不出自己的形象，最後「清流」遂淪爲「濁流」。

因此，無論以往的「君子—小人」、「忠—奸」、「正—邪」，以迄後來的「清—濁」，它所顯示的，都是士大夫階級的權力遊戲，和用道德來包裝這種權力遊戲的一種修辭。它可以在某些時刻激發起某些道德情緒，或者用以擴大自己這幫人沒有的權力，或者用以排除異己。但由古代的經驗卻也顯示出，「幫派意識」延長而成的「君子—小人」、「清—濁」之辨，它是把雙面刃，正面今天砍到別人，而反面則會在明天砍到自己。現代治國，不在誰是「君子」，誰是「清流」而在誰有能或無能。西方政治人物從未有人標榜「清流」、「君子」，僅此一點，就已知我們的政治仍停留在什麼樣的階段矣！

招安：招討無力後不甘心的妥協

美國聖母大學歷史教授穆黛安（Diane H. Murray），是新一代的漢學家，她稍早前出版《華南海盜——一七九〇至一八一〇》，論及清代中後期華南海盜的崛起與招安。在結論裡，她提出了兩個非常值得注意，而且應當爲全體華人痛省的觀點。

其一，中國古代的「招安」，乃是一種「儒教秩序的報酬系統」，統治者藉著「招安」這種儒家的道德式論述與權謀，以暫時性地壓抑掉人民的反叛。但就在這種「造反——招安」的權力遊戲中，舊秩序固然得以苟延殘喘地留存下來，但它所付出的代價，則是問題在捂蓋中被惡化；而政府及人民也都不可能產生新的問題意識，當然也就無法促成更多一點點的進步。

其二，就以清代中後期的華南海盜爲例，由其崛起，其實已顯示出海洋爭鋒時代的逐漸到來以及清廷控海能力的虛弱。但海盜被「招安」，「它使得清朝官員對其海岸狀況產生了一種虛假的安全感，用傳統方式壓制叛亂所獲得之勝利，不但未能促使清政府對其海防上的弱點有所醒悟，反而使之更加麻木不仁。清朝官員不但未從其水師與海盜屢戰屢敗的結果中得到警示，反而祇是滿足於作表面上的改革文章，掩人耳目。」因此，海盜被「招安」，從長遠角度看，其實並非清政府的勝利，反而是敗亡的開端。當列強艦隊到來，而且無法用「招安」這種方法來解決，其土崩瓦解的命運遂無法避免。

穆黛安教授以「儒教秩序的報酬系統」之觀點來解釋「招安」，誠可謂一針見血。「招安」者，維繫古代舊秩序的一種論述及權謀系統也，它在專制而有能力的古代盛世，或許勉強還會有一點效果，但縱或有效，仍難免有愈招愈不安的後遺症。及至近代，由於情況早已不變，這時候仍兀自在那裡搞「招安」的遊戲，則簡直成了時空脫落的荒誕鬧劇。而由古代「招討」、「招撫」、「招安」這一系列有關「招」的遊戲，其實有很多值得縱使到了今天仍可堪反省的問題。

專制的古代，必然有「反」，它的類型極多，有王公貴族或軍頭之反；有綠林好漢占山爲王的反；也有官逼民反，嘯聚成衆之反。由於造反頻仍，如何「招降納叛」遂成了古代的一種例行化工作，並發展出一種獨特的論述。正統的專制王朝是天的代表，因而它具有最高的正當性，所有的反叛都因而是不正當的「逆」、「賊」、「反」、「叛」等，應予「招討」、「招撫」與「招安」。大體說來，漢代因爲是帝國形成的初期，不服統治的反較多；而唐代則藩鎭割據，每多兵反，因而其招降納叛遂多以武力征服的「招討」爲之，諸如「招討使」、「宣撫使」等官名，大多始於唐代。

古代的「招」字遊戲中，漢代似乎是表現得相對較好的時代，唐宋金元之後則每下愈況。明代江西副使胡世寧在《胡端敏公奏議》裡所收〈地方利害疏〉裡有如下一段：

——「夫自古盜賊之興，即當撲滅於微，若其既久而多，則不得不撫撲兼行者，蓋以情，則脅衆當罔治，以勢則延蔓難根誅也。故如漢武帝以南征北伐之威，不能盡殺盜賊，及后輪台詔下，休兵恤民，盜賊不見跡。又如漢龔遂爲宣帝強盛之時，下令渤海，諸持田器者爲農民，更無得問也，固不聞其誘使釋兵而盡殺也。……其自古招撫之失當戒者，謂如唐宋金元之季，官其渠帥，授以土地，假以兵權，更或因其懈弛，而遂行誘殺，見其跋扈，而復事姑息，以是威信兩失，紀綱大壞，坐致衰微耳。」

胡世寧的這篇奏議，在古代論及「招撫」與「招安」的文獻裡，乃是極重要的一篇，很可以拿來與前述的穆黛安教授的結論相互參證，因爲他們都將「招安」的本質性缺點指了出來。「招討」是對造反予以武力壓服，「招撫」是在武力壓服後對被脅從者加以安撫，這兩者在本身的邏輯上並沒有太嚴重的自我矛盾。但「招安」則不然，它是對造反者的收買，讓他們帶槍投靠。「招安」從宋代開始日益普遍，主要原因乃是宋代以後的「社會性土匪」（Social Bandit）日益普遍，他們絕大多數都是因饑荒和官吏貪腐無能，以至於嘯聚成衆，蔚爲有體系的造反部隊，而宋代以後，中國吏治武備又多衰敗，對造反已無力「招討」，遂祇得收買，而美其名爲「招安」，其後遺症乃是：

（一）使得人民造反的原因從未被好好地改正，「招安」了這一批，下一批又立即出現，招不勝招。而被「招安」者多半不習慣或不見容於舊體制，在「招安」之後，絕大多數又故態復萌，整個社會的秩序和是非紀律完全淪喪。

（二）對統治者而言，將他們認爲不正當的造反者「招安」收買，這雖是權謀，但也反映了他們的「招討」無力和無能。因此，在「招安」之後，他們多半都心理無法平衡，最後通常都會找個理由或機會，將被「招安」者殺掉。《宋史》的〈蔡襄傳〉就說過蔡襄殺被「招安」的保州叛軍之事。他建議皇帝在部隊進駐被招安的叛軍城市時，「俟招牓入城，隨而密入，除百姓外，逢兵即殺，彼二三千叛卒，方得朝廷姑息，乘其疑惑懈怠之間，我兵卒至擊其不意，可以盡誅。」而在明代末年，諸如巡按御史李應期、陝西巡撫洪承疇等，也都有在「招安」後將對方集體誘殺的紀錄。弄到最後，「招」與「殺」之間的界線也就日益模糊。胡世寧在〈地方利害疏〉這份奏摺裡，就指責這種「以招爲誘」的拙劣、敗德和不眞誠，他主張「舊招不殺，再叛者不招，而新起者必撲滅於微」，以古代標準而言，已可算是少有頭腦清楚的了。可惜的是，他的見解並未被明朝皇帝聽進去，以招爲誘，以誘爲殺仍是那個時代的主流，崇禎皇帝即曰：「招撫爲非，殺之良是。」將造反者不分靑紅皀白一律殺掉，他沒有「招安」所造成的不平衡，但「招殺」不盡的結果，最後是大明王朝也斷送在造反的李自成手中。

因此，「招安」乃是一種很値得深入硏究的槪念和行爲。它是專制王朝無能下的一種權謀，也是統治者「招討」無力後一種不甘心的妥協，最後它走到「以招爲誘」、「以誘爲殺」的方向遂一點也不使人意外。但無論「招討」、「招撫」、「招安」，甚至「招誘」、「招殺」，它都是在專制體制下運作的權謀手段。「招」的遊戲縱使再玩了幾百件，整個社會也不會有絲毫的進步。

在民主的時代，人民的不服從是常態，不服從並拒絕「招安」，始有可能出現反對體制；而統治集團內部出現不服從，始有可能促成統治集團內部的民主化。但此刻的台灣，我們所看到的卻是「黃袍加身」、「招安」、「大老政治」等一幕幕上演，所有的這些，它除了予人時空錯亂之感外，也不得不讓人要說一句：「太離譜了吧！」

獵巫：中國是美國的新靶

十五世紀初，一直到十七世紀中葉的兩百多年裡，歐洲出現「獵巫」（Witchhunt）狂潮，大約五十至一百萬人被用「巫」的罪名活活燒死，其中的八十五%爲婦女。曾經有遊記記載，當時的法、德、瑞士、西班牙、法西交界的巴斯克地區，「觸目所見，都是燒巫的木柱。」

「獵巫」在人類精神文明史裡，乃是集體的歇斯底里及自鳴正義之代表。它同時也是一種「有理由」的集體野蠻與殘酷。以女巫爲獵殺對象的「獵巫」，雖然在一六五〇年左右落幕，但後來的時間裡，類似的現象卻總是不斷地反覆出現，祇是獵殺的對象被改變而已。因此，「獵巫」到了二十世紀，已成爲一種通名，泛指所有具備了集體歇斯底里、自鳴正義，而「政治正確」的預防式迫害行爲。納粹對猶太人的迫害，初期的造勢即是一種「獵巫」；戰後初期美國的「白色恐怖」，也是一種「獵巫」。美國著名的劇作家亞瑟・米勒（Arthur

Miller），一九五三年曾著作《嚴酷的考驗》（The Crucible），就以「獵巫」來影射當時麥卡錫主義以「獵共」爲名的迫害。

因此，今日發生在美國的李文和間諜案，乃是另一波典型的「獵巫」事件，CNN在報導時即指出：「它乃是獵巫式的尋找替罪羔羊。」對美國軍事科技有些許了解的都知道，美國軍事科技體制乃是一個綿密有如銅牆鐵壁的體制，它儘管雇用了大批華裔或其他少數族裔，但這些人基本上都不被信任，祇能擔任很外圍的研究。除了出身的過濾外，這些人員並半公開地長期被美國國安局列管，並不斷地根據電話監聽、交友關係、親屬往來等資料，從事安全調查及評鑑，稍有疑點，就會遭到解雇的命運。台灣早年的留學生，有許多都進了那個體制，長期的馴化和驚恐，使得他們都變得非常內向，並且拒絕和華裔往來，這種人在美國被迫過著孤島似的人生。別說沒膽當國防科技的間諜，就是有膽也偷不到什麼國防科技。由媒體報導中對李文和個性所做的描述，即可證明他過的就是孤島人生。美國CNN遂在報導中認爲，李文和大概和什麼竊取機密根本扯不上關係，而祇是一個替罪羔羊而已。

李文和被整肅，本質上乃是一起「獵巫」案件。長期以來，美國在中國問題上即存在著一個極右的鷹派，它以中情局和五角大廈爲核心，共和黨內的右派爲羽翼。自從「後冷戰」以來，右派失去了蘇聯這個最大的敵人，其存在的合理性業已出現嚴重的危機，它必須尋找敵人以塡補蘇聯留下來的缺位。在這樣的背景下，現代的「獵巫」遂告出現，北韓發射一枚小衛星，其中有一節火箭掉進海裡，即被大做文章；伊拉克與伊朗都無核子武器及洲際彈道飛彈，但美國卻硬將「它們可能對美國本土展開攻擊」，報導得活靈活現。在這一波「獵巫」聲中，北京當然成了最好也最廉價的箭靶。

這一波「修理中國」（China-bashing）的「獵巫」，開始於柯林頓第一任總統的後期，它以中共軍情當局對民主黨的政治獻金爲第一波攻勢，這個問題鬧到今日，已超過四年之久，儘管八字連一撇都沒有，共和黨的右翼國會議員仍鍥而不舍地對著幻影窮追猛打。它的策略，顯然是要藉著這個題目來抹黑民主黨，暗示民主黨是個拿共產黨金錢的政黨。除了政治獻金外，有關科技不當輸出，北京間諜偷竊美國國防科技等也都不斷被加工製造出來。

共和黨右翼所加工製造的偷竊國防科技話題，基本上都並非事實，而是推理。它的前提是北京方面沒有任何科技能力，因此，它的任何發展都必然偷自美國。基於這樣的前提，別國的任何進展都必然有科技間諜躲在背後。而中國的科技間諜必屬華裔。李文和在被這種推理所懷疑後，即不斷被約談，被要求做一點也不科學的測謊。這已不是在辦案，而是迫害了。它的邏輯和當年的「獵巫」完全如出一轍：當年「獵巫」期間，若任何人被說成是「巫」，就一定千方百計刑求逼供，當問不出任何證據，就代表這個「巫」非常厲害而頑強，必須加倍用刑。這種認爲誰可疑，就千方百計要加以證實的迫害邏輯，由於它是一種封閉的愛國邏輯，是一種「政治正確」，當然也就無往而不利。許多起間諜案在反覆追查測謊後查無實證，當事人痛苦不堪，通常都會接受軍情檢調單位「坦白從寬」的條件，胡亂認個輕罪，關個一年多結案。如果是眞的間諜，他們會那麼客氣？但就在這樣的迫害與認罪下，他們那種心態所意圖得到的政治利益也就得以落實。「獵巫」是一種封閉而自證爲眞的邏輯循環圈。它用迫害來證明迫害的正確。

共和黨右派大肆「獵巫」，加大洛杉磯分校教授鮑姆（Richard Baum）發表評論，即做了如下抨擊：「事情之特殊，並不是有些華裔對美國的科學實驗室進行窺伺，以期獲得廉價的科技資訊；而是某些美國記者、政客及國會助理，意圖將這種事情說成是大規模的，有整體計畫的，中國政府對美國安全所做的侵犯。他們煽動著與事情毫不相稱的恐共症，而後用這種自製的歇斯底里當成棍棒，以打擊柯林頓政府。」

《洛杉磯時報》專欄作家普萊特（Tom Plate）最近撰文指出：「美國最近正在爲反共及反中的歇斯底里加溫。前美國國務卿舒茲在回憶錄裡曾指出，中美之間以前的關係動輒激烈搖擺。美國有一種傾向，某時某刻會突然地亢奮無比，當事情不如預期，則又會突然極端挫折及過度反應，鐘擺的這種擺動在以前都太過度了。……而今國會在中國問題上大做文章，而美國總統大選在即，鐘擺正在以一種報復的方式往回擺動。」

因此，無論古代的獵殺女巫，或者以前的獵殺猶太人，以迄戰後的獵共，它們的本質皆屬相同，那就是「獵巫」。它是將對國家社會的愛，以一種倒錯的方式使之變成恨，而後以集體式的歇斯底里表現了出來。它也是強者將自己扮成弱者，據以鏟除眞正弱者的一種手段。它是一個自我封閉的意識形態及封閉的修辭循環圈，當任何人被套了進去，就不可能走得出來。

對於「獵巫」，耶路撒冷大學的教授班・葉胡達（Nachman Ben-Yehuda）在《偏差及道德邊界》一書裡曾做了非常總體性的評論。他指出，「獵巫」乃是一種「道德性的驚惶」，也是秩序瓦解後「對各類道德邊界的再定義」，可惜的乃是它本質上保守反動，因而它的再定義遂祇不過是企圖藉著壓迫，走回更早的從前。當年的「獵巫」，發生在教會權威瓦解，而婦女地位漸增，宗教裁判所整肅異端已告一段落，必須尋找新的敵人來餵飽它龐大的體制，各項因素交錯，「獵巫」終告出現。今日的「獵巫」發生在「冷戰」秩序瓦解，新興國家自主意識日增，而美國龐大的軍情體系已必須尋找新敵人來代替蘇聯之際，兩相對比，情況不正完全相當嗎？

經典：隱含著利益之爭

爲了台灣文學「經典」，正反雙方鬧成一片，甚至還延伸成了新一波的「統獨之爭」。這是近年來台灣少有的「文化戰爭」，在某個意義上，也可算是個超大型的茶壺風暴。而歸根究柢，則不能說不是「經典」這個詞所惹的禍。

將罪名歸於「經典」這個詞，雖不一定中，但當亦不遠。因爲無論東方或西方，「經典」都是個嚴肅而正經的詞。當代文化暨藝術評論家佛格森（Russell Ferguson）曾經說過：「有經典，就有排除。」於是，當有人用「經典」來指他們的偏好時，另外的人對自己的偏好遂有了被排除的巨大威脅感，「經典」與「非經典」之間的差異性偏好，也就被拉高到本質性的層次上。設若當時不把自己的選擇說成是「經典」，而更準確的宣稱是「我們認爲的重要文學作品」，問題當不致發展到如此難看的地步。

同樣的道理，當代法國思想家波底奧（Pierre Bourdieu）在《文化生產的場域》裡，就說得更清楚了。他指出，「經典」或「正典」（Canon）的決定，乃是一種「神聖化的競爭」（Competition for consecration），對另外的人則可稱之爲「要求被承認的鬥爭」（Struggle for recognition）。有些人或團體企圖保持和延續，有些則追求斷裂、差異或改變。大家都把自己的偏好想要神聖化，競爭起來遂難免會出現擬神聖的自鳴正義。這種「神聖化的競爭」，除涉及美學及文化價值外，也牽涉到不同體制的權威及符號權力。也正因此，一涉及「經典」之名，即是非多多，台灣的文學「經典」之爭，其實也不是什麼例外。

漢語之「經」，本義指紡織時的縱線，引申爲重要且綱領之事務。它被用來形容重要而基本的書籍，乃始於周末。《莊子》〈天運篇〉曰：「孔子謂老聃曰，丘治詩書禮樂易春秋六經，自以爲久矣。」可見「六經」之名乃是儒家自認爲重要的書籍。《釋名》遂曰：

「經，徑也，常典也，如徑路無所不通，可常用也。」

「經」的原始意義祇不過是孔子認爲的重要書籍，不過自漢朝獨尊儒術，罷黜百家後，儒家的重要書籍遂升格爲獨占了教育體系的「經」，它的範圍亦逐代擴大，漢代增至七經，唐代增至九經，我們今日所謂的「十三經」則始於宋代。

因此，漢代以後的「經」，與孔子當時所稱的「經」，儘管都使用「經」這個名稱，但在實體意義上已大爲不同。漢代以前的「經」乃是一門一派的偏好，漢代以後的「經」則是獨占教育和價值體系的制度化選擇。「經」已不祇是重要而已，它更被抬高成偉大和有種種符號及現實性的權力。《文心雕龍》曰：「經也者，恆久之至道，不刊之鴻教也。」所說的就是偉大化之後的「經」。除了最重要的十三經外，其他次級領域，也都借用這種概念，因而有了種種「雜經」級的重要書籍，如《水經》、《山海經》、《星經》、《忠經》、《三字經》，以及有關瑣碎事務的《茶經》、《花經》、《酒經》、《禽經》等等。

因此，中國後來所謂的「經」，甚實和西方所謂的 Classics 完全同義。中國的「經」獨占教育系統，構成學術及教育系統的「經學」，它由詩、書、禮、樂、易、春秋、孝經、四書、文字訓詁等所組成。而西方的 Classics 也包括自希臘羅馬以降的重要人文哲學及神學、修辭學著作，占據著教育體系，成爲「人文古典學」。同樣的道理亦發生在印度，它的古典教育以《吠陀經》和梵語等爲基本。在這樣的脈絡下，西方人稱中國古代的經書爲 Chinese Classics 可謂完全貼切。

中國古代稱「經」，而不稱「典」。合「經」「典」爲「經典」，最遲始於明代。明代的許多辭典式類書，如陳耀文的《天中記》等，已出現一種新的「經典」分類，它是「經」的範圍之擴大，涵蓋了古代的經、傳、註、詁、記論、句讀等。「典」之本義指的是被認爲有開創性的律令規章，早在《左傳》昭公十二年即有「五典」之說，指的是少昊、顓頊、高辛、唐堯、虞舜等五位古代帝王的制度規章。《釋名》曰：「典，鎮也。制教法，所以鎮定上下，差等有五也。」由「經」而發展到「經典」，可以想像到的，乃是隨著時代的發展及教育和讀書的普及，有限的「經」已不敷時代的需要，它的範圍和內容已需擴增。

而這種情況在西方亦然。從十五世紀「文藝復興」以迄十七世紀「古典主義」，均視希臘羅馬的傳統是「最好的」（Classicus），因而由這個「最好的」遂衍生出「經典」（Classics），「古典主義」（Classicism，Classicalism）。一直到十九世紀末，希臘羅馬的重要著作均占據著「經典教育」的位置。但據芝加哥大學教授格拉夫（Gerald Graff）在《超越文化戰爭——爲何教導衝突有助於活化美國教育》一書所述，以美國爲例，從南北戰爭結束以迄第一次世界大戰期間，要求將英美文學列爲經典教育之呼聲日增，它與認同的強調，藉著價值重塑以重新規範混亂的社會秩序，肯定「美國主義」等有著密切的關係。

例如，本世紀賓州州大經典教育的主要推動者派迪（Fred Lewis Pattee）即是個主要的美國主義者，他要「建設一個教育上的門羅主義，讓美國人讀美國文學」，「以防杜隨著一次大戰而造成的社會目無法紀」。而哥倫比亞大學經典課程的開創者霍克士（Herbert E. Hawkes），他當時任教務長，即認爲課程之設計「在於讓我們社會裡的毀滅元素得以消音」，並「使學生能夠面對挑釁高尚及良好政府的聲浪」，「讓他們成爲民主社會裡安全的公民」。美國的早期校園有極強的激進傳統，近代新的經典課程之設計，雖然並非沒有人文及美學價值上的考量，但它有著社會及政治上的目標，卻也是不爭的事實。教育原本就是國家意識形態機器裡重要的環節，做爲教育一部分的「經典教育」，它所選擇的「經典」當然代表了「主流」的意識形態。

不過，值得注意的，乃是從本世紀初開始的新「經典教育」，在進入一九八〇年代中期後，許多國家都出現新的挑戰，而族群及性別爭論嚴重的美國尤其明顯。它就是從八〇年代迄今的所謂「正典爭論」（Canon Debate）。「正典」是個比「經典」還嚴重的詞。「正典」一詞源於古希臘文 Kanon，意思指的是「定律」，而後演變爲拉丁文的 Canun，及古法文及古英文的 Canon。在古拉丁文階段，這個詞就已被教會體制所獨用，它指的是更具有神聖性或擬神聖性的規定，例如教諭、戒律、教規等均可使用這個詞。羅馬教宗所頒之諭告，即可使用此字，稱爲「教諭」（The Ecclesiastical Canon）。近代的「正典爭論」，挑戰的一方認爲經典教育所選的經典均有其政治或社會上的偏見，必須調整，他們用 Canon這個詞稱呼經典，有著強烈的反諷意涵，意思是說當今的經典被過度而虛假地神聖化；而堅守文化正統主義的一方，也使用 Canon這個詞，顯示在他們的眼中，當今的經典已不祇是經典而已，而接近於「聖典」的地位。台灣有人將 Canon 譯爲「正典」，雖不能說不對，但由西方文化保守主義的價值觀而論，設若譯爲「聖典」，當更爲精準。

有關當代的「正典爭論」，文化人類學家瑪庫士（George E. Marcus）在《重讀文化人類學》這本論文集，以及前述的芝加哥大學教授格拉夫在《超越文化戰爭》裡，都有過概念性或總體性的回顧。大體而言，由於近代學術思想丕變，而新的學術運動也陸續出現。就學術體制而言，這代表了新的「解釋社區」（Interpretive Communities）和「學習社區」已告形成，他們已能更加批判性地閱讀以往所謂的「經典」，並察覺出它的限制與缺失。對經典的批判性閱讀，並不一定就代表著對以前經典的完全否定；而各大學的「學習社區」要求增列新的有關女性及其他文明的經典，也不一定就代表了「反西方」。然而，對文化保守主義而言，他們視經典如聖典，視經典書單不可動搖，當然不可能接受新「解釋社區」和「學習社區」的主張，並認爲這代表了西方價值即將淪喪的危機。於是，一九八○年代中期，右翼的金主「歐林基金會」（Olin Foundation）遂出資並運作各項文化保守主義運動，而這個基金會正是出面邀請李登輝總統前往康乃爾大學的計畫主持者。芝大教授格拉夫在《超越文化戰爭》一書裡指出，整個八○年代的「正典爭論」裡，文化保守主義這一方的著作，有許多都由該基金會支持。這些著作普遍都以極誇張的態度宣稱經典不能更動，否則美國的文化及民主就會毀滅。一九八八年史丹福大學的經典課程小幅調整，不過增加兩、三本黑人及阿拉伯人、拉丁美洲人的著作，他們就發動大規模的攻擊。「正典爭論」對文化保守主義者而言，乃是一場「文化聖戰」。法國思想家波底奧認為經典之更動乃是「神聖性的競爭」，眞是一點也沒說錯。任何事務一被冠上「聖」的名稱或意涵，它的任何改變即難免出現基本教義派式的激情。美國的「正典爭論」堪稱代表。Canon 是個有神聖意涵的字，一切巨大的對立與衝突都在聖名的掩護下進行。

有關經典之爭，除了涉及意識形態，它還涉及不同「解釋社區」間權威以及符號性權力之爭，最後落實到教育體系，則涉及更多問題了；若某書列入經典，就會有一大批人因此而可以就業或研究，可以分享學術上的權力與資源。因此，經典之爭在另外的意義上，也代表著利益之爭。

有經典，就有排除。經典是神聖的，是正統，非經典則是非主流，無價值，或邊緣事務。因此，經典的形成有著相當權力的一面。不過，對於經典也不宜完全地由權力和鬥爭的角度切入。經典除了與權力有關外，更重要的是必須有它本身的自在價值。義大利文學家卡爾維諾（Italo Calvino）曾寫過一篇文章〈為何要讀經典？〉，他指出，經典有其豐富性與恆久性，它能碰觸到人類的各種恆久且終極的問題，它不會讓人祇讀一次就再也不會回頭。任何人文藝術的著作，如果不能掌握到這些品質，縱使硬抬成經典，很快地仍會遭遇到另一個眞正的考驗，那就是所謂的「遺忘期」。它是一切非經典最後的致命傷。歷史上有太多一度顯赫的人名或書名，都很快地就掉進遺忘的黑洞中。或許這才是値得一切想當經典的人眞正應當關切的問題吧！

智慧田系列

智慧田 017

從今而後

◎鍾文音　定價$220元

《從今而後》書寫一介女子的情愛轉折，繁複而細膩的書寫，烘托出愛情行走的荒涼路徑，全書時而悲傷、時而愉悅，不斷纏繞在戀人間的問答承諾，把我們帶進一個看似絕望，卻仍保有一線光亮的境地，從今而後浪跡的情愛，有了終究的歸屬。

中國時報開卷版一周好書榜

智慧田 018

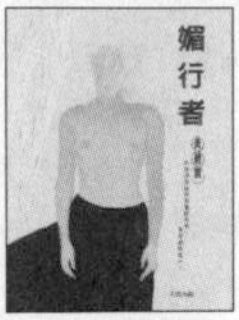

媚行者

◎黃碧雲　定價$220元

《媚行者》寫自由、戰爭、受傷、痛楚、失去和存在、破碎與完整。失憶者尋找遺忘的自身，過往歷歷無從安頓現刻；飛行員失去左腳，生之幻痛長久而完全，生命仍如常繼續；革命分子，張狂自由接近毀滅……當細小而微弱的肉身之軀，搏鬥著靈魂存在的慾望、愉悅，命運枷鎖成了最永遠而持續的對抗。

智慧田 019

有鹿哀愁

◎許悔之　定價$200元

詩人呈現給我們的感官美學，從初稿，二稿、三稿，乃至定篇成詩的編排裡，讀出詩人對神思幻化的演繹過程，也映照我們內在悲喜而即而離的心思。把詩裝置起來，竟見到詩人在世事的每一個角落裡，吟謳細緻的溫柔，如此情思動人。詩人楊牧專序推薦

智慧田 020

剎那之眼

◎張　讓　定價$200元

《剎那之眼》持續張讓一向微觀與天問的風格，篇幅或長短或輕重，節奏情調不一，有高濃度的散文詩，有鋒利的詰問，有痛切的抒情，也有戲謔的諷刺，而不論白描或萃取，都單鋒直入，把握本質。

獲2000年中國時報開卷十大好書獎

智慧田 022

鯨少年

◎蔡逸君　定價$200元

《鯨少年》創想於九六年，靈感來自一份零售報紙的贈品，一一張錄製鯨群歌唱的CD。小說細細密密鋪排出鯨群的想望與呼息，在大洋中的掙扎搏鬥、情愛發生，書寫者時而以詩歌描繪出鯨群廣闊嘹亮的豐富生氣，時而以文字場景帶領我們墜入了寂寞的想像之島，如今作品完成鯨群遠走，人的心也跟著釋放，一切在艱難之後，安靜而堅定。

聯合報讀書人每周新書金榜

智慧田 023

想念

◎愛亞　定價$190元

《想念》透過時間的刻痕，在文字裡搜尋及嗅聞著一點點懷舊的溫度，暖和而溫馨，寫少年懵懂，白衣黑裙的歲月往事；寫「跑台北」的時髦娛樂，乘坐兩元五毛錢的公路局，怎樣穿梭重慶南路的書海、中華路的戲鞋、萬華龍山寺、延平北路……在緩慢悠然的訴說中，我們好像飛行在昏黃的記憶裡，慢慢想念起自己的曾經……

智慧田系列

智慧田 024

秋涼出走　　◎愛亞　定價$200元

內容環繞旅行情事種種，但更多部分道出人與人因有所出走移動，繼而產生情感，不論物件輕重與行旅遠近，即使小至草木涼風、街巷陽光、路旁過客，經由緩慢閒適的觀看，身心視野依然會有意想不到的豐富體會。　聯合報讀書人每周新書金榜

智慧田 025

疾病的隱喻　　蘇珊·桑塔格◎著　刁筱華◎譯　定價$220元

隱喻讓疾病本身得到了被理解的鑰匙，卻也對疾病產生了誤解、偏見、歧視，病人連帶成爲歧視下的受害者。蘇珊·桑塔格讓我們脫離對疾病的幻想，還原結核病、癌症、愛滋病的眞實面貌，使我們展開對疾病的另一種思考。

聯合報讀書人每周新書金榜。中國時報開卷一周好書榜。

智慧田 026

閉上眼睛數到10　　◎張惠菁　定價$200元

張惠菁在時間與空間的境域裡，敏銳觸摸各種生活細節。在這些日常事件裡，發生了種種人與人之間的關係。關係中充斥著隱喻，在其中我們摸索人我邊界。《閉上眼睛數到10》寫在一個關係中與位置同時變得輕盈的年代。

中國時報開卷一周好書榜。聯合報讀書人每周新書金榜。

智慧田 027

昨日重現—物件和影像的家族史　◎鍾文音　定價$250元

是一杯茶的味道，勾起了多少往事的生動形象；是一盞燈的昏黃，讓影像有了過往的生命；是一個背影，使荒涼的情感哭出了聲音；是一件衣裳，將記憶縫補在夢中一遍又一遍；是家族的枝枝葉葉、血液脈動交織出命運的似水年華……鍾文音以物件和影像記錄家族之原的生命凝結。

聯合報讀書人每周新書金榜。中國時報開卷一周好書，誠品書店誠品選書

智慧田 028

最美麗的時候　　◎劉克襄　定價$220元

《最美麗的時候》爲劉克襄十年來之精心結集。打開這本詩集，你發現詩句和葉子、種子、鳥類、哺乳動物、古道路線圖融合在一起。隨著詩和畫我們彷彿也翻越了山巔、渡過河川，一同和詩人飛翔在天空，泅泳在溫暖的海域，生命裡的豐饒與眷戀，透過詩集我們被深深地撞擊著。

智慧田 029

無愛紀　　◎黃碧雲　定價$250元

人爲什麼要有感情，而感情又是那麼的糾纏不清。在這無法解開的夾纏當中，每個人都不由自主。無愛紀無所缺失、無所希冀、幾乎無所憶、模稜兩可、甚麼都可以。本書收錄黃碧雲最新三個中篇小說「無愛紀」與「桃花紅」、「七月流火」，難得一見的炫麗文字，書寫感情生命的定靜狂暴。

國家圖書館出版品預行編目資料

在語言的天空下／南方朔著；－－初版.－－台北
市：大田，民90
面；　公分.－－（智慧田；030）
ISBN 957-583-997-8（平裝）

802.36　　90005052

智慧田 030

在語言的天空下
作者：南方朔著

發行人：吳怡芬
出版者：大田出版有限公司
台北市106羅斯福路二段79號4樓之9
E-mail:titan3@ms22.hinet.net
http://www.morning-star.com.tw
編輯部專線（02）23696315
傳眞（02）23691275
【如果您對本書或本出版公司有任何意見，歡迎來電】
行政院新聞局版台業字第397號
法律顧問：甘龍強律師

總編輯：莊培園
主編：蔡鳳儀
編輯：王曉雯
校對：詹宜蓁/耿立予/蘇清霖
初版：二○○一年（民90）五月三十日
定價：250元

總經銷：知己實業股份有限公司
（台北公司）台北市106羅斯福路二段79號4樓之9
TEL:(02)23672044・23672047　FAX:(02)23635741
郵政劃撥：15060393
（台中公司）台中市407工業30路1號
TEL:(04)23595819　FAX:(04)23597123

國際書碼：ISBN 957-583-997-8 / CIP:802.36/90005052
Printed in Taiwan

廣　告　回　郵
北區郵政管理局登
記證北台字11049號
免　貼　郵　票

大田出版有限公司　編輯部收

地址：台北市106羅斯福路二段79號4樓之9

電話：（02）23696315-6　傳眞：（02）23691275

E-mail：titan3@ms22.hinet.net

地址：……………………………………………

姓名：……………………………………………

信用卡訂購單（要購書的讀者請填下資料）

書　　名	數　量	金　額	書　　名	數　量	金　額

□VISA　□JCB　□萬事達卡　□運通卡　□聯合信用卡

●卡號：＿＿＿＿＿＿＿＿＿＿　●信用卡有效期限：＿＿＿年＿＿＿月

●訂購總金額：＿＿＿＿＿＿＿元　●身分證字號：

●持卡人簽名：＿＿＿＿＿＿＿＿＿＿　（與信用卡簽名同）

●訂購日期：＿＿＿＿年＿＿＿＿月＿＿＿＿日

填妥本單請直接郵寄回本社或傳真(04)23597123

閱讀是享樂的原貌，閱讀是隨時隨地可以展開的精神冒險。

因為你發現了這本書，所以你閱讀了。我們相信你，肯定有許多想法、感受！

讀　者　回　函

你可能是各種年齡、各種職業、各種學校、各種收入的代表，
這些社會身分雖然不重要，但是，我們希望在下一本書中也能找到你。

名字／＿＿＿＿＿＿＿＿ 性別／□女 □男　出生／＿＿＿年＿＿＿月＿＿＿日

教育程度／＿＿＿＿＿＿＿＿

職業：□ 學生　□ 教師　□ 內勤職員　□ 家庭主婦
□ SOHO族　□ 企業主管　□ 服務業　□ 製造業
□ 醫藥護理　□ 軍警　□ 資訊業　□ 銷售業務
□ 其他＿＿＿＿＿＿＿＿

E-mail/＿＿＿＿＿＿＿＿　電話/＿＿＿＿＿＿＿＿

聯絡地址：＿＿＿＿＿＿＿＿

你如何發現這本書的？　書名：在語言的天空下

□書店閒逛時＿＿＿＿書店 □不小心翻到報紙廣告（哪一份報？）＿＿＿＿

□朋友的男朋友（女朋友）灑狗血推薦 □聽到DJ在介紹＿＿＿＿

□其他各種可能性，是編輯沒想到的＿＿＿＿

你或許常常愛上新的咖啡廣告、新的偶像明星、新的衣服、新的香水……
但是，你怎麼愛上一本新書的？

□我覺得還滿便宜的啦！ □我被內容感動 □我對本書作者的作品有蒐集癖

□我最喜歡有贈品的書 □老實講「貴出版社」的整體包裝還滿 High 的 □以上皆非 □可能還有其他說法，請告訴我們你的說法

＿＿＿＿＿＿＿＿

你一定有不同凡響的閱讀嗜好，請告訴我們：

□ 哲學　□ 心理學　□ 宗教　□ 自然生態　□ 流行趨勢　□ 醫療保健
□ 財經企管　□ 史地　□ 傳記　□ 文學　□ 散文　□ 原住民
□ 小說　□ 親子叢書　□ 休閒旅遊□ 其他＿＿＿＿＿＿＿＿

請說出對本書的其他意見：＿＿＿＿＿＿＿＿

購書方式：

郵政劃撥　帳戶：知己實業有限公司　帳號：15060393
在通信欄中填明叢書編號、書名、定價及總金額即可。

購買2本以上9折優待，10本以上8折優待。訂購3本以下如需掛號請另付掛號費30元

服務專線：(04)23595819-231　FAX：(04)23597123

E-mail：itmt@ms55.hinet.net

大田出版有限公司編輯部 感謝您！